古典文獻研究輯刊

十九編

曾永義 主編

第30冊

杜貴晨文集（第十卷）：
慕之拾零

杜貴晨 著

國家圖書館出版品預行編目資料

杜貴晨文集（第十卷）：慕之拾零／杜貴晨 著 — 初版 — 新北
市：花木蘭文化事業有限公司，2019〔民108〕
序 2+ 目 4+214 面；19×26 公分
（古典文學研究輯刊 十九編；第 30 冊）
ISBN 978-986-485-663-3（精裝）
1. 中國文學 2. 文學評論
820.8   108000808

ISBN-978-986-485-663-3

9 789864 856633

古典文學研究輯刊
十九編　第三十冊   ISBN：978-986-485-663-3

杜貴晨文集（第十卷）：慕之拾零

作　　　者　杜貴晨
主　　　編　曾永義
總 編 輯　杜潔祥
副總編輯　楊嘉樂
編　　　輯　許郁翎、王筑　美術編輯　陳逸婷
出　　　版　花木蘭文化事業有限公司
發 行 人　高小娟
聯絡地址　235 新北市中和區中安街七二號十三樓
　　　　　　電話：02-2923-1455／傳真：02-2923-1452
網　　　址　http://www.huamulan.tw 信箱 hml 810518@gmail.com
印　　　刷　普羅文化出版廣告事業
初　　　版　2019 年 3 月
全書字數　170289 字
定　　　價　十九編 33 冊（精裝）新台幣 64,000 元

杜貴晨文集（第十卷）：
　　慕之拾零

杜貴晨　著

作者簡介

　　杜貴晨，字慕之。山東省寧陽縣人。1950 年 3 月 25（農曆庚寅年二月初八）日生於寧陽縣堽城鄉（今鎮）堽城南村。六歲入本村小學，從仲偉林先生受業初小四年；十歲入堽城屯小學讀高小二年；十一歲慈母見背；十二歲入寧陽縣第三中學（初中，駐堽城屯）；十五歲入寧陽縣第一中學（駐縣城）高中部；文革中 1968 年畢業，回鄉務農。歷任村及管理區幹部。1978 年高考以全縣第一名考入中國人民大學中文系；1979 年 10 月作爲學生代表列席全國第四次文代會開幕式；1980 年開始發表文章，1981 年參加《文學遺產》編輯部舉辦的青年作者座談會；1982 年七月大學畢業，畢業論文《〈歧路燈〉簡論》發表於《文學遺產》（1983 年第 1 期）。

　　1982 至 1983 年短暫在全國人大常委會法制工作委員會辦公室工作。1983 年 3 月調入曲阜師範學院中文系（今曲阜師範大學文學院），先後任講師、副教授、教授、碩士生導師，教研室主任；2000 年 10 月調河北大學人文學院，任教授、博士生導師、教研室主任；2002 年 7 月調山東師範大學文學院，任教授，古代文學、文藝學博士生導師、博士後合作導師，學科負責人。2015 年 4 月退休。兼任中國《三國演義》學會副會長，《歧路燈》研究會副會長，羅貫中學會副會長，中國水滸學會、中國《儒林外史》學會（籌）常務理事，中國《金瓶梅》學會理事等；創立山東省水滸研究會並擔任會長；擔任山東省古典文學學會副會長兼秘書長。

　　先後出版各類著作 19 部；在《中國社會科學》《文學評論》《文學遺產》《北京大學學報》《中國人民大學學報》《復旦學報》《清華大學學報》《明清小說研究》《河北學刊》《學術研究》《齊魯學刊》《山東師範大學學報》《南都學壇》等刊，以及《人民日報》（海外版）、《光明日報》等報發表學術論文、隨筆等約 200 篇。多種學術觀點，在學界以至社會有一定影響。

提　　要

　　本卷包括「古典臆說」「博文選存」「詩文偶作」及「其他」四輯。所收主要是作者所寫學術論文之外的學術隨筆、詩文等雜著。學術隨筆多關古代典籍的新解，其中有關經典舊說者或未經人道，有關小說者或可與本文集中論文相呼應；詩文等雜著則因人、因時、因事而作，乃以存閱歷、寄性情、抒胸臆、記見識。本卷諸文雖所關未盡皆細故，但大都篇幅短小，零零星星，故輯之曰「慕之拾零」。

自 序

  自互聯網「博客」誕生不久，我應邀加入某網首批博客，以網名「慕之」寫點零碎文字。但是因爲日常事務忙，疏於打理，我那博客基本上是僵在那裡。唯是網名「慕之」還在網上交際中有些應用，乃至當下以之爲題收拾一卷文字，是該作一解釋了。

  詞典釋「慕」有嚮往、敬仰、思念、依戀之義，則我所謂「慕之」者，義亦如此，不過說有所希冀、追求、仰賴、念戀而已，乃人之常情。或以爲讀音頗涉與古唐杜牧字「牧之」相諧，則然而不然，至多不過「慕之」而已。

  然而「慕之」另有說，即孟子曰「一國慕之……天下慕之」，又曰「人少，則慕父母；知好色，則慕少艾；有妻子，則慕妻子，仕則慕君，不得於君則熱中。大孝終身慕父母。五十而慕者，予於大舜見之矣」云云（《孟子·萬章上》），皆人生之大目標，誠不能至，又不好作吃不到葡萄態，乃揀其中說家常事者，亦囫圇說「慕之」而已。

  然而以上扯談都迂遠了，直說「慕之」之義，是我像多數學中文的，自幼有一個作家夢，卻至今垂老夢碎，唯余多年來學爲作家的若干隨筆、箚記、詩文以及微博之類零星文字，編集中能成此一卷，故題曰「慕之拾零」。

  本卷曾經濟寧學院文學院教授周晴博士文字校正，特此致謝！

二〇一八年四月七日星期六

目次

第一輯　古典臆說

「宰予晝寢」說

　　宰予名我，是孔子的學生，列名「七十二賢」；可是，《論語・公冶長》篇記他「晝寢」，被孔子斥爲「朽木不可雕也」云云，大損清名。

　　古來注《論語》的不下兩千餘家。對「宰予晝寢」一事，注家大都站在孔子一邊，肯定聖人教訓有方。只有漢代王充《論衡・問孔篇》質問孔子：「責小過以大惡，安能服人？」但無論尊孔或反孔的，都把宰予「晝寢」解爲「白天睡覺」，看作一個過錯；雖然千篇一律，其實都誤會了。

　　宰予「晝寢」，其實只是睡午覺。這不合孔子的教導。但是，今天誰都知道，這也許很合乎養生之道。

　　《論語》中「晝」字出現二次。一次是孔子說「逝者如斯夫，不捨晝夜」，這個「晝」字與「夜」相對，應釋爲「白天」；另一次即「宰予晝寢」之「晝」，這個「晝」字不能釋爲「白天」。試想釋「晝寢」爲「白天睡覺」，宰予是天天睡？睡一天？還是有時睡？睡一時？孔子講究「辭達」，《論語》的編纂者不至於表達不清。

　　「晝寢」之「晝」是指中午。先秦分一天爲四時。《左傳》昭元年：「君子有四時：朝以聽政，晝以訪問，夕以修令，夜以安身。」《列子・仲尼篇》也說：「夏日爲陽，而夕、夜遠與冬日共爲陰；冬日爲陰，而朝、晝遠與夏日同爲陽。」都是把一天分爲「朝」「晝」「夕」「夜」「四時」。《論語・里仁》

－1－

載：「孔子曰：『朝聞道，夕死可也。』」稱「朝」「夕」，也是從一天分四時說的。而從「四時」之序看，「晝」應當就是中午。所以，宰予「晝寢」，不能籠統說「白天睡覺」，而是具體指睡午覺。

今天看來，睡午覺沒什麼不好。但在那時，孔子的批評自有其道理。孔門師徒於先王之術「日夜學之」，「晝日諷誦習業」（《呂氏春秋·博志》），還要「學而時習之」（《論語·學而》），是不會允許睡午覺的；而從上引《左傳》的說法看，「晝以訪問（拜訪求教）」，還是那時「君子」的必修課。所以「晝寢」不合孔門的教規，還嚴重到不夠一個「君子」。這是個「紀律」問題，又是個道德問題。宰予立夫子門牆之下，在師生都「諷誦習業」之時，每自去大睡其午覺，就難免不遭孔子的斥責；批評中有些「上綱上線」，也是可以理解的。

但是，儘管有孔子的批評，卻未見「晝寢」有實際的不好。宰予「晝寢」，受孔子訓斥，不知後來改悔沒有。但他到底成了賢者，至少說明曾經「晝寢」，並沒有大的負面影響。據今醫學調查，「晝寢」對養生有益，那大概就是孔子說「文武之道，一張一弛」的道理。

我的一位朋友出國考察回來，大家都寒暄說他「瘦了」。答曰：「最不好受的是他們那裡不能睡午覺。」孔夫子真正「道不行，乘桴（筏）浮於海」了。

頗有些不幸的是，孔子也曾「晝寢」。《呂氏春秋·任數》載，孔子被困於陳、蔡，「藜羹不斟（沒有菜粥喝），七日不嘗粒（沒飯吃），晝寢。」但是，這「晝寢」大概是餓昏了頭罷，與宰予之上「午休」課不是一回事。

除夫子在陳、蔡的偶一「晝寢」有點壯烈色彩外，中國歷史記載中「晝寢」的結果大都不妙。茲舉數例：戰國·宋玉《高唐賦》：「昔者先王遊高唐，怠而晝寢，……」後面即夢遇巫山神女雲雨陽臺的故事；《文選·思玄賦》注引古文《周書》：「周穆王姜后晝寢而孕。越姬嬖（受寵），竊而育之。」這是一個「晝寢」懷胎的孩子被人偷拐的故事；《魏志·武帝紀》注引《曹瞞傳》：「又有幸姬，常從晝寢，枕之臥，……」後來這小妾就成了曹操「夢中殺人」的犧牲品。總之，「晝寢」不祥，「晝寢」又有男女之事，則更不祥。這個道理，《神仙傳》彭祖說：「天地晝離而夜合，……故能生育萬物，不知窮極。人能則（遵守）之，可以長存。」即「晝寢」不合天地之道。孔子罕言性與命，但他反對「晝寢」的深層原因，可能也在於此。

後世詩賦中寫到「晝寢」的，大都不表贊成。《全後漢文》邊韶《塞賦》：「試習其術，驚睡救寐，免晝寢之譏。」唐・褚亮《奉和詠日午》：「晝寢慚經笥（慚愧誤了讀經書），暫解入朝衣。」於女性特別是宮女「晝寢」，更露輕蔑。唐・楊衡《春夢》：「空庭日照花如錦，紅妝美人當晝寢。傍人不知夢中事，唯見玉釵時墜枕。」唐・李玉簫（一作王建，又作花蕊夫人）《宮詞》：「鴛鴦瓦上臀然聲，晝寢宮娥夢裏驚，元（原）是我王金彈子，海棠花下打流鶯。」南唐・李煜《菩薩蠻》：「蓬萊院閉天台女，畫堂晝寢無人語。」都嘲而諷之。

總之，「晝寢」的名聲一直不大好。

但是，無論孔子批評也罷，詩文家譏嘲也罷，中國人「晝寢」之風仍愈演愈烈。白居易《慵不能》詩說：「午後恣情寢，午時隨事餐。」尤其在酷熱的夏季，韋應物《夏日》詩上半說：「已謂心苦傷，如何日方永。無人不晝寢，獨坐山中靜。」

好一個「無人不晝寢」，夫子在天有靈，當作何感慨！

（原載《人民日報・海外版》1999 年 7 月 27 日第 7 版《文藝副刊》）

「吾不如老農」說

樊遲名須，孔子的學生。《論語・子路》載，樊遲請求學種莊稼。孔子道：「吾（我）不如老農。」又請求學種菜蔬，孔子道：「吾不如老圃（菜農）。」樊遲退了出來。孔子道：小人哉，樊須也！在上的人好禮、好義、好信，百姓自然就來投奔，為什麼自己來種莊稼？這件事歷來被當作孔子看不起勞動、看不起農民的口實，其實冤枉。

說孔子看不起勞動，是因為這裡孔子拒絕教樊遲「學稼」和「學圃」。這不成其為理由。孔子以「六藝（詩、書、禮、樂、射、御）」教學生，儘管未列「稼」和「圃」，但一個老師同時教六門課，也就不容易了。樊遲的請求等於要孔子在「六藝」之外，為他開「稼」和「圃」的選修課，而且是非專業的，當然惹孔子不快。這只要設想一下，現在有人向季羨林請「學稼」，向張岱年先生請「學圃」，能得到什麼樣的回答？再要是當年有人向魯迅先生請學京劇、中醫，那就恐怕是「一個都不饒恕」。

說孔子看不起農民，是因為他說樊遲請「學稼」「學圃」為「小人」。然而「小人」一詞當時並無貶義。先秦隨生產發展，學者往往把社會分工概括為「勞心」「勞力」兩大類。《孟子·滕文公上》所謂「有大人之事，有小人之事。」勞心者為「大人」，即、「天子」「諸侯」「卿大夫」「士」；勞力者為「小人」，即「農人」「百工」等。「小人哉，樊須也」，說的是樊須請「學稼」「學圃」，這想法屬於勞力者階層。此乃實話實說，並無不妥。但是，後世「小人」轉為貶義，就好像孔子輕視農民了。

其實，這裡可以說孔子對勞動、農民有相當尊重。我們看他拒絕樊遲何等委婉，稱「吾不如」云云，至多是不願意談這件事；但是他明確認可「稼」「圃」各是一種學問或技藝，老農、老圃比自己高明。這正是孔子的謙虛。他曾經說：「知之為知之，不知為不知，是知也。」一個人有了居高臨下的地位，特別為人師表，而能公開說「吾不如」云云，也需要有這種實事求是的勇氣。

孔子不是隨便輕視任何學問技藝的人。他曾經說：「我小時候窮苦，所以學會了不少鄙賤的技藝。真正的君子會有這樣多的技藝嗎？是不會的。」（《論語·子罕》）那時魯國都城不大，至今曲阜也是名大而城小，市中心不遠可以看到農田、菜地。以此推想孔子當年應有過務農種菜的經驗。可是他很謙虛，加以「仁以為己任」（《論語·泰伯》），教學上「突出政治」，相對於那些「仁」「義」「信」的大道，他不願意去說「老農」「老圃」更內行之事了。後世讀者一定要推他到輕視勞動、輕視農民的一邊去，又有什麼辦法呢！

可是，我們能要求孔子教樊遲「學稼」「學圃」嗎？

（原載《人民日報·海外版》1999 年 7 月 20 日第 7 版《文藝副刊》）

「道不行，乘桴浮於海」

《論語·公冶長》載，孔子曰：「道不行，乘桴浮於海。」學者譯為「主張不通了，我想坐個木簰到海外去」（楊伯峻《論語譯注》）；或譯為「主張行不通了，坐木排到海上漂流去」（李澤厚《論語今讀》）。以「浮於海」為「到海外去」或「到海上漂流去」，各就字面直譯，雖然讀者不免想知道「去」向那裡，但是孔子沒有說，注家只好含糊過去了。

　　但是，注家的含糊其實是有導向的：「到海外去」，十有八九，讀者會往越洋出國方面去想，於是有人想到孔子「欲居九夷」。但是，九夷陸路可通，不必乘筏；「到海上漂流去」，那眞成了不著邊際。所以，這兩種通行或可能通行起來的解釋，稍加演繹就不能落實，不能不啓人有別解他說。

　　古人地理知識相對匱乏，以爲中國四境有海環繞，四海之內皆爲「王土」。《詩經・小雅・北山》：「溥（大）天之下，莫非王（天子）土；率（循）土之濱（水邊），莫非王臣。」大意說只要在包括江海的涯岸的「王土」上的人，就是「王臣」。這個觀念到孔子的時代隨著周天子地位的衰落早被打破了。但是，孔子思想上是「從周」的，言語行動上自不免謹遵「王臣」的規矩，「克己復禮」，周遊列國，推行他的「仁」道，卻處處碰壁。「道不行」云云，就是說他的「道」在「王土」上行不通了，一氣之下，想要不做「王臣」。依上引《詩經》之義，人只有不居於「王土」才不算「王臣」。所以，孔子「乘桴浮於海」，就是爲著不做「王臣」而離開「王土」。這只要離開「王土」就行了，不一定越洋出國，更不是浮家泛宅地在海上漂流，那在當時也是根本不可能的。

　　所以，依不做「王臣」的需要和可能，孔子「浮於海」去向唯一的選擇，應當是到近海的小島隱居。這從孔子擬想出海「乘桴」也可以推知：「浮於海」，駕舟比乘筏好。當時早已有了舟楫，孔子捨舟用筏，就是不準備遠航；卻又是要居於海上，就只能是在近海尋一個小島去做隱士，實踐他所謂「天下有道則見，無道則隱」（《論語・泰伯》）的主張。

　　先秦避世者多去海上。這有載籍爲證。《莊子・讓王》載，舜欲以天下讓於其友石戶之農，石戶之農「以舜之德爲未至也，於是夫負妻戴，攜子以入於海，終身不返也」；《韓非子・外儲說右上》載，太公望東封於齊，「海上有賢者狂矞華士，……不臣天子，不友諸侯，耕作而食之，掘井而飲之。……（太公望）使吏執殺之」；《呂氏春秋・恃君覽》載杜贅叔是莒國的賢臣，「自以爲不（爲莒敖公所）知，而去居於海上。夏日則食菱芡，冬日則食橡栗」。《史記・魯仲連列傳》載，齊人魯仲連不願受封爲臣，「逃隱於海上」。諸記載所謂「海上」，實際是海島之上。這從狂矞華士「耕作」「掘井」和杜贅叔「食橡栗」之事可以窺見消息。由此推想孔子「乘桴浮於海」，目的是要尋一個海島隱居，去做《莊子・刻意》所說「江海之士，避世之人」，有點魯濱遜的樣子，大概不會錯的。

　　不過，孔子到底只是一氣之下，說說而已。作為儒家至聖先師，他不曾「到海外去」，更不曾「到海上漂流去」，他至多想到過避居海島而並未實行，終於是「知其不可而為之」，以畢生之力立儒學於父母之邦。但是，後人不能明白先秦風俗，對孔子「浮於海」的話，往往認為是要出國了。倒是《論語今讀》的解釋，雖不免要使人想到「海上漂流」的冒險，但隨後說到「海上難居」，似乎已覺察到孔子「浮於海」是去「居」的，接近話語背後的真實；只是與前面直譯的「漂流去」一語不相銜接，可見思想上仍不清晰的。

　　以孔子「浮於海」如同今人的「出國」，這個誤會似由來已久。唐人小說《虬髯客傳》寫虬髯客有圖王之志，後知事不可為，乃以海船千艘，入扶餘國，殺其主自立；《水滸傳》寫李俊等人「盡將家私打造船隻，從太倉港乘駕出海，自投化外國去了。後來為暹羅國之主……另霸海濱」；《水滸後傳》寫李俊等率眾浮海，王於暹羅。這些後先相承去海外另謀發展的小說情節，思想的淵源應當就是「道不行，乘桴浮於海」。這在文學上是一個有創造性的誤讀，但在思想史上卻是對孔子的冤枉，夫子何曾想過「到海外去」！

「鬻技」說

　　《莊子‧逍遙遊》有一個著名的故事，說的是宋國人發明一種防治凍傷的藥即「不龜手之藥」，世代用來做漂洗布絮的生計，年獲利「不過數金」。一日，有客出百金買其藥方。宋人便與家人計議，一致認為「今一朝而鬻（賣）技百金」是個便宜，決定賣了它。客得此良方，「以說吳王」。適逢越國有兵犯境，吳王任其為將，冬天水戰，大敗越人，得吳王封賞許多土地。莊子感歎說：同一藥方，客能邀寵於吳王以取封地，宋人卻不免於漂洗布絮的勞苦，「則所用之異也」。

　　莊子用這個故事說明他的「善用」思想，古來學者對這一故事的意義也只在「善用」的方向上思考它。其實，換一角度看，這豈不是一份重要的古代技術轉讓思想的史料？

　　「不龜手之藥」是宋人的一個發明，但是宋人卻不甚曉得這項發明的意義，除了用於漂洗布絮防治凍傷，不想它還有其他的用途。客雖然不是發明者，卻知道這項新技術能有更大的應用價值，不惜百金購其方，「以說吳王」，

建戰功，得封地。顯然，客的成功在「善用」，用今人的話說，是善於引進和採用新技術。但這裡的關鍵是客能「百金購其方」，實現了宋人與客之間，也就是發明者與使用者的技術轉讓，所謂「鬻技」。

《莊子》一書，「寓言十九」。這個故事也不像是眞事，但是反映了歷史的眞實。它表明當時社會已經有了「鬻技」的活動和觀念；技術不僅作爲生產的手段被應用，而且作爲商品進入流通得到推廣。可惜後來兩千餘年漫長的封建社會裏，「鬻技」沒能正常發展，以至於後人也很少注意到歷史上這一精彩的細節。

其實，中國古代，把知識作爲商品出售的思想一直很流行。《論語‧子罕》載：「子曰：『沽之哉，沽之哉，吾其待沽者也。』」孔子這句話楊伯峻先生譯爲「賣掉，賣掉，我是在等待識貨者哩！」後世科舉「學成文武藝，貨與帝王家」，可以說是孔子「沽之」之道的發展。但是，古代士子的注意力在做官，帝王家需要他們的知識主要是施政臨民，不需要科學技術。所以古代對於知識，從來重道輕器。甚至《禮記‧王制》有云：「作淫聲異服奇技奇器以疑衆，殺。」從而「文武藝」只是爲帝王看家理家的本事，一般說也不包括科學技術。《論語‧子罕》：「子云：『吾不試（做官），故藝（學得技藝）。』」反之，爲著「帝王」一家買主，讀書做官，不需要也不可能學到技藝。所以，古代中國科學技術發展受到嚴重阻礙，「鬻技」的市場更受到限制。即使《莊子》寓言，也還是說「鬻技」於「帝王家」去打仗，而不是眞正生產領域的技術轉讓，更不可能有現代技術轉讓交流的思想。

但是，這個「鬻技」的故事，講客把宋國民用的「不龜手之藥」，用於吳國對越國的戰爭，很像火藥在世界史上的經歷：中國人發明了火藥，長時期中只用來做爆竹、煙花的娛樂；而一旦傳入西方，就有了長槍大炮，反過來打得「天朝帝國」割地賠款，百年不得盡開心顏。吾國古來學問人不可謂不多，更早在唐代已把《莊子》奉爲《南華眞經》。但是，大約世上總是崇儒求富貴利達的多，到「知其無可奈何」時才讀《莊子》，所以未見有人注意到《眞經》中「鬻技」這民用轉軍用的故事和道理，可勝歎哉！

（原載《人民日報‧海外版》1999年5月25日第7版《文藝副刊》）

「買櫝還珠」說

《韓非子‧外儲說左上》，說楚人去鄭國賣珍珠，盛以木蘭之櫝，薰以桂椒之香，綴以珠玉之寶，飾以玫瑰（美玉），輯（連綴）以翡翠，把盛珠之櫝做得華貴無比。結果鄭人買其櫝而還其珠。韓非感歎曰：「此可謂善賣櫝矣，未可謂善鬻（賣）珠也。」

這就是著名的「買櫝還珠」故事。《韓非子》用以說明「以文害用」即只重表面言辭不重實際的害處，後代則以諷喻世人不要捨本逐末，取捨失當，誠為有理。但是，換一個角度看，這豈不直接是一個商品包裝的問題，即商品包裝價值超過其實際價值，結果賣了包裝，商品本身卻賣不出去，這生意不是做得很蠢嗎？

然而不然，試為一說。「買櫝還珠」，從楚人賣珠的目標來說確實是落空了，即「未可謂善鬻珠也」；可是鄭人「買其櫝」仍是要付款的，楚人並不空手而歸，生意無虧，「此可謂善賣櫝也」。而經商謀利，「善賣櫝」又何嘗遜於「善鬻珠」？如果楚人因此知道鄭人喜歡「木蘭之櫝，薰以桂椒」云云之櫝，並不固守其「鬻珠」的本行，由做「鬻珠」生意改為「賣櫝」，又何嘗不是經營之道？

所以，從生意的觀點看，「買櫝還珠」並不表明楚人有何等大的失誤，充其量歪打正著。倘楚人由此看出和抓住商機，說不定成賣櫝的大亨。世上少了一個「鬻珠」的蠢商，多了一個「賣櫝」的良賈，也未必不是一件幸事。

「買櫝還珠」的失誤只在具體目標有所偏離，而最終並非不合於經商的目的。所以《韓非子》用以說明只重言辭不重實際的害處，並不甚妥貼。倒是同篇的另一個故事，更能說明韓非的道理：

> 昔秦伯嫁其女於晉公子，令晉為之飾裝，從（隨從）衣文（盛妝）之媵（妾）七十人。至晉，晉人愛其妾而賤公女，此可謂善嫁妾，而未可謂善嫁女也。

這才真正是「以文害用」了。世上好為表面文章、捨本逐末者，真要小心誤了自己的「女兒」，乃至「卿家性命」。如綦江虹橋垮塌的慘劇，就有這方面的教訓。

（原載《人民日報‧海外版》1999年6月1日第7版《文藝副刊》）

「王戎有好李」

　　與宋人「不龜手之藥」的故事相反，我國歷史上也有絕不「鬻技」者在。《世說新語‧儉嗇》曰：「王戎有好李，賣之，恐人得其種，恆鑽其核。」王戎家世代為官，是貴而必富的。讀者試想，如此富貴之家賣李子，還要把李子核鑽成壞種，也實在太不夠「大氣」。作者把這個故事作為「儉嗇」即吝嗇的典型推薦給讀者，讀者以其為莫里哀戲曲中「吝嗇鬼」似人物，都有道理，但也可以有另外一說。

　　我想王戎的「儉嗇」與一般吝嗇不同。從來「儉嗇」是不捨得把錢物送人。早在《世說新語》之前，三國魏邯鄲淳所著《笑林》有「漢世老人」的故事，說此老富而「儉嗇」，自己惡衣蔬食，對他人更幾乎一毛不拔。有人求乞，「不得已而入內取錢十，自堂而出，隨少輒減，比（等到）至於外，才餘半在，閉目以授乞者，尋復囑云：『我傾家贍（資助）君，慎勿他說，復相效而來。』」最後「老人餓死，田宅沒官，貨財入於內帑（國庫）」。這才是真正的守錢虜。而王戎不過是不願他人得到自己的良種，其「儉嗇」只是要獨佔李樹種植經營中「好李」的優勢。雖然不夠大方，但從今天市場競爭看來，其實是正當的維護自己優良品種的專利，儘管「恆鑽其核」很不雅，有些不擇手段。

　　所以，不單純從道德的層面看，王戎是我國歷史上最早知道並採取措施維護自己發明專利的第一人。他清醒的意識到「好李」作為優良品種的經濟價值，為了在競爭中處於有利地位，獲取更多利潤，當時條件下他實在只能如此。他所表現出的「儉嗇」，使重義輕利的大多數中國人覺得不快是正常的。但是，也應看到他的所為並不像「漢世老人」那樣徹裏徹外的俗氣，而是帶有了人類社會歷史進步的新的動向。因為從種植經營和發明人權益的角度看，他「恐人得其種」並無不妥，其思想境界即使說不上現代化，而自珍其「好李」的態度也還有點科學，骨子裏甚至有少許高雅。前不久報導說某農科院因其培育青椒良種屢被假冒，而不得不訴之於法，其用心也正如王戎的「恐人（非法）得其種」。今人可以理直氣壯去做的事情，在王戎當年也不應該被囫圇地嘲笑，即使並不給他完全的肯定和讚揚。反過來，若就當代社會而言，有了發明創造（好李），不自珍惜專利，任其為他人盜用，看起來「大方」，結果卻一定是害了自己，也攪亂了市場規則，最終還會阻礙科學技術和經濟的發展，又何足道哉。

　　順便說到歷史上王戎雖有「儉嗇」的一面，卻絕不貪鄙，甚至還以德行著稱。《世說新語‧德行》載他的父親王渾官至涼州刺史，一生清正；死後，他先後任過職的「九郡義故（朋友），懷其德惠」，相率贈送助喪錢物價值百萬，而「（王）戎悉不受」。能拒百萬之贈而不捨一「好李」，正是王戎爲人處事的特點。他是任何情況下都刻意守規矩辦事的人。還是《世說新語‧儉嗇》篇載，他的女兒出嫁後，借錢數萬，久而未還；後女兒回娘家，「（王）戎色不悅」；女兒馬上把錢還給他，「乃釋然（轉爲喜悅）」。這件事就似乎認錢不認人了，但這也還只是王戎處人處事原則的極端。這個極端的原則就是《孟子‧萬章上》稱讚商湯的名相伊尹所說：「非其義也，非其道也，一介（草芥）不以與人，一介不以取諸人。」所以，王戎拒禮百萬是「德行」，而不捨「好李」、不輕與女兒錢物，也不是現在意義上的貪鄙，而是伊尹之道在他爲人處事上的體現，是所謂「魏晉風度」之一種。

　　「王戎有好李」中「儉嗇」的一面肯定是不好的。但是，含有這樣教訓的故事甚多。所以於王戎之事，我更珍視它「恆鑽其核」維護專利的啓示。如果有人要寫中國專利史或專利思想史，這個故事是不應該被忘卻的。

　　（原載《人民日報‧海外版》1999 年 6 月 9 日第 7 版《文藝副刊》）

王公「賣練」說

　　成語云「上行下效」，又古語云「城中好高髻，四方高一尺」，都是說在上居高位有勢力的人，容易造成風氣，所謂「領導世界新潮流」。但結果往往不同：有的確實「帶了個好頭」，有的就「上樑不正下梁歪」。此理人盡皆知，不說了罷。

　　卻說東晉裴啓《語林》載：「蘇峻新平（被征服），帑藏（國庫）空，猶餘數千端粗練。王公謂諸公曰：『國家凋敝，貢御不至，但恐賣練不售，吾當與諸賢各製練服之。』月日間賣遂大售，端（兩丈，或說六丈）至一金。」「練」爲潔白的熟帛，可以製衣。但魏晉人服飾講究得很，一般情況下斷不願服「粗練」的。而國庫空虛，皇帝老兒的「御用」正成問題，等著賣此「數千端粗練」以供急需。此時，作爲皇帝大管家的王公的明智和幹練，就表現在動員「諸賢」都來做一次「推銷員」，並且取得了成功。

　　王公即東晉名臣王導，歷相元、明、成三帝，與堂兄王敦當朝，大權在握，時稱「王與馬（晉朝皇帝司馬氏），共天下」。王導深知「吾與諸賢」身份地位的名人廣告效應，乃出此計，等於讓朝官都來做「粗練」衣服的廣告，效果就出奇的好。如果說王導導演了一次「時裝表演」，他與「諸賢」認真做了一次「名模」，應當不是太牽強的吧！至少是「帶了一個好頭」。

　　無獨有偶，《韓非子・外儲說左上》也記載一個故事，說齊桓公好穿紫色服裝，於是京城的人都穿紫色，一時街上流行紫裙子，市場紫色布料緊俏，而白色布料幾乎沒了銷路。「桓公患之，謂管仲曰：『寡人（少德之人，諸侯王自稱）好服紫，貴甚，一國百姓好服紫不已，寡人奈何（怎麼辦）？』」管仲為設一計，讓桓公馬上不穿紫衣，並且聲明「吾甚惡紫之臭（味）」。桓公照辦，當天，「郎中莫（不）衣紫；明日，國中莫衣紫；三日，境內莫衣紫」，服飾風氣大變。同篇還有「鄒君好服長纓，左右皆服長纓」的故事，與此雷同，不詳說了。這兩件事與王公賣練有不同，但所反映的「上之所好，下必甚焉」的世情，和政教「上以風化下」容易施行的道理是相通的，而且說不定王導正是從《韓非子》得到啓發。

　　這使我想到當今應對國際金融危機，國家倡導擴大內需，激活市場，除了政策的調整，也少不了要改變消費觀念，提倡和造就新的消費時尚，各級負此責任者，是否可從王公「賣練」得一點啓發？

　　（原載《人民日報・海外版》1999 年 5 月 26 日第 7 版《文藝副刊》）

王夷甫婦「貪濁」

　　《世說新語・規箴》載，晉太尉「王夷甫雅尙玄遠，口未嘗言『錢』字，常嫉其婦貪濁」。其婦試使他說「錢」字，就讓婢女用錢串繞床四周圍住，使他不得下床。夷甫早醒見了，乃喚婢女說：「舉卻阿堵物！」就是說「搬走這些東西」，仍絕口不言「錢」字。後世「阿堵物」成為「錢」的別稱，而王夷甫的清高卻成了疑問。本條劉孝標注引王隱《晉書》就說：「夷甫求富貴得富貴，資材山積，用不能消，安得問錢乎？而世以不問為高，不亦惑乎？」王隱此問，足能解惑。但是，王夷甫妻因此背「貪濁」之名，似有些冤枉。

　　王夷甫妻郭氏。《世說新語・規箴》記她派婢女擔糞，小叔王平子勸阻不聽，大怒，欲杖之。可見其慳吝無可救藥。以王夷甫「口未嘗言『錢』字」

的清雅，遇上這等濁物，自不免「常嫉」之。但是，王夷甫口不言「錢」字實有意做作，郭氏之「貪濁」除生性如此外，還當有為「婦道」的原因。那時「男主外，婦主內」，郭氏為主家婆，雖不必至於錙銖必較、一毛不拔，但處理家事，「錢」字掛在口上是不免的。而且，為王氏計，王夷甫越是不言「錢」，郭氏便一定多言「錢」。不然，資材「用不能消」，卻是可以「流失」的。王太尉忘乎所以，在不言「錢」字上「己欲達而達人」以對其婦，豈非與常識開玩笑？

這就使其婦不忿，於是便有了這場夫妻間關於「阿堵物」的「戰爭」。結果看來，郭氏的「兵法」不敵乃夫。但她「欲試之」本身，已使王夷甫「雅尚玄遠」的面目有了破洞——連老婆都不信，這就不待王隱解惑而後知的了。所以，單論此事，未見得王夷甫婦一定「貪濁」。她大概覺得既不能沒錢喝西北風，則口言「錢」字就沒什麼不可。這種心態難論俗雅，世情如此，要有做人的實際和坦率。而王夷甫因官而富，還要大貪若清（生造者也），「貪濁」其實，而清高其表，豈不令人作嘔？可憐其婦要幽他一默，小快人心，竟抵不得「大丈夫」一聲「舉卻阿堵物」，遂使錢串的「圍城」潰於一旦。

王夷甫口中無「錢」字，心裏不可能沒「錢」，實際上更不可能無「錢」而養尊處優。但是，這位官居一品的夫君偏要做假，郭氏「圍城」之外，別無辦法。可是，若一旦「夫綱」不振，則為婦者當另有說焉。且看清代李綠園的小說《歧路燈》，寫綽號「聖人」的教書先生惠養民，被妻子滑氏催著去街上買東西：

> 惠養民道：「這行不得。我是一個先生，怎好上街買東西呢？」
> 滑氏道：「你罷麼！你那聖人，在人家跟前聖人罷，休在我跟前聖人；你那不聖人處，再沒有我知道的清。……如今這錢都是你教學掙的，我吃些也不妨，也不枉我嫁你一場。要不為這，我嫁你這秀才圖啥哩……」惠養民笑道：「等黑了，街頭上認不清人時，我去給你買去。何如？」滑氏道：「再遲一會月亮大亮起來，也認清了，不如趁此時月兒未出，倒還黑些。你去罷。」於是向床頭取出二百錢，遞與惠養民。

以書中的描寫，滑氏也「貪濁」；同時，滑氏不滿於惠養民的，也正是王夷甫那種「口未嘗言『錢』字」的假清高，以她的「貪濁」和比丈夫小十幾歲的優勢，戰而勝之。

　　中國古代傳統把男人比作「天」，女人比作「地」。天高遠而玄，地堅實而卑。男人舊受孟夫子之教「何必曰利」，常有唯尚「玄遠」的，但幾千年「主外」的傳統使之常得性情高曠，自是一大長處；中國的女人舊爲「三從四德」所縛，地位一般至多到主家婆，難得不有「貪濁」的，但是，幾千年「主內」的歷史，教會了她們一般更富於實際精神。如此則與《紅樓夢》上說「女清男濁」相反。怎得中國的男人多一些「貪濁」中的務實，女人多一些「玄遠」中的清雅，或能微助於消解夫妻間「戰爭」的硝煙。

（1992 年）

「老大嫁作商人婦」

　　讀白居易《琵琶行》至末句云：「座中泣下誰最多？江州司馬青衫濕。」不由想到白居易哭的什麼？雖貶爲江州司馬，卻大小還是個官，依那時風俗，也「勝似爲民千載」的，何至於泣下最多到「青衫濕」！若是爲了琵琶女罷，則她「老大嫁作商人婦」，有何可哭可泣？

　　古代女子從藝，「青春飯」易吃而難久。所以，當時女明星們以色藝事人，歌舞罷，便紅巾翠袖，去搵英雄淚，留意於終身有託。卻無奈那時歌伎爲賤流，朝廷明令士人不准娶爲老婆，於是明星們在一幕幕「雞聲斷愛」的悲劇中年華暗老，「老大嫁作商人婦」去了。白居易在杭州任上，自曾有歌伎樊素與小蠻，詩曰：「櫻桃樊素口，楊柳小蠻腰。」眷愛非常，最後還不是任其「落花流水春去也」。如今「謫居臥病潯陽城」，與琵琶女「同是天涯淪落人」，才有這「司空見慣渾閒事，斷盡江南刺史腸」的風流愁情，讀者萬不可被此老瞞蔽，以爲他果然只是「我佛慈悲」（白氏晚年好佛）。

　　不過，白居易確實不只因爲自己貶官而哭，其中有著對琵琶女之「老大嫁作商人婦」的同情。他的同情，一在琵琶女色藝冠絕一時，而時易境遷，「門前冷落車馬稀」，用今天的話說「沒得簽約」了；二在她「老大嫁作商人婦」後，「商人重利輕別離，前月浮梁買茶去」，總拋她「去來江口守空船」，做「留守女士」。這個苦楚，後來宋詞形容得透徹：「梳洗罷，獨倚望江樓。望盡千帆皆不是，斜暉悠悠水悠悠。」而更可擔憂的是，那商人在外又娶了「二奶」，置她於掛名妻子的地位。古之作者，溫柔敦厚，往往不把這一層說破，卻一

－13－

定不是少見的。

然而《詩經》云：「高岸爲谷，深谷爲陵。」歷史發展到今天，演藝人和商人的身份地位各自都有了根本變化，在兩性角色上二者相對地位的變化更大。論嫁娶之事，對於女明星們來說，「老大嫁作商人婦」，大概很難甚至求之不得了。即妙齡出道，傍大款、大腕，指望如探囊取物，「愛你沒商量」，一傍就到「嫁爲」婦的份上，也不是容易的。所以倘琵琶女生當今日，天下可憂亦非一事，獨不用擔心「老大嫁作商人婦」——商人他不垂青娶老婦也；即正青春年少大紅大紫，「嫁作商人婦」，也有以爲三生有幸的。當此之際，書生輩若淚濕青衫，眞成傻相，抑或是酸相。

可是，千變萬變，「商人重利輕別離」的世情根本沒有大變。變則無法行其商，勢必如此。爲商人婦計，既已愛上一個「不回家的人」，處變之道當是緊跟周遊列省列國。但商機猝發，太太有時不免緊跟不上也。所以，年輕嫁作商人婦了，卻不一定不有「老大嫁作商人婦」之憂。一旦如此，又不免「江州司馬青衫濕」也。

總之，此一時彼一時也，嫁娶由人也。無論古今，白居易輩都可以不管，都不必管。其實《琵琶行》一詩也大半白居易爲自己而作，泣下「最多」多於他人的部分都爲自己「謫居臥病潯陽城」而下。即使如此，作爲江州司馬眼中能有琵琶女淪落天涯的數點同情之淚，其爲女性不能自主命運擔憂的詩人之心，千古之下，也足令人感動。詩又妙絕，膾炙人口，讀者莫不慶幸人間有此詩，恨世上有此事。而古者已矣，今日司馬青衫，不因年輕嫁作商人婦淚下沾濕，吾之願也。

（1992 年）

小說與生意經

「生意」這個詞雖然出現得不算晚，但起始並無今日的含義。我們見到這個詞的今義出現在文學中，恰恰在小說裏。宋人話本《錯斬崔寧》中說道，「有一官人姓劉名貴，字君薦，……先前讀書，後來看看不濟，卻去改業做生意，便是半路上出家的一般。買賣行中，一發不是本等伎倆，又把本錢消折了去了」，不僅拈出「生意」一詞，而且在「生意」前下一個「做」字，表

示這中間有的是奧妙，故後世有「生意經」之說。劉貴「文人下海」，不通生意經，如何能不折本？

「做生意」是從「做買賣」發展而來的。「買」的古寫法是網字下加貝。貝是古代錢幣，「買」即用「貝」去「網」四方之物。「賣」字繁體的寫法是「買」字上加「士」。「士」是古代居於貴族和平民中間階層的男子，「賣」就是士用物去「網」那四方之「貝」。「買賣」從字源上理解，包括兩個相反的過程，即「以貝網物」把貨幣變成商品的「買」，和「以物網貝」把商品變成貨幣的「賣」。「做買賣」，就兼顧這兩個過程。「做生意」卻不僅如此，還應包括買賣貨物，通過「以貝網物」和「以物網貝」，最大限度地賺錢。所以，「做買賣」體現的是比較原始的商業觀念，「做生意」則表現出進步了的較新的商業意識。「生意經」是「買賣經」，卻又比它更高明。《錯斬崔寧》中劉貴讀書不濟，去「做買賣」，如《詩經・氓》時代的「抱布貿絲」；也許還混得一時；一旦捲入商業大潮「做生意」，就招架不住了。

然而，「生意經」的根本還是做買賣。把小說與生意經的關係追溯到做買賣，那歷史可就悠久了，而且二者的關係越見其密切。《漢書・藝文志》說小說的起源，乃「街談巷語，道聽途說者之所造也」。街巷乃百姓所居，「道聽途說」的場合往往也在商業活動的範圍。古人云「無商不市」，有商業活動的街巷稱為市井，那裡商旅雲集，四方的貨物連同各地的奇聞異說一併在這裡上市，商業中心同時也便成了小說發展和傳播的中心。所以唐代有「市人小說」（段成式《酉陽雜俎・貶誤》）的說法，宋代的說話人——市人小說家——就集中在商業發達的大城市，如汴梁和臨安。《水滸全傳》第一百十回敘述燕青和李逵聽說《三國志》平話，地點就是東京（汴梁）的桑家瓦子。那是一個集說話等文化娛樂和商貿服務業為一體的商業區，《東京夢華錄・東角樓街巷》條載：

> 街南桑家瓦子，近北則中瓦，次里瓦。其中大小勾欄五十餘座。
> 內中瓦子、蓮花棚、牡丹棚、裏瓦子、夜叉棚、象棚最大，可容數
> 千人。自丁先現、王團子、張七聖輩，後來可有人於此作場。瓦中
> 多有貨藥、賣卦、喝故衣、探博、飲食、剃剪、紙畫、令曲之類。
> 終日居此，不覺抵暮。

可見商業繁榮帶來了聽眾，為說話人「作場」提供了條件。而這眾多的瓦子勾欄，又進一步促進了商業的繁榮，「小說」與「做買賣」就是如此同生共長，

相得益彰，那麼宋代小說中敘寫做買賣的人物事體、理路情緣，便是很自然的了。

小說寫到做買賣，寫得好便是形象的生意經。但這一點向不受人注意，倒是做小說出版生意的很興旺。明清兩代刻書業發達，書商們發現小說是暢銷貨，可賺錢，於是變著法兒翻印。馮夢龍編訂以宋元話本爲主的《三言》，就是「因賈人之請」（綠天館主人《古今小說序》），後來「肆中人見其行世頗捷」而「宋元舊種」又搜不到了，便慫恿凌濛初模擬話本作了《二拍》（即空觀主人《拍案驚奇序》）。我們古代最偉大的小說名著《紅樓夢》，也是書商程偉元鼓勵高鶚續寫刻成的。小說本身的商品化也應是本文題中之義，但它是小說與生意經的皮毛，在這裡一筆帶過，只做小說與生意經緣分的一個見證。

（原載《語文函授》1992 年第 6 期）

讀書與經商

中國古代以農爲本，商賈爲末。歷代重本抑末，反映到一般人生理想，如果不能做官，就好好務農，卻不要經商。唐代劉肅《大唐新語》記一個叫李龔譽的，在揚州做官，清廉有聲，常對子孫說：「吾不好貨財，以至貧乏。」又告誡子孫事農桑以求衣食，勤讀寫以力爭仕途。寧肯「貧乏」，也絕不經商，這是舊時讀書人「耕讀傳家」的典型。

「耕讀傳家」的傳統使讀書人非到萬不得已，決不染指商業。《儒林外史》中秀才范進，窮到老母三日無食，餓得「兩眼都看不見了」，才奉母命去市上一步一踱地賣雞。同書周進中舉之前不得已爲商家記帳，已自有吃有喝，他卻覺得落了難一般。更可怪的是眾客商也憐憫他不該到這地步，居然解囊爲他捐監，使周進中舉，後來成進士，官至學道。當時周進感激眾客商如再生父母，爬到地下就磕了幾個響頭，說道：「我周進變驢變馬，也要報效！」

其實，讀書和經商的關係不應如此，也不必如此。例如孔子，就不是這樣的。

當年孔子欲行「仁政」，卻不得其道。他的學生富商子貢進言曰：「這裡有一塊美玉，把它放在櫃子裏藏起來呢？還是找一個識貨的商人賣掉呢？」

孔子說：「賣掉，賣掉！我是在等待識貨的人哩。」〔註1〕急於推銷自己的心情溢於言表。所以，孔夫子是第一個把知識商品化的人。當然，他這椿「買賣」做得頗不順利，周遊列國，到處碰壁，最後感傷地說：「鳳凰不飛來了，黃河也沒有圖畫出來了，我這一生恐怕是完了吧！」

　　大約孔子的偉大和坦誠的感召，也是爲了不負師恩，子貢當時以富商大賈之力推動孔學的興盛。史載他經常坐著四馬並轡的高車，攜帶厚禮，應各國諸侯之請，到處去飲酒宴樂，所至與國君分庭抗禮。有一次，齊景公問子貢，孔子是位賢者麼？他馬上說，這評價太低了，孔子是聖人。他的學識高深莫測，好像我們無法測出天之高地之厚一樣〔註2〕。他針對魯國大夫叔孫武對孔子的譭謗說，仲尼不可毀也！他人之賢，好似山丘，尚可超越。而仲尼是太陽和月亮，無法企及。孔子堪與日月爭光，天地並存；詆毀他猶如無法損害日月之光芒，只是表示他不自量罷了〔註3〕。就這樣，子貢走到哪裏宣傳到哪裏，用他自己的地位、影響去捍衛孔子的大旗，孔子和他的學說才越來越受到社會重視。所以司馬遷《史記・貨殖列傳》說：「孔子的名聲所以能高揚於天下；就是子貢在人前人後爲之吹噓傳播的。這就是『得勢而益彰』吧！」

　　「得勢而益彰」的「勢」，就是子貢經商致富的財勢。子貢是我國古代學而優則商和以商促文的人。孔子對這位從事貨殖的學生信之、愛之，在身後得了他的「勢」使儒學興旺起來。這些情況後儒耳熟能詳，本應受到啓迪和以爲師範的，卻不料漢代有董仲舒、宋代有朱熹一班自稱得了孔子眞傳的「大儒」，一味講什麼「正其道不謀其利」，或「正其義不謀其利」，誘惑讀書人脫

〔註1〕《論語・子罕》：「子貢曰：『有美玉於斯，韞匵而藏諸？求善賈而沽諸？』子曰：『沽之哉！沽之哉！我待賈者也。』」
〔註2〕《韓詩外傳》卷八：齊景公問子貢曰：『先生何師？』對曰：『魯仲尼。』曰：「仲尼賢乎？」曰：「聖人也，豈直賢哉！」景公嘻然而笑曰：「其聖何如？」子貢曰：『不知也。』景公悖然作色曰：『始言聖人，今言不知，何也？』子貢曰：『臣終身戴天，不知天之高也；終身踐地，不知地之厚也。若臣之事仲尼，譬猶渴操壺杓，就江海而飲之，腹滿而去，又安知江海之深乎？』景公曰：『先生之譽，得無太甚乎！』子貢曰：『臣賜何敢甚言，尚應不及耳！臣譽仲尼，譬猶兩手捧土而附泰山，其無益亦明矣；使臣不譽仲尼，譬猶兩手杷泰山，無損亦明矣。』景公曰：『善，豈其然！善，豈其然！』詩曰：「綿綿翼翼，不測不克。」
〔註3〕《論語・子張》：「叔孫武叔毀仲尼。子貢曰：『無以爲也，仲尼不可毀也。他人之賢者，丘陵也，猶可踰也；仲尼，日月也，無得而踰焉。人雖欲自絕，其何傷於日月乎？多見其不知量也！』」

離實際，更把商賈視爲賤業末流。這些人比起子貢來，眞正是悖師之徒。

中國讀書人傳統賤商的心理，不僅使一些學子「貧乏」終身，還導致古代商品經濟的滯後，拖了社會發展的後腿，是值得今天讀書人反思和汲取的歷史教訓。今天，孔子和子貢師徒的觀念當然也過時了，但他們之間那種讀書人和商業企業家的相互理解支持的關係，仍值得我們在新時代創造性地繼承和發揚。

（原載《語文函授》1992 年第 6 期）

文君當爐

西漢司馬相如是個才子，獻《大人賦》，武帝讀了，「飄飄有凌雲之氣，似遊天地之間意」，連十分自傲的漢賦大家揚雄也自愧不如，說相如的賦「不似從人間來，其神化所至耶」。不僅如此，從來才子多情，司馬相如還是一位談戀愛的高手，在臨邛富翁卓王孫家飲酒做客，看上了他家的新寡的小姐文君，彈琴通其愛慕之情，文君就星夜跟他私奔了。

女兒出走，卓王孫生氣，不給分文；相如又窮得叮噹響，萬般無奈，想到做生意。《史記·司馬相如列傳》說：

> 相如與（文君）俱之（到）臨邛，盡賣其車騎，買一酒舍沽（賣）酒，而令文君當爐，相如身著（穿）犢鼻褌（形如牛鼻的圍裙），與保傭（店員）雜作，滌（洗）器於市中。

這是記載中我國有史以來第一家「夫妻店」。

據《西京雜記》說，相如夫妻開酒館，不僅是爲糊口，主要是「以恥王孫」，使富有八百僮僕的卓王孫的臉面上覺得不好看。果然奏效，卓王孫給了他們許多錢財，酒店也就關門大吉。

但是，後來的小說家卻寧肯相信《史記》的記載，《清平山堂本》有一篇題爲《風月瑞仙亭》的故事，用的就是《史記》的記載，並做了發揮，寫道：

> （相如）正愁悶間，文君至曰：「我離家一年，你家業凌替，可將我首飾釧釵賣了，修造房屋。我見丈夫鬱鬱不樂，怕我懊悔。我既委身於你，樂則同樂，憂則同憂；生同衾，死同穴。」相如曰：「深感小姐之恩，但小生殊無生意。俗語道：『家有千金，不如日進分文；

> 良田萬頃，不如薄藝隨身。』我欲開一個酒肆，如何？」文君道：「既
> 如此說，賤妾當〔壚〕。」

這樣寫雖不如《西京雜記》的花哨，卻更顯得真實。因為相如當務之急是解決自己的吃飯問題，赤貧之家不容他們去做樣子給誰看。他們是認認真真去做個體戶的。

再說，司馬相如是個有骨氣有大志的窮書生。當年他書劍飄零，漫遊出蜀，過升仙橋，曾大書於橋柱曰：「大丈夫不乘駟馬車（四匹馬拉，當時的高級轎車），不復過此橋！」試想，這樣一個人怎麼會俗氣到近乎訛詐？文君識賢郎於窮途，愛的本是無「貝」之才，也不像是要靠穿嫁時衣過日子的俗女子。所以，《風月瑞仙亭》的描寫更好，見出真正才子佳人的本色。

據《風月瑞仙亭》所寫，相如還真懂得點生意經，頗曉得「家有萬貫，不如開店」的道理；而文君本是大商人之女，有著從商的家傳，所以一說即合，勇於「當壚」──站櫃臺也。試想，「文君姣好，眉色如望遠山，臉際常若芙蓉，肌膚柔滑如脂」，加之「放誕風流」，有這樣一位絕代佳人站櫃臺，孔方兄大約是要滾滾而來的了。

所以，看起來，小本經營，夫妻店是最佳組合。前店夥計，後屋夫妻，生意上稍有爭執，不致有隔夜仇。若與他人合夥，則不免生出麻煩。春秋時管仲和鮑叔牙被奉為千古知交的典型。但二人早年合夥經商，分紅時管仲還貪心多拿，幸虧鮑叔牙寬厚，又體諒管仲家貧，生意才勉強做下來。管、鮑之誼尚且如此，則他人可知。故俗語云：「買賣好做，夥計難合。」

自然，夫妻店也須夫妻各如相如、文君一般，夫唱婦隨或婦唱夫隨，生意才能做得好。若同床異夢，「一人一把號，各吹各的調」，夫妻店也有倒閉的一天。手邊有一部《醒世姻緣傳》，恰巧寫到這樣一對夫妻：尤聰和老婆開麵坊：

> 若是兩口子一心做去，豈不是個養家過活的營生？不料賣到第三日上，尤聰的老婆便漸漸拿出手段，揀那頭攔的白麵才偷，市價一分一斤，只做了半分就賣……。改了行賣大米、豆汁，那老婆就偷大米、綠豆；……又改了行賣涼粉棋子，那老婆又偷那涼粉的材料與那切就的棋子……

直偷到尤聰「再要改行，沒了資本」──「尤聰做人不過，只得賣了老婆」。

這個故事足可為夫妻店「醒世」的。就是說，夫妻開店，也要修修內政，

心往一處想，勁往一處使，才能「財源茂盛達三江」。不然，店鋪倒閉也還罷了，更怕連夫妻也做不成也。

（原載《語文函授》1992 年第 6 期，有修訂）

《竇乂》的經營之道

「長袖善舞，多財善賈」，是說資本雄厚，生意才好做。但那是富人的生意經，窮人若無意外所得，又不作非分之想，就只能白手起家了。白手起家，才是做生意的真本事。

唐代溫庭筠的小說集《乾饌子》中，有一篇題為《竇乂》，寫一個貴族子弟竇乂得了一雙絲履，賣了五百錢，做成兩柄小鍬，墾廟院為田，掃道上落地榆莢為種，種榆樹，發了小財。然後覓孩童撿拾槐種、破麻鞋等，購置石碓、油靛，加工製作「法燭」，作燒材出賣，又獲大利。繼而買城中閒置窪地十餘畝，「於其中插標，懸幡子，繞池設六七鋪，製造煎餅團子，召小兒擲瓦礫，擊其幡標，中者以煎餅團子啖。不逾月，兩街小兒競往，所擲瓦已滿池矣」。竇乂就在這整平的窪地上造店二十間，「當其要害，日獲利數千。店今存焉，號為『竇家店』。」

這正是一個白手起家的故事。它的特異之處在於，竇乂雖為貴族富家子，但是並不貪戀祖上富貴。即使經商，也只是撿了別人不要的一雙不合腳的絲履，並不從家中索取資本，全靠自己從業的勤勞和經營的高明，白手起家，創成一份家業。

當初竇乂以絲履換五百錢，以五百錢打造小鍬，墾田掃榆莢，灌溉播種，修整留苗……，這對於一個十三歲的少年說來，實際是很辛苦的。但他一心致富，不怕苦，正所謂「有志不在年高」。但是，他所以能有事業上的成功，根本上還在於經營有方。他的方略歸結起來，有以下幾點：

首先是人棄我取，變廢為寶。當伯父張敦立自安州歸，賞賜絲履時，諸甥侄「咸競取之，乂獨不取。俄而所剩之一緉，又稍大。乂再拜而受。」他的苗圃是廟院中墾成的，榆莢是大街上掃來的；造法燭的槐子、破麻、市中荒窪地等，都是他人棄餘之物，廉價而得，所以一本萬利。總之，投資小，收效大，是他白手起家第一要著。

其次是預見準確，抓住時機。唐代用火，燒柴、燒炭是不可或缺的燃料，白居易《賣炭翁》詩中就曾經描寫過宦官搶買燒炭的情景。竇乂正是瞧準了這一行情，先是伐小榆苗做燒柴出售，隨時獲利；後來創製「法燭」，值「六月，京城大雨，……取此法燭鬻之，每條百文。……又獲無窮之利」。另外，竇乂購荒窪地造店，也是看準了這塊地皮在鬧市中，「當其要害」，有很大商業價值，所以能一舉成功。

最後是因人成事，巧買巧賣。創業者白手起家並不是無中生有，除自己的勤勞外，也還需要一定的物質條件。這種條件的取得常常不能不依靠他人。因此，因人成事是白手起家時難免的一節。竇乂正是如此。他的一雙絲履是伯父給的，廟院是借來的，他就在這一點點他人閒散物資上做文章，慢慢積攢了一些資本。後來做法燭、整窪地，則主要是依靠巧買巧賣：用每人每天給三個餅、十五個錢的「低薪」雇小兒拾槐子；用每三雙破麻鞋換一雙新麻鞋的「回收」吸引小兒沿街拾破麻鞋；用插標懸幡有獎投擲的方法賺小兒拾瓦石填坑，都是當時廉價雇用勞動力的妙著。而預製「法燭」，乘「京城大雨」賣為燒柴，更是商業的預見性和善於抓住時機的本事。

竇乂的諸般方略集中於一點就是逐利。古代小農生產的自然經濟講求自給自足，「男耕女織」「桃李落堂前，榆柳陰後簷」，都是為了自己消費，從而限制了商品生產的發展。竇乂則從這種傳統落後的經濟模式中解放了出來。他接受別人一雙絲履，並不是為了穿在自己腳上，而是賣錢做經營的資本；他墾田種榆，不是為了「陰後簷」，而是為了賣作燒柴、木材；他造法燭、買地造店，也統統不是為眼前一身之用，而是不斷擴大再生產，一心多賺錢。顯然，他衝出了小農經濟的局限，在當時小農經濟的汪洋大海中開闢了商品經濟的航線，這在千餘年前是不同尋常的。

作為個體經營者，竇乂在不斷增加投資擴大再生產的過程中，及時調整經營方向，從利潤較少的部門轉入利潤較豐厚的部門。他最初種榆，雖然獲利甚多，但是週期太長，所謂「十年樹木」，從做生意的觀點看就姍姍來遲了。後來做法燭，秋冬備料，繼而雇人加工製作，到「建中初，京城大雨」時賣出，週期大約比種榆獲利短一些，但工作過程複雜，也格外辛苦；最後轉入開店，「擺開八仙桌，招待十六方」，「日獲利數千」。大體說來，竇乂起初經營種植業，雖注意產銷結合，但獲利是以一年至幾年為週期的；繼而從事加工業，獲利是以數月至一年為週期的；最後開店獲利是以每時每日為週期的，

從中可以看出個體經營農不如工，工不如商的規律。竇乂正是有了這樣的戰略眼光，又有隨時轉換機制的靈活手腕，才能不斷開拓，取得事業上的成功。同時，由於他從興辦實業入手，建店也是購置整平荒穢地而成，處處興利除弊，變廢為寶，在自己一本萬利的過程中，開發了人力、物力、地力，客觀上更多地是造福於社會。比較一般靠囤積居奇、倒買倒賣的暴發戶，竇乂的成功更值得贊許。

《竇乂》初見於《太平廣記》卷二四三，馮夢龍《太平廣記鈔》轉錄至「號為竇家店」結束，後面還有較長一段被刪去了。刪去的文字寫竇乂致富後周濟胡人米亮，亮為之廉價買小宅院，得寶玉獲利數十萬貫；又因買小院結交李晟太尉，為諸富商大賈的子弟謀官，獲錢數萬，等等。竇乂年老無子，分其財產與親友，年八旬餘卒。他是唐人小說中一位罕見的優秀工商業者企業家的形象，大約歷史上實有其人，而沒有司馬遷那樣重商的高明史家為之作傳，今人只能從小說想見其人風範了。

1999 年 4 月 8 日

千金散盡還復來

唐代大詩人李白《將進酒》詩中唱道：「天生我材必有用，千金散盡還復來。」是何等曠達，何等豪邁！小生意人錙銖必較，大商人卻一定有些李白的氣魄。

唐代李肇的《國史補》記載這樣一個故事：通往澠池的路很狹窄，有一輛載滿瓦甕的車壞了，堵塞交通。正值天寒，冰封路滑，進退兩難。拖延到黃昏，後面積聚數千車輛人眾，無可奈何。這時有一位客商劉頗揚鞭而至，問：「車中甕值多少錢？」回答說：「七八千。」劉頗遂取粗帛，按值償付，然後命僕人登車，把甕全部推於崖下，道路遂通，「車輕而進，群噪而前」。

當機立斷，以七八千錢，解數千車輛人眾之困厄，正顯出商人劉頗出眾的眼界和氣魄。他是個會算大賬的人，通曉做大事不能惜小費的道理，這在商人來說是必不可不少的素質。

但是，不僅普通商人，即使有的大人物也不通此道。例如秦末叱吒風雲的項羽，滅秦後自立號西楚霸王，舉兵與漢王劉邦爭天下。當此用人之際，

項羽對「有功當封爵者，印刓敝，忍不能予」（《史記·淮陰侯列傳》），就是說不捨得賞給功臣一個官位。結果眾叛親離，四面楚歌，別姬垓下，身死烏江，爲天下笑。還有東漢末年的袁紹，《三國演義》第二十四回寫曹操出征劉備，都城許昌空虛，劉備差孫乾下書求救於袁紹。恰逢袁紹最小的兒子（第五子）患疥瘡，袁紹最愛此子，整日心中恍惚，竟不顧大事，最終沒有發兵救劉備。後來曹操打敗了劉備，回兵擊袁紹，袁紹兵敗發病而死，五子也相繼敗亡，一門覆滅。《老子》中說：「甚愛（吝惜）必大費。」大約就是說這種情況吧！

但是，分別與項羽、袁紹同時的劉邦、劉備卻都能算大賬。韓信攻佔齊地，欲受封齊王。劉邦初不欲封，經張良勸說，乃「遣張良操印綬立韓信爲齊王」（《史記·高祖本紀》），實際是賣一紙「齊王」的「假文憑」，穩住了韓信，集中兵力與項羽作戰。長阪坡之役，趙雲孤身殺透重圍，救出劉備的兒子阿斗，眾人皆賀，劉備卻擲阿斗於地曰：「爲汝這豎子，幾損我一員大將！」（《三國演義》第四十二回）後人批評「劉備摔孩子，刁買人心」。後來劉邦得天下，劉備三分天下有其一，很大程度上就靠了這「假賣」「刁買」的手腕。「千金散盡還復來」，是說該「散」的時候，要有魄力敢把千金散盡，治軍、行政與經商的道理有時是一致的。

「千金散盡還復來」，落腳在一個「來」字，而且還要「來」得多於「千金」。若不「復來」，或者「來」得還是那「千金」，也許還少，那就虧了。所以，必要時不惜「千金散盡」，而必要與否則看有無「還復來」的可能；散金的多少則要看這種可能性的大小，精明的投資人總是事先作出準確判斷。《岐路燈》第十五回寫春盛號少掌櫃王隆吉接待舊布政使公子盛希僑買馬鞭：

> 到了春盛號鋪門，公子勒住馬，問道：「鋪裏有好鞭子沒有？」王隆吉道：『紅毛通藤的有幾條，未必中意。』公子道：「拿來我看。」隆吉叫小夥計遞與馬上，公子道：「雖不好，也還罷了。要多少錢？」隆吉道：「情願奉送。若講錢時，誤了貴幹，我也就不賣。」公子道：「我原忙，回來奉價罷。」……主僕七八個，一轟兒去了。……這原是隆吉生意精處。平素聞知公子撒漫的使錢，想招住這個主顧。今日自上門來，要買鞭子，隆吉所以情願奉送。

同書第三十回寫鄉宦子第譚紹聞借高利貸：

> 這紹聞果然出去，尋了一個泰和號王經千，說要揭一千五百兩，

二分半行息。那王經千見紹聞這樣肥厚之家來說揭銀，便是遇著財神爺爺，開口便道：「如數奉上」。

王隆吉的馬鞭子是人情投資，王經千的銀錢是信貸投資，都是看準來路下的。所以，在生意上「千金散盡還復來」的豪氣，便與李白作詩有所不同，是建立在商業價值的計算之上的，在散金的小帳後面先有一筆大賬。

（原載《大眾日報》1993 年 2 月 26 日第 7 版）

學習楊氏婦，去掉「水滸氣」

《水滸傳》中小溫侯呂方，「因販生藥到山東，消折了本錢，不能勾還鄉，權且占住這對影山，打家劫舍」；賽仁貴郭盛「因販水銀貨賣，黃河裏遭風翻了船，回鄉不得」，一柄方天戟使得精熟，便來尋呂方比戟奪山……，卻原來這些英雄好漢，有的當初只是生意場上的敗將。據說日本企業界不准職工讀《水滸傳》，大約就是怕沾染了這些豪傑的晦氣罷。

生意場上，呂方、郭盛之輩實在算不得英雄，反倒是巾幗有時能壓倒鬚眉。且舉出下面一個故事來。

凌濛初《初刻拍案驚奇》卷八《烏將軍一飯必酬，陳大郎三人重會》的入話，寫蘇州商戶楊氏婦，孤孀無子，撫姪兒王生長大，相依為命。王生十八歲：

一日，楊氏對他說道：「你如今年紀長大，豈可坐吃箱空？我身邊有的家資，並你父親剩下的，盡勾營運。待我湊成千來兩，你到江湖上做些買賣，也是正經。」王生欣然道：「這個正是我們本等。」楊氏就收拾起千金東西，交付與他。

這一次王生去南京，路逢劫盜，金銀貨物棄盡，並行李盤纏全失，借路費回到家中，見了楊氏，哭倒在地。書中寫道：

楊氏問他仔細，他把上項事說了一遍。楊氏慰安他道：「兒呀，這也是你的命，又不是你不老成，花費了，何須如此煩惱？且安心在家兩日，再湊些本錢出去，務要趁出前番的來便是。」王生道：「已後只在近處做些買賣罷，不擔這樣干係遠處去了。」楊氏道：「男子漢千里經商，怎說這話？」

於是不久，王生又赴揚州，不想還是那幫強盜，又搶他幾乎精光，空手而回：

　　（王生）到了家中。楊氏見來得快，又一心驚。王生淚汪汪地
　走到面前，哭訴其故。難得楊氏是個大賢人，……並無半點埋怨，
　只是安慰他……過得幾時，楊氏又湊起銀子，催他出去，道：「兩番
　遇盜，多是命裏所招。命該失財，便是坐在家裏，也有上門打劫的。
　不可因此兩番，墮了家傳行業。」

王生被催促上路，這一次仍是遇上前番強盜，不料因禍得福，發了大財，「自
此以後，出去營運，遭遭順利。不上數年，遂成大富之家。」

　　這個故事當然是太傳奇化了，有驚無險，中間還有些宿命色彩，但他寫
楊氏與王生百折不回的經商創業精神，還是很真實的。楊氏先是說：「你到江
湖上做些買賣，也是正經！」繼而說：「男子漢千里經商……」，進而說：「不
可因此兩番，墮了家傳行業。」真如大元帥命將出征的一般，無一點畏葸，
無一點怯懦，越是失利，越堅定執著。在她的身上，體現了商業企業決策者
臨難不懼、頑強拼搏的精神。她是王生經商的督軍、導師和靈魂。正是她決
策用人的堅定不移，才使這個中衰的商人之家重又崛起，沒有她的指導支持，
年輕稚嫩的王生兩番折本之後，定是歇業或改行了。

　　所以，王生也罷，《水滸傳》中呂方、郭盛也罷，在經商的氣魄毅力上，
都還大大不如楊氏婦。而楊氏婦遵循的原則，就是李漁小說中楊百萬引的那
句生意經古語：「生意不怕折，只怕歇。」

　　「生意不怕折，只怕歇」，這句生意經的古語屢驗不爽。清代許奉恩《里
乘》有一篇小說《一文錢》，寫徽商甲乙二人合夥做生意，資本蕩盡，唯剩一
文錢，甲「擲地歎曰：『重資散盡，留此一錢何益！不如拋去。』乙忽心動，
急拾取曰：『此碩果也。天幸存此一脈生機，安知非剝極而復之兆？』遂攜錢出。」
後來乙拾竹片、草莖、敗紙、雞鴨毛等，「以一錢市麵粉」，用作黏貼的漿麵，
紮製各種禽鳥，沿市叫賣，百日間斂錢三千餘緡。後改業販運，積資數萬，開
大布店，「大書『一文錢』三字榜於門，志不忘所自也。」──這也是一個商人
從逆境中崛起的故事，同樣告訴我們的是：「生意不怕折，只怕歇。」

　　當今商界，企業林立，關係錯綜複雜，行情千變萬化，商海遨遊，更需
要懂得「不怕折，只怕歇」的道理，勇於進取，大膽開拓。這方面，中外企
業家正反得失的顯例，不勝枚舉，豈僅見於小說哉！

（原載《大眾日報》1992 年 3 月 19 日第 7 版）

毛烈賴錢和商業契約

商業契約不可糊塗訂立，也不可糊塗撤銷。該撤銷時要立決明白。否則萬一有變，後患無窮。凌濛初《二刻拍案驚奇》第十六卷「遲取券毛烈賴原錢」的故事可以醒世。

這個故事說，陳祈有兄弟三人，想分家時多占家產，便將田地低價典與毛烈，由高公做保，寫下文書，定於分家後贖還。陳祈分家後持銀三千兩向毛烈贖田，毛烈本是貪奸不義之人，又欺他瞞著兄弟匿下這田，收下銀子，心中還「有好些放不過」，書中寫道：

> 他（毛烈）就起個不良之心，出去對陳祈道：「原契在我拙荊處。一時有些身子不快，不更簡尋，過一日還你罷。」陳祈道：「這等，寫一張收票與我。」毛烈笑道：「你曉得我寫字不大便當，何苦難我？我與你甚樣交情，何必如此？待一二日間翻出來，就送還罷了。」陳祈道：「幾千兩往來，不是取笑。我交了這一主大銀子，難道不要討一些把柄回去？」毛烈道：「正爲幾千兩事，你交與我了，又好賴得沒有不成？要什麼把柄？老兄忒過慮了。」陳祈也託大，道是毛烈平日相好，其言可信，料然無事。

然而後來的發展與陳祈的料然相反，毛烈賴錢，硬說沒收，二人告到官府，衙門上下受了毛烈的賄賂，便一味偏著有無文券字據一面審判：

> 到得兩家聽審時，毛烈把交銀的事一口賴定。陳祈其實一些執照也拿不出。知縣聲口有些向了毛烈，陳祈發起極來，在知縣面前指神罰咒。知縣道：「就是銀子有的，當官只憑文券。既沒有文券，把什麼做憑據斷還得你？分明是一劃混賴。」倒把陳祈打了二十個竹篦，問了不合圖賴人罪名，量決脊杖。這三千銀子，只當丟去東洋大海，竟沒說處。……正所謂：渾身是口不能言，遍體排牙說不得。

這件事後來只好到陰間了斷，自是一派荒唐胡言。但是，起始毛烈賴錢之事，卻是金錢交易中時有發生，顯示出商業過程中契約合同之類，始終馬虎不得。「虛錢實契」是上當，「實錢虛契」也吃虧。錢、契相當，名、實兩副，即時兌付，才能杜絕後患。在一般情況下，把交情和履行商業手續嚴格區分開來，是防患於未然的一大關鍵。俗話說：「當面數錢不薄人。」就是這個道理。

　　精明的商人從來都是恪守直道，《歧路燈》第三十回寫譚紹聞向大商人高利貸主王經千借貸，王經千一面說著「只算借的，這樣相厚，提『利錢』二字做什麼」，「一面笑著，卻伸開揭票：『譚爺畫個押兒，記下年月就罷。』」交情話怎麼說都是，立券畫押是決不能省略的。

（原載《大眾日報》1993 年 4 月 30 日第 7 版）

「茶肆高風」和「三碗不過崗」

　　宋代王明清《摭青雜記》，記東京（今開封市）樊樓旁，有一個茶肆。神宗熙豐年間，有一位李姓讀書人曾遺金一袋於茶肆中，幾年後重經，與同行人說及此事，店主從旁聽知，核查近是後說：

> 此物是小人收得。彼時亦隨背後趕來送還，而官人行速，於稠
> 人眾中，不可辨認，遂為收取。意官人明日必來取，某不曾為開，
> 覺得甚重，想是黃白之物也。官人但說得塊數秤兩同，即領取去。

當即領李登茶肆小棚樓撿出，原袋歸還。李大受感動，分一半與店主，店主曰：

> 官人想亦讀書，何不知人如此！義利之分，古人所重。小人若
> 重利輕義，則匿而不告，官人將如何？——又不可以官法相加。所
> 以然者，常恐有愧於心故耳。

李在茶肆小棚樓中所見店主「收得人所遺失之物，如傘、屐、衣服、器皿之類甚多，各有標題……」可見其拾金不昧，非止一端，作者記其事，故題曰「茶肆高風」。

　　「茶肆高風」，高就高在重義輕利上。商旅客店，人來人往，川流不息，正常營業外，店家重義輕利，力所能及給客人以關照救助，是我國古代商業優良傳統。明代宋濂《李疑傳》記李疑在金陵（今南京）開旅店，曾慨然為一位無處投宿的病人養生送死，而一無所取；耿子廉被捕入獄，妻子有孕臨產，諸店主拒而不納，李疑接入店中，使妻子照料產婦母子平安。清初魏禧《賣酒者傳》，記萬安縣有一賣酒者出四百金為兩家息訟，四年不取利息。這些，就不只是重義輕利，而近乎仗義疏財了。

　　但是，商人本分要從資本流通中贏利，重義輕利卻不能無利。現代京劇

《沙家浜》中阿慶嫂的唱詞說：「開茶館，盼興旺。」直言不諱想發財，是真情話，反之則是假道學聲口。倘或茶肆成了免費茶水站，早晚關門大吉，連待客的老本都折了，又何以談那「重義」和「高風」？所以，「輕利」只是對「重義」而言，它的一般原則是「取利守義」，如前述茶店主人拾金不昧之類，非分之財，不義之利，一絲一毫決不妄取。至於仗義疏財，已經超出商業道德的範圍，屬於社會公德和人類同情互助的更崇高的層次了，應當鼓勵，而不宜苛求。

取利守義，中心仍在「取利」。「茶肆高風」並非為了「高風」立茶肆，只是有了茶肆，要盡力樹「高風」，帶來茶肆的興旺。店主有高風，不做非分之想，自然從業謹慎勤懇。小說開篇說它的茶肆「甚瀟灑清潔，皆一品器皿，椅桌皆濟楚，故賣茶極盛」。這「極盛」就遠接守義的「高風」而來，生意經云：「做好生意三件寶，人員門面信譽好。」茶肆三者俱全，如何不「賣茶極盛」？

經商「守義」的基本方面也還不在於拾金不昧，而在於日常商業活動中買賣公平，誠實無欺。買賣公平就是要貨真價實，足數足量。魏禧《賣酒者傳》說萬安縣有賣酒者：

> 平生不欺人，或遣童婢沽，必問：汝能飲酒否？量酌之與，曰：
> 毋倒瓶中酒，受主翁笞也！或傾跌破瓶缶，輒家取瓶，更注酒，使
> 持以歸，由是遠近稱長者。

但是，小說寫生意人誠實無欺，莫過於《水滸傳》景陽崗酒家——當時武松吃罷三碗酒，要肉，也還要酒：

> 酒家道：「肉便切來，添與客官吃，酒卻不添了。」武松道：「卻
> 有作怪。」便問主人家道：「你如何不肯賣酒於我吃？」酒家道：「客
> 官，你須見我門前招旗，上面寫道：『三碗不過崗。』」武松道：「怎
> 的喚做三碗不過崗？」酒家道：「俺家的酒，雖是村酒，卻比老酒的
> 滋味。但凡客人來我店中吃了三碗的，便醉了，過不得前面的山崗
> 去。因此喚做『三碗不過崗』。若是過往客人到此，只吃三碗，更不
> 再篩。」武松笑道：「原來憑地，我卻吃了三碗，如何不醉？」酒家
> 道：「我這酒叫做『透瓶香』，又喚做『出門倒』。初期入口時，醇濃
> 好吃。少刻時便倒。」武松道：「休要胡說。沒地不還你錢，再篩三
> 碗來我吃。」

酒家唯恐過客多飲而醉，並苦口婆心殷切勸阻，這誠實無欺就算做到家了。舊時藥店流行的楹聯曰：「但願天下人無病，寧肯櫃上藥生塵。」也正是「三碗不過崗」的經營精神。

有了這種精神，做生意也才能創出「高風」，樹起信譽，所謂「誠招天下客」，生意也自然會興旺起來，於人於己，都有好處，何樂而不為？否則如宋元話本《宋四公大鬧禁魂張》中開當鋪的張員外那樣「有件毛病，要去哪：蝨子背上抽筋，鷺鷥腿上割股，古佛臉上剝金，黑豆皮上刮漆……」一味摳得利害，到頭來天怒人怨，金山銀山也救他不得，又何苦來？

（1995 年 4 月）

說「兄弟如手足，妻子如衣服」

《三國演義》寫劉備，現代人最不喜歡他的地方之一，是他曾經說過「兄弟如手足，妻子如衣服」，太輕視人生的另一半了。

其實這是很大的誤解。要回到《三國演義》此句出處的原文，揣摩情景，甚至要聯繫書中寫劉備全部的為人，才可能正確把握他的意思。

這句話出《三國演義》第十五回《太史慈酣鬥小霸王，孫伯符大戰嚴白虎》，開篇寫張飛因在醉酒鞭撻曹豹以後失了徐州，使劉備的孩子老婆都做了呂布的俘虜，深感對不起劉備，要一死了之：

> 卻說張飛拔劍要自刎，玄德向前抱住，奪劍擲地曰：「古人云：『兄弟如手足，妻子如衣服。』衣服破，尚可縫；手足斷，安可續？吾三人桃園結義，不求同生，但願同死。今雖失了城池家小，安忍教兄弟中道而亡！況城池本非吾有，家眷雖被陷，呂布必不謀害，尚可設計救之。賢弟一時之誤，何至遽欲捐生耶！」說罷大哭。關、張俱感泣。

由上引這句話出處的原文可以知道，一是這句話並非劉備杜撰出來，而是引的「古人云」，可見即使錯了，責任也不全在劉備；二是劉備接下還有自己的解釋說：「衣服破，尚可縫；手足斷，安可續？」分明把「兄弟」與「妻子」的比較定位在血緣的標準上，即以血緣而論，「兄弟」為親，而「妻子」為疏。古人重血緣，當然也就重「兄弟」，其地位高於「妻子」，正是那時宗法社會

禮教的成規，所以這句話即使錯了，也不過是劉備太相信禮教，而不是他個人壞了心術。

當然，劉備所說「兄弟如手足，妻子如衣服」，那「兄弟」二字也是指血親意義上的兄弟，而不是劉、關、張結義的「把兄弟」。所以，劉備似乎還是把「古人云」的這句話用錯了對象。但也正是如此，見出劉備對張飛是作親兄弟看。這麼一說，又「說罷大哭」，如何不使得「關、張俱感泣」！

「兄弟」二句在劉備引用之前出處不詳。但讀毛本可以見到，這二句下毛宗崗有夾批云：「《邶風》云：『綠兮衣兮，綠衣黃裏。』從來衣服比妻子。」可知其以為《詩經·邶風》就有這意思了，但還不能說就是這句話出處的正解，待考；又「衣服破」四句下也有毛宗崗夾批云：「但聞人有繼妻，不聞有繼兄繼弟。」就是說兄弟無可替代，而妻子可以再娶，體會劉備的意思，也很是到位。因此，如果顧及《三國演義》中這句話出處的原文，或者又參考了毛評的話，便不難理解劉備所引「古人云」，一是「兄弟」與「妻子」區別的實際情況正是如此，劉備不過實話實說；二是劉備引這句話，主要是為張飛解困，並無拿妻子開涮的意思，讀者也不可以推測太過。

其實劉備不僅是個「梟雄」，而且還是性情中人。我們從全書看他，並無對妻子特別不好的地方，有時還是個溫柔鄉中人。如在東吳招親以後，曾樂不思回荊州，若不是諸葛亮早有安排趙雲的「錦囊妙計」，他是決不會上歸舟的，而且無奈上歸舟之後，漸近荊州地界，還「驀然想起在吳繁華之事，不覺淒然淚下」，就可以知道，劉備妻子念重，並不下於常人。反而他引「古人云」對張飛說的話，是出於真心，抑或只為了一時安撫這個結義的小兄弟，還可以商量。但作者的用心卻已由毛宗崗一語道破：

> 今之因妯娌不睦，而致兄弟不睦者多矣。同胞且然，何況異姓？

> 觀玄德數語，勝讀《棠棣》一篇。

原來作者寫劉備對張飛如此說的意思，並非主張丈夫不愛自己的妻子，而是要藉此描寫，對因妯娌不和而致兄弟參商者行諷喻的，讀者不可誤會了。

（2012 年 3 月 18 日）

從「昏禮不賀」到「辦喜事」

今天中國人舉行婚禮，謂之「辦喜事」；親友致賀，謂之「喝喜酒」，都是「禮」所當然。

這個風俗很古老，但是並非從來如此。至晚在西周時代中國人的觀念上，結婚縱然不是一件糟糕的事，也足令人傷心，根本不是什麼喜事。所以那部專門解釋「禮」的古書《禮記》上說：「昏（婚）禮不賀，人之序也。」（《郊特牲》）

「昏禮不賀，人之序也」，鄭氏注：「序猶代也。」元代陳澔《禮記集說》的解釋是：「謂相承代之次序也。」「承代」即世代相承。古代婚禮是只在男方家庭舉行。婚禮標誌兒子長成有了家室，能夠承代父母，擔起家庭和家族的責任了。此自然之事，無可祝賀，所以不賀。

顯然，這都是從家長和家庭的利益說的。從禮教上看，婚姻固然是爲兒子娶妻，目的卻是家族的生存與繁衍，與兒子（更說不到兒媳）個人的幸福全不相干。爲父母的操辦此事，和爲兒子的接受一位女子爲妻，都是爲了完成家族擴大與繁衍的任務，也就是《禮記·昏義》所說：「昏禮者，將合二姓之好，上以事宗廟，而下以繼後世也。」

「下以繼後世」就是傳宗接代，繁衍子孫。古人最重承嗣，所謂「不孝有三，無後爲大」。因而，娶妻生子是後輩對於祖上的責任。當然也是好事，卻同時意味著新陳代謝，提醒做父母的老之將至。老一輩有尊榮，卻風光不再，進而有日暮途窮之憂，更何喜之有？而在嫁女的一方，女兒因此長離膝下，爲他人「下以繼後世」去了，更不是一件愉快的事。即從做兒女的一面說來，結婚不由自主，前景難料。縱然有個人的歡樂，也絕對不能想到它，更不能表現出來。爲了「孝」，他（她）要想著因此給父母造成的憂傷，做出不得已去完成這個「人之序」任務的苦相。所以婚禮無論對於男女雙方的家庭或當事者本人，都不是喜事，或不能把它當作喜事。《禮記·曾子問》引「孔子曰：『嫁女之家，三夜不熄燭，思相離也；取（娶）婦之家，三日不舉樂，思嗣親也。』」把兩方婚禮中苦惱的緣故都說到了。婚禮既是這樣一件不得已卻又令人不快的事，當然就談不上祝賀。《禮記集說》就這樣解釋說：「思相離，則不能寢寐，故不滅燭；思嗣親，則不無感傷，故不舉樂。此昏禮所以不賀也。」

這個說法似有道理，許多人相信了這個話。但仔細推敲起來，婚姻的主辦人特別是當事的男女能自覺想到「人之序也」等等，怕也很難！而《禮記》一書不過後儒對《禮》的解釋、說明和補充，不完全可靠的。因此，很可以懷疑「昏禮不賀，人之序也」云云，只是後儒把婚姻的意義納入禮教框架的一個為我所用的猜測。似乎說通了，實際還隔了一層。

周代「昏禮不賀」應當是上古掠奪婚風俗的殘餘。人類在原始時代，兩性的結合也如其他哺乳動物的亂交。一種是與部族群體之內的，一種是與部族群體之外的。人類在長期亂交的繁衍中漸漸發現，群體內交配所生的後代遠不如與群體外者所生的多而且好，於是有「同姓不婚」的禁忌，進而產生如何從別一部族得到女子為妻的問題。起初最簡便的方法就是搶掠。搶掠以乘女家不備為好，當然是夜間即「昏」時為便。《周易》卦辭中三見「匪（非）寇婚媾」的話，「寇」「婚」同稱，證明我國古代有暮夜（昏）掠奪女子為妻的風俗。後世因俗成禮，故《說文》云：「禮，取婦以昏時，故曰婚。」至今結婚例在夜間進行，就是掠奪婚的遺風。而掠奪為婚的野蠻行徑，對女家來說直接是一個不幸，所以《周易》中有形容被掠的女子「乘馬斑如，泣血漣如」的話；搶女而歸的男方自然有成功的喜悅，但對於女族可能報復的擔心也使之忐忑不安，暫時顧不上歡樂。所以上引「嫁女之家，三夜不熄燭」的原因，大概還說不到「思相離」，而是女族燃燭戒備，抵抗那來「求婚媾」的「寇」；「取婦之家，三日不舉樂」的緣故，肯定也不在「思嗣親」，而是搶婚之後，怕女族復來奪回，有意隱密之。這在兩方的家族與當事男女本人都是一個痛苦不安的過程，何喜之有？所以陳顧遠先生《中國婚姻史》說：「禮所謂『婚禮不賀』，其原意或亦出之於此。」是很正確的推斷。

掠奪婚是為了得到別一部族的女子為妻，避免部族內的交配；它的興起也就意味著女子在本部族內被取消了繁衍後代的責任，減少以至完全失去了交配的機會，可以而且必須為別一部族掠去，從而使女方對掠奪為婚的抵禦漸漸變成一種默許，進而「掠奪」演為昏時「親迎」的形式，成了「禮」所掩蓋下實質是交換的買賣婚、聘娶婚。其過程的悲慘苦澀雖然漸以稀薄，但是也還未至於成為「喜事」；後來又有了儒家把結婚的意義納入宗法制的網絡，婚禮在所謂「人之序」的意義上又平添了一分淒涼，「昏禮不賀」的傳統也就延續下來。但是，當《禮記》要特別提出「昏禮不賀」的時候，大概社會上也早就有了祝賀婚禮的苗頭，顯示「這個問題到了非解決不可的時候了」。

　　而且，依古代倫常，夫婦為人倫之始，因而婚禮與成人的冠禮並稱，最為重要。《禮記》曰：「夫昏禮，萬世之始也。」（《郊特牲》）又說「昏禮者，禮之本也。」（《昏義》）。這樣一件大事當然不可草率。因此，在婚禮諸多的繁文縟節中少不了請客吃飯，即《禮記·曲禮上》所謂「為酒食以召鄉黨僚友，以厚其別也」。就是說請鄉黨僚友來吃喝一場，以便把一對新人（主要是新婦）介紹給他們，確認各自與一對新人的關係。而鄉黨僚友赴宴豈有白吃白喝的道理？於是送禮乃必不可免。這就與「昏禮不賀」有撞車的危險，但對於中國人的智慧來說不是什麼難題。《禮記·曲禮上》接著上引的話說：「賀取妻者曰：『某子使某，聞子有客，使某羞。』」不說「昏禮」，而說「有客」；不說「賀取妻」，而說「使某羞」。「羞」即食物，「使某羞」猶言讓我送點客人吃用之物。舌上工夫，一轉換問饋贈有名，士人乃得坦然受之，這也是種「包裝」罷。

　　把「昏禮不賀」變成「辦喜事」，把稱作「使某羞」的忸怩的送禮變成公開的祝賀，大約始於漢代，那正是《禮記》盛行，「這個問題到了非解決不可的時候」。史載漢代嫁娶，俗好車多人多，盛大奢侈。漢宣帝時還特別下詔準民嫁娶以酒食相賀，使能有所樂。晉代民間已有「戲婦之法」，大約如後世之「鬧房」。唐代曾下詔禁止民間「昏嫁……雜奏絲竹，以窮宴歡」，而屢禁不止。到了宋代，婚禮更辦得熱鬧。宋哲宗大婚，主政大臣欲依古禮不用樂，太后說：「尋常人家娶個新婦，尚點幾個樂人，如何官家卻用不得？」可見那時無論官民都把婚禮作喜事辦了。元、明、清士庶娶親的唯務熱鬧喜慶更不必說，也說不完。至近代，真正「禮崩樂壞」，「昏禮不賀」的古訓就很少人知道了。至於今天，結婚請客送禮，喜慶祝賀，幾乎人人必經，概莫能外，若說到「昏禮不賀」，則人人必以為怪哉。《詩經·小雅·十月之交》說：「百川沸騰，山冢卒崩。高岸為谷，深谷為陵。」古今世俗變異如此，可勝歎哉！

　　漢以前「昏禮不賀」的時代，並非人們不知道結婚對於當事男女，包括對於一心望子女長成的父母，都肯定是一件值得高興的事。卻由於歷史的和社會的原因，這方面的意義先是無暇顧及的，後來不僅是被輕視的，甚至是被禁止的。從而那時的婚禮，或者是一場寇婚的「戰爭」，或者是冰冷的「禮」的表演，減少甚至窒息了人生終身大事的歡樂。今天看來，實可謂煞風景。然而人類歷史從黑暗走向光明，黑暗中正有著光明的因子。雖然「昏禮不賀」殊煞風景，但是儒家沿襲遠古風習而立此規矩，實是因為看到了結婚有個人

欲望得到滿足的歡樂，要盡可能壓抑它使完全服從於宗族進而國家利益的需要。例如《禮記正義》解釋「婚禮不用樂」就明確說，女人應深思陰靜，而樂爲陽氣，「陽是動散。若其用樂，則令婦人志氣動散。故不用樂」。這就是所謂「禮……以爲民坊（防）者也」（《禮記·坊記》）。而「辦喜事」則是打破了這種「坊」的結果，可說是古代婚禮的一次革命。

從「昏禮不賀」到「辦喜事」，反映了社會的進步，世俗婚姻觀念的革新，是人的一個解放。「昏禮不賀」由掠奪婚遺留而來，後又經儒家禮教的規範，一切從家庭、家族的利益著想，以爲無喜可賀而不賀；後世「辦喜事」的目的也沒有能夠是單一純粹的，至今也難免有家庭「擺闊」和「公關」的成分，但是隨著歷史的演進，婚禮的出發點與著眼點越來越突出了當事男女的幸福，爲一對新人得到人生的滿足而歡喜慶賀，樂觀其成，樂贊其成，其實質是以「辦喜事」的形式體現對個人幸福和個性權利的肯定與尊重。在這個意義上，「辦喜事」是人生聖潔的典禮。請客送禮也許不可免，也不一定就俗氣，但是，如果專注於此，非此不「喜」，甚至因此築債臺、累親友，那就會使「喜事」褪色。至於假「辦喜事」索賄受賄以行搜刮的權勢者，則多半是早晚要哭鼻了，更何喜之有！

（1999 年 4 月 8 日）

數字與習俗

數字是用於計算的，但不限於實物，有些積澱在習俗中，成爲生活的尺度。

「二」是兩個「一」之和，與之相關的俗語是「好事成雙」。「成雙」即成對，我國人以「成對」爲吉祥，大約起於《周易》所說「一陰一陽之謂道」。「一陰一陽」就是「二」。劉向《說苑》：「二者，陰陽之數也。」所以，「二」是「道」的根本。宋儒蔡元定說：「數始於一奇，象成於二偶。」（《宋史》本傳），「二偶」即偶數「二」，是「象成」的基礎。總之，「二」是爲「道」之數，又是「象成」之數，好事到了「二」，「成雙」「成對」了，才算完滿；否則，「數始於一奇」，「一」僅是起點，以後的發展還說不准，「好事」是否眞好，還要看下一步，所以祝酒不能一杯，要「好事成雙」。《金瓶梅詞話》第一回潘金蓮向武松勸酒說：「叔叔飲個成雙的盞兒。」

　　「好事成雙」進一步就是以偶數爲吉祥。這個觀念也來自《周易》。《周易》認爲，宇宙萬物的生成變化由數決定。數分天數、地數。天數爲五奇：一、三、五、七、九；地數爲五偶：二、四、六、八、十。這五奇、五偶之數錯綜複雜，交互爲用，決定宇宙萬物的生成變化。其中天數促使萬物之發生，地數確保萬物之長成，所謂「乾（即天）知大始，坤（即地）作成物」（《易·繫辭上》），也就是奇數主發生，偶數主長成，從而偶數有象徵成就的意義，形成尚偶數的觀念和風俗。除「好事成雙」之外，歷史上還多以命運不幸爲「數奇」（《史記·李將軍列傳》），以仕路通達爲「偶合」（《史記·范雎列傳》）；其他如請客點菜以四、六、八、十道成席，娶親擇日以六、八日爲吉，送禮有四色、六色、八色之數，等等，習慣上都必須是偶數。甚至古代文人書籍編纂也以偶數結卷，特別是十卷（回）以上的，結末幾乎都是偶數。以奇數結卷甚至被看做是一個遺憾，如清代金和跋《儒林外史》云：「（吳敬梓）先生著書皆奇數，是書原本僅五十五回。」

　　偶數主吉往往是在關乎結局的時候。如果是事情剛剛開始，則奇數主發生，也可以是吉數。如敬酒三杯、「三六九，往外走」。這個道理也要從易學說起。漢代易學家把天數、地數合稱爲「河圖十數」，又稱「生成之數」：生數爲一、二、三、四、五，成數爲六、七、八、九、十。這就把奇、偶數的界限搞混了。杭辛齋《學易筆談》說：「一、三、五，天數也，天陽之生數也。」又說：「一、三、五之位，三居中……三生萬物，陽數至三而始著也。」所以天陽之生數中「三」是「始著」者。而一、三、五之和爲「九」，二、四之和爲「六」。「六」「九」都是「三」的倍數，當然包蘊「始著」之義。「始著」也就是興起之點，可引申爲起始順利、發達等等，從而三、六、九共同具有起始順利、興旺的意思。所以，開筵主人敬酒三杯，「酒過三巡」，「三生萬物」，也就進入佳境；酒令則有「六六大順」之說，某些地方祝壽也是從六十六歲開始，而更普遍的當然是「三六九，往外走」，以三、六、九日爲出門吉日，每年的「春運」，中國人都會看到和感受到這一風俗之盛。

　　然而，在「始著」的意義上，「三」又是成數，《史記·律書》：「數始於一，終於十，成於三。」「三」，標誌「始」的階段完成。所以，敬酒三杯也是主人宴客的禮數：三杯爲度，不可少，亦不必多。這不限於敬酒。《周禮》《禮記》記古代禮數都以「三」爲度，如「三揖三辭」「三揖三讓」、「三請三進」「三獻」「三饗」、「卜筮不過三」等等。這個道理，《禮記·曲禮上》引孔

穎達的話說：「卜筮不過三者，王肅云：『禮以三爲成也，上旬，中旬，下旬，三卜筮不吉，則不舉也。』」王肅的話值得注意，古今種種以「三」爲度的禮數，所根據的就是「禮以三爲成」。

「禮以三爲成」是周代的禮法。但是，把「三」作爲行事的度數，不限於禮法，甚至也不一定是從禮法開始。《論語》有「吾日三省吾身」的話，並且稱讚泰伯「三以天下讓」，就不僅是講禮。我們從《左傳》記曹劌論戰「一鼓作氣，再而衰，三而竭」的話推想，可知那時人們已經認爲，做任何一件事情，重複三次就到了極限，再往前就發生質的變化，所以，《三國演義》寫劉備「三顧茅廬」請諸葛亮，不多不少只是「三請」，而且「三氣周瑜」也是「三（次）」就見分曉，即俗語所謂「事不過三」。古人很重視這個行事的原則。所以，春秋時代講治政有「三年有成」的話，後來形成官吏三年考績、上計的制度，一直延續到清代。甚至權臣打了「禪讓」的旗號篡位，也要被廢黜的皇帝三「讓」，《三國演義》第八十回《曹丕廢帝篡炎劉》就是這樣一場戲。

「事不過三」作爲一般處事處世的原則，是提醒人做事審時度勢，不要蠻幹，但是不能當作生活的教條。求愛不行，讀書學習不行，談生意不行，打仗也不行。同在《三國演義》，也有諸葛亮的「六出祁山」「七擒孟獲」。而且顯然，如果科學家相信了這個話，就不會有「六六六」和世界上幾乎所有的發明。中國古人說「醫不三世，不服其藥」，也注意到了經驗積累和不懈追求的重要。而從所做事的性質上說，更講不得「事不過三」。壞事一次不能做，所謂「一之爲甚，豈可再乎」；好事則要盡可能多做，不能「新官上任三把火」，或者「程咬金三斧頭」。諸葛亮代劉備起草臨終遺詔劉禪說：「勿以惡小而爲之，勿以善小而不爲。惟賢惟德，能服於人。」並不講「下不爲例」。

生活中隨處可以看到關於數字與習俗的深刻而微妙的聯繫，細大有之，無所不在，舉此點滴，以見人生世上，不可不胸中有數。

（原載《學問》1999 年第 3 期）

漫話竈君

竈君即竈神，俗稱竈君爺、竈王爺者，是中國古代頗具特色的神祇。

　　「竈」的本來意思是「造」，就是燒火做飯。讀者試想吃飯何等重要！於是在茹毛飲血的時代結束以後，舉火做飯開始的時候，便生出竈神和對竈神的崇拜來。

　　竈神的產生當在史前，其稱作「竈君」，今見於《戰國策‧趙策三》的記載：衛國的復塗偵自稱夢見竈君，是國君為佞臣所蔽的徵兆，惹衛靈公大怒，幾乎因此掉了腦袋。以後「竈君」的稱呼就一直行下來。

　　神是人的影子，竈君也有個人間的名字。大約因為有火才有竈，所以最早人們相信炎帝作火死而為竈神，也有說竈君為火神祝融的。漢代以後，竈君有了自己的名字。有說姓張名禪字子郭的，有說姓蘇名吉利的，有說名叫宋無忌的……，近世民間大約以竈君姓張者居多。筆者幼在鄉間，嘗記民謠云：「竈君老爺本姓張，到年才受三炷香。」不過最流行的還是稱他為「竈王爺」。

　　文獻記載祀竈的風俗，較早有《禮記‧月令》載：「孟夏之月（農曆四月），其祀竈。」《論語‧八佾》記王孫賈曾對孔子打比方說：「與其媚於奧，寧媚於竈。」注家說「竈」即竈神。「媚竈」就是巴結竈君，方法應當就是祀竈。可知祀竈的風俗最晚也應起於東周，其所從來遠矣。

　　祀竈的風俗盛於漢代。漢以前如何祀竈不得而知。西漢劉安《淮南子》所說，祭竈用一盆菜一瓶酒，主祭的是一家的老太太，規格頗低，應當是漢初的情形。後來漢武帝好神仙，方士李少君獻煉金術，說祀竈可以使丹砂化為黃金，以黃金為飲食之器，可益壽延年成神仙，於是武帝親臨祀竈。皇帝都要「媚竈」，竈君的地位一下就高了。又據《東觀漢記》，陰子方臘日（漢代指冬至後第三個戌日，即冬至後第十八天）做早飯，竈神現身，以黃羊祀之，因此發家致富，家資百萬，田產七百頃，後世子孫遂於臘日以黃羊祀竈。還有謝承《後漢書》說，李南的女兒看到從竈突（煙囪）有大風撲入廚房，預知自己要死。這些故事說「祀竈」可以成神仙，可以發大財，可以預卜吉凶，種種靈驗，加以有天子貴族的榜樣，祀竈的風俗自然盛行起來。東漢的李尤寫過一篇《竈銘》：「燧人造火，竈能以興。五行接備，陰陽相乘。」說明那時竈神的信仰，與陰陽五行的迷信打成一片，方興未艾。

　　不過，漢代以後人認為，竈君的職責近乎上帝派駐人間的監督或坐探，伺察一家的惡行報告上帝，以施懲罰。《淮南萬畢術》說「竈神晦日歸天，白人罪」。葛洪《抱朴子》內篇也說，竈神每月晦日上天言人罪狀，大者損人壽

三百天，小者損一天。晦日指農曆每月的最後一天，就是說竈神每至月底一日，上天彙報工作，專言人罪狀。這對於人當然是個威脅，於是便生出種種防範對付的辦法來。

對付竈君的辦法大約有四：一是求他報喜不報憂，吾鄉竈君神像所配的對聯例為「上天言好事，回宮降吉祥」；二是求他向上帝提意見，晚唐羅隱有《送竈詩》云：「一盞清茶一縷煙，竈君皇帝上青天；玉皇若問人間事，為道文章不值錢。」三是使他說不明白，據《東京夢華錄》載，宋代送竈日「以酒糟塗抹竈門，謂之『醉司命』」——使他喝醉酒，「言人罪狀」就不能明白；更有一法是乾脆讓他不能說話，魯迅《送竈日漫筆》曾說紹興風俗，是請竈君吃膠牙餳，「黏住他的牙，使他不能調嘴學舌，對玉帝說壞話」，此法山東也曾流行，不過那黏牙之物不叫「膠牙餳」，而稱作「糖瓜」，也是糖果一類。

總之祀竈的要義，是要把竈神爭取到自己一方面來，使對自己有利；如其不然則是把竈君搞昏了頭，或者堵住了嘴，使他不說或不能說實話。這很容易使人想到人事的請託送禮之俗，神人古今的道理是一樣的。

《禮記‧月令》說農曆四月祭竈，正是忙碌的時節，殊多不便。《淮南萬畢術》和《抱朴子》說竈君晦日上天言事，那麼每至農曆的月底一天就要設祭送竈，又未免太頻繁。所以《東觀漢記》說臘日即冬至後第十八天送竈，每年一次，是最可行的。臘日送竈，從上引羅隱《送竈詩》看只是一杯茶一炷香，殊嫌簡慢。但是記載中宋代以後送竈就隆重多了。宋代以來送竈通行的是臘月二十三或二十四。當日於竈君神像前設祭，一家人行跪拜禮，祈請禱告已畢，把舊年竈君的畫像揭下，並紙錢及紮製的竈馬一起燒掉，竈君就吃了祭物，揣了路費，醉醺醺地騎馬上天了。宋代詩人范成大有一首《祭竈詞》寫此番情景，最膾炙人口：

> 古傳臘月二十四，竈君朝天欲言事。
> 雲車風馬少留連，家有杯盤豐典祀。
> 豬首爛熟雙魚鮮，豆沙甘鬆粉餌圓。
> 男兒酌獻女兒避，醉酒燒錢竈君喜。
> 婢子鬥爭君莫聞，貓狗觸穢君莫嗔。
> 送君醉飽歸天門，杓長杓短勿復云，
> 乞取利市歸來分。

竈君上天言事，回來的日子是臘月的最後一天。竈君歸來，給一家帶回了什

麼？要看明年的運氣如何，才能知道；只是無論如何，家家有一位竈君，人們必須迎接他的歸來，謂之「請竈君」。

予生也晚，但是也還得見吾鄉「請竈君」之俗。先是買一張竈君的年畫，年底一天在揭去了舊竈君像的地方，貼上這新的竈君；傍晚昏黑之際，一家的男人打了燈籠，去村頭隨便什麼平坦的地方，望空拈香祭拜，口誦「竈君老爺回家過年」，挑燈而歸。此時已入除夕之夜，主婦於新貼竈君的年畫前燃香設祭，慰勞竈君這一番上達天聽的辛苦。

在舊時人們相信命運絕對為上蒼支配的時代，竈王爺的榮耀只在年底可以弄權的幾天有三炷香的待遇，其他時候只能眼看著一家人吃飯。世態炎涼，神仙不免，是很可令人感慨的。

（1999 年 5 月）

關於「人頭」的文章

《搜神記・三王墓》，寫干將莫邪的兒子赤為父報仇不果，入山行歌：

> 客有逢者……曰：「聞王購子頭千金，將子頭與劍來，為子報之。」
> 兒曰：「幸甚！」即自刎，兩手捧頭及劍奉之，立僵。客曰：「不負子也。」於是屍乃仆。

客乃持頭往見楚王，王以赤之頭置湯鑊中煮之，「三日三夕不爛。頭踔出湯中，瞋目大怒。」──這真是一個復仇的精靈。神話中有「刑天與帝爭神，帝斷其首，……乃以乳為目，以臍為口，操干戚以舞」（《山海經・海內西經》）的記載。刑天是無頭的英雄，而赤則是無身的英雄。《楚辭・國殤》云：「帶長劍兮挾長弓，首身離兮心不懲；誠既勇兮又以武，終剛強兮不可凌。身既死兮神以靈，魂魄毅兮為鬼雄。」赤和刑天雖然皆首身分離，但都不害其為「鬼雄」。

《三國演義》的「人頭」文章做得更是出神入化了。第七十七回寫東吳殺了關羽，懼怕劉備報復，乃遣使星夜將關羽首級送與曹操：

> （操）喜曰：「雲長已死，吾夜眠貼席矣。」階下一人出曰：『此乃東吳移禍之計也。」操視之，乃主簿司馬懿也。操問其故，懿曰：「昔劉、關、張三人桃園結義之時，誓同生死。今東吳害了關公，

懼其復仇，故將首級獻與大王，使劉備遷怒大王，不攻吳而攻魏，
他卻於中乘便而圖事耳。」操曰：「仲達之言是也。孤以何策解之？」
懿曰：「此事極易。大王可將關公首級，刻一香木之軀以配之，葬以
大臣之禮；劉備知之，必深恨孫權，盡力南征。……」操大喜，從
其計。……遂笑曰：「雲長公別來無恙！」言未訖，只見關公口開目
動，鬚髮皆張，操驚倒。眾官急救，良久方醒，顧謂眾官曰：「關將
軍真天神也！」……遂設犧牲祭祀，刻沉香木為軀，以王侯之禮，
葬於洛陽南門外……。

這裡雖然也渲染了關公的「天神」氣魄，但重心已不在死者，而是寫活人如
何以死者的人頭做交易、行詐騙了。死者已矣，其首級卻關係著三國興衰之
命運，其意義又非「三王墓」的單純刻畫人物所可以擬了。

《聊齋誌異》的「人頭」文章又別出新裁。《夢狼》寫白翁之子白甲為縣
令，官虎而吏狼，百姓怨恨。白甲陞官赴任途中，「諸寇」為民泄憤，「決其
首」。適冥官路過見之，以為白甲陽壽未盡，當使復生，即令手下續其頭：

即有一人掇頭置腔上，曰：「邪人不宜使正，以肩承領可也。」
遂去。移時復蘇。……甲雖復生，而目能自顧其背，不復齒人數
矣。……異史氏曰：「竊歎天下之官虎而吏狼者，比比也！——即官
不為虎，而吏且將為狼，況有猛於虎者耶！夫人患不能自顧其後耳；
蘇而使之自顧，鬼神之教微矣哉！」

這當然不是什麼「鬼神之教」，而是聊齋先生用世的苦心。他只把白甲的頭轉
過一百八十度，就明確地給了世上壞官僚一個「自顧其後」的警告。這個情
節當來自《西洋記》第七十五回金碧峰使飛鈸禪師所殺諸人復活，有「一個
人錯安了頭，安得面在背上」的描寫。錢鍾書《管錐編‧太平廣記卷一九三》
謂愛爾蘭亦有這類故事。但稍加比較即可看出，只有蒲松齡才真正發現並開
掘出了這一情節的思想意義。他用「人頭」之教，道出了廣大人民的心聲。
這在思想的深刻性上又非《三國演義》的軍閥們借關公人頭玩政治把戲的描
寫所能比的了。

另有借「人頭」而翻空出奇的文章值得一提。《太平廣記》卷二三八《張
祐》寫「非常人」以豬頭貯囊中，言是仇人頭，向祐借十萬緡。此即《儒林
外史》第十二回張鐵臂「虛設人頭會」所本。按此等事雖為「虛設人頭」，但
反映的卻是舊時代以必取人首級為豪俠的真實心理。唐人小說《虯髯客傳》

寫虬髯客：「開革囊，取出一人頭並心肝。卻收頭囊中，以匕首切心肝共食之。曰：『此人乃天下負心者心也，銜之十年，今始獲，吾憾釋矣。』」《聶隱娘》寫聶隱娘：「白日刺其人於都市，人莫能見。以首入囊，返主人舍，以藥化之爲水。」《賈人妻》寫女子爲夫報仇夜歸，「其所攜皮囊，乃人首耳」。《義俠》寫俠客「持劍出門如飛。二更已至，呼曰：『賊首至！』命火觀之，乃令頭也」。《崔愼思》寫少婦「自屋而下，以白練纏身……入城求報，已數年矣，未得。今即克矣，不可久留，請從此辭。遂更結束其身，以灰囊盛人首攜之，……逾牆越舍而去」。可知殺仇之後革囊函首而逸，乃是唐代俠士之風。此風既成，社會上遂以革囊函首爲豪俠的標誌，投機家便有做假標誌以成其奸者。這就是「虛設人頭會」所以發生的社會基礎了。此一「人頭」文章實關係著我國數千年遊俠之風流行及其造成的社會心理，又與《搜神》《二國》《聊齋》情景不同。

古人云，文無定法。以上小說關於「人頭」素材的處理正是不拘一格。很顯然，不同寫法的文章其意境必有不同，以上小說不同的「人頭」文章也正有不同的意義。「人頭」總是那樣，但關於「人頭」的小說情節卻隨時變幻，越幻越奇，眞有點像《西遊記》中的牛魔王，被哪吒砍掉一個頭，腔子裏又鑽出一個來。

（原載《語文函授》1990 年第 4 期）

女人與黑店

佛典《舊雜譬喻經》卷上第十八有一個著名的故事，說梵志運其法術，口吐一壺，壺中有一女子出來，與梵志共寢臥；梵志睡下後，女子又作法吐出一壺，壺中有一少年男子出來，與女子共寢臥……。故事要說明的是：「天下不可信，女人也。」這個故事自東漢傳入我國，南朝時演爲吳均《續齊諧記》中的「陽羨書生」，雖未至於膾炙人口，但如今古代小說的選本往往要收錄它。

「天下不可信，女人也。」當然是極大的偏見。但是，在兩性對峙之際，女性柔弱，因而更多地利用美色和智慧征服男性，實在是必然和普遍的道理。以此行俠仗義，除惡祛邪，甚至贏得愛國美名者不少，如春秋的西施、西漢

的王昭君、小說中三國的貂蟬；但是，大約與作家往往是男性易有的偏見有關，小說中女人之利用美色和智慧，更多地在是用在陰謀暗算上。例如古代小說中的黑店，爲主的就常常是店家婆。

「黑店」一詞不知起於何時。但顧名思義，是說店家黑心，不擇手段攫取客商錢財，甚至謀財害命也是有的。「黑心」一詞，《俗語典》引《法苑珠林》說「如來在家時，都無欲想，心不染黑，故得斯報。」但是，「黑心」在我國古代成詞以後，如同多半貶義的詞彙，最先應用於女性身上。宋代陶穀著《清異錄》，記唐代萊州長史于義方有《黑心符》一卷，稱「黑心」爲繼婦之別名。而魏普《吳本草》以中藥黃岑爲妒婦。李時珍《本草綱目》釋曰：「岑根多外黃而內黑，妒婦心黯，故以爲比。」也許因此，至少應該是同樣的道理，古代小說寫黑店也最先注意到店家婆。

可是，中國古代小說中黑店家婆的故事最早也是從佛經來的。古印度佛書《出曜經》卷第十五《利養品》有一個「變驢」的故事，說有一人遠客天竺，同伴迷上了會咒術的女人不得解脫，一想到回家，女人就用法術使他變成一頭驢子。後來經人指教，遍食南山之草，食得一種名叫遮羅波羅的藥草，才還服人形，安穩回家。《出曜經》是北朝後秦僧人竺佛念譯的，「變驢」故事至遲也是在那個時候傳入，到了唐代小說興盛，便演化成了中國最早寫黑店的小說《板橋三娘子》。

《板橋三娘子》載《太平廣記》卷二八六，注出《河東記》。作者薛漁思，生平不詳。這篇小說寫汴州（今河南開封）板橋店女老闆三娘子，夜間於密室做法，使木牛、木偶人耕地種蕎麥，收穫磨麵，做成炊餅，與客點心，客食後皆變成驢。三娘子就把這些驢盡驅入店後，客人的貨財當然也盡歸己有。後來法術敗露，被一個叫做趙季和的，以其人之道，還治其人之身，三娘子被變成驢，做了四年腳力，才得老人搭救，恢復本身。小說故事有些可怕，但更多惡作劇的諧謔，很精彩，開了後世小說寫黑店女老闆暗算旅客的先河，是作者始料不及的。

唐朝以後，小說寫這類故事最爲人熟知的，莫如《水滸傳》第二十七回《母夜叉孟州道賣人肉，武都頭十字坡遇張青》。母夜叉是張青的太太，一百零八將中大名鼎鼎的孫二娘。據張青自報家門，說他殺人亡命後於大樹坡下做剪徑的勾當，被山夜叉孫元打敗，招贅他做了孫二娘的夫君。後來兩口子城裏住不下去了，「只得依舊來此蓋些草屋，賣酒爲生。實是只等客商過往，

有那入眼的，便把些蒙汗藥與他吃了便死。將大塊好肉，切作黃牛肉賣。零碎小肉，做餡子包饅頭。小人每日也挑些去村裏賣。如此度日……」雖然張青曾吩咐他的渾家（妻子）有三等人（僧道、妓女、流配罪犯）不得害他，但書中寫到遭孫二娘暗算的就佔了兩類：魯智深是和尚，武松是配軍。據張青說還「可惜了一個頭陀」，所以我們懷疑這三等人例外的說法是否也是「蒙漢藥」。總之，我們讀了這一回的描寫，特別是「見壁上繃著幾張人皮，梁上弔著五、七條人腿。那兩個公人，一顛一倒，挺著在剝人凳上」數語，直覺得毛骨悚然，再不敢想到「農民起義的教科書」之類。孫二娘也只是一個披著店家外衣殺人越貨的女強盜，奸商中最惡劣的一類罷了。「著了，由你奸似鬼，吃了老娘的洗腳水。」孫二娘看著武松倒下後這番得意的笑語，活現出她殘忍「宰客」的黑心。這裡「宰客」是真個動刀子的！

《水滸傳》中還有一處似寫女人黑店的，不大引人注意。第四十三回「假李逵剪徑劫單人」寫李鬼剪徑不成回到家裏，告訴他的婆娘說如何遇到真李逵，險些丟了性命，虧得謊稱有九十老母由他瞻養，不但饒了性命，「又與了一個銀子做本錢……」那婦人道：「休要高聲，卻才一個黑大漢來家中，教我做飯，莫不正是他。如今在門前坐地，你去張一張看。若是他時，你去尋些麻藥來，放在菜內，教那廝吃了，麻翻在地。我和你卻對付了他，謀得他些金銀，搬往縣裏住，去做些買賣，卻不強似在這裡剪徑。」除了不是專營黑店的生意外，行徑也正與孫二娘一路。不過，這一回李鬼夫妻沒能把李逵做成黃牛肉或人肉饅頭，反倒李逵殺了李鬼，又「看看自笑道：『好癡漢，放著好肉在面前，卻不會吃。』拔出腰刀，便去李鬼腿上割下兩塊肉來，把些水洗淨了，竈裏抓些炭火來便燒。一面燒，一面吃，吃得飽了……」那婦人卻逃跑了，在李逵殺虎以後，做了出首的原告，卻還是被李逵殺了，此是後話。

魯迅《中國小說史略》說，《三俠五義》「乃有《水滸》餘韻」，所以我們在這部書中便能見到類似孫二娘似人物，第七十四回寫倪忠逃命路遇王鳳山，來到一個人家：

> ……卻是三間草屋，兩明一暗。將二人讓到床上坐了。倪忠道：「有熱水討杯吃。」婦人道：「水卻沒有，倒有村醪酒。」王鳳山道：「有酒更妙了。求大嫂溫的熱熱的，我們全是受了驚恐的了。」不一時，婦人暖了酒來，拿兩個茶碗斟上。二人端起就喝。每人三口兩氣，就是一碗。還要喝時，只見王鳳山說：「不好了，我為何天旋

地轉？」倪忠說：「我也有些頭迷眼昏。」說話時，二人栽倒床上，
口內流涎。婦人笑道：「老娘也是服侍你們的！這等受用，還叫老娘
溫得熱熱的。你們下床去罷，讓老娘歇息歇息。」說罷，拉拉拽拽，
拉下床來。……

這婦人手段還略「溫柔」，沒有做到賣人肉饅頭地步，但與孫二娘不過五十步
與百步之間，稱之為「《水滸》餘韻」，再貼切不過了。

再後來女人黑店的故事似乎就不多見。當今雖有稱道孫二娘為「農民起
義女英雄」的文學批評家，他卻也一定不願意自己下榻到她十字坡的店裏，
備嘗做成「黃牛肉」或「水牛肉」「饅頭餡肉」的艱辛。社會也確實文明進步
了，店家「宰客」的手段也不再是盯著他軀體的肥瘦，而直奔他的錢袋。但
是，女人仍唱主角。當「日之夕矣，羊牛下來」，「夜生活」的帷幕漸漸拉開，
隨便乘車去某些城鄉結合部兩旁排列的路邊店看看，很少門前不有豔裝的少
女倚門佇望，三、五成群者也不難見。

以女色為招徠客商之具，其奧妙只可意會不可言傳。其指導思想大約就
是孔夫子「吾未聞好德如好色者也」，當然只是針對男士的。古來如此，《史
記》《西京雜記》都曾記載相如賣酒文君當壚——站櫃臺；《水滸傳》第二十
九回寫蔣門神開酒店，讓他「初來孟州新娶的妾」打扮的花枝招展，坐在櫃
檯裏邊，自己並不露面。其用心不言而喻。但是最能說明此意的，應推南朝
宋劉義慶《幽明錄》中買粉兒的故事。《買粉兒》寫一個多情而內向的青年，
愛上了市中小店裏賣胡粉（鉛粉，用以擦面的化妝品）的女孩，每天假託買
胡粉去一睹她的芳容。後來還是女孩主動問他何以天天來買胡粉，才給他一
個吐露愛心的機會，使女孩大受感動，「遂相許以私」。雖然故事強調的是他
二人最終歷盡波折成了夫妻，但是，當初女店家著實多賣了「百餘裹」胡粉。

雖然苦了「外來妹」，但女色如今還是被某些沾了黑氣的店家做發財的本
錢。孫二娘誠「古人」也，她雖然也打扮了坐在酒店門前窗檻邊迎客，但是
「眉橫殺氣，眼露凶光。轆軸般蠢坌腰肢，棒錘似粗莽手腳」，令人望而生畏，
更無半點勾魂攝魄的嫋娜嫵媚，大約還有些妒，不能用人之長，為了求利，
只任投毒下藥，殺人越貨，不成體統。但在古代，村野小店，淳樸尤存，也
常有另外的情況。且宕開一筆，抄一段《醒世姻緣傳》中的妙文：

治陶有個店家婆，年紀只好二十多歲，髒的那臉就如同鬼畫胡
一般，手背與手上的泥土，積得足足有寸把厚。那泥積得厚了，間

或有脫下塊來的，露出來的皮膚卻甚是白嫩。細端詳他那模樣，眼耳鼻舌身，煞實的不醜；叫了他丈夫來到，問他說：「那個婦人這等齷齪，杆餅和麵，做飯淘米，我們眼見，這飯怎麼吃得下去？」那人說：「這個地方，誰家有水來洗臉的？就是等得下雨，可以接得的水，也還要接來收住，只是那地四裏收不起的，這才是大小男婦洗臉洗手的時候哩！」只得加了二分銀子與他，逼住了讓他洗臉洗手，方才許他和麵淘米。誰知把那臉洗將出來，有紅有白，即如一朵芙蓉一般，兩隻胳膊，嫩如花下的蓮藕，通是一個不衫不履淡妝的美人。（第二十八回）

這雖然主要是當地缺水所致。但是，即使如此，店家婆「齷齪」到成了「鬼畫胡」，生意也仍然不好做。在多數人來說，不好做無非做不好、不做。而孫二娘既有乃父的傳授，就很順苒地做起了人肉饅頭的勾當，潛意識裏也許以此彌補她「母夜叉」的缺乏「秀色可餐」，天曉得。

前述印人梵志吐壺的故事，是梵志吐出一個女人，女人又吐出一個男人，所以「女人不可信」，我們看到外來黑店故事的主人公便首先是女人；但是，梵志吐壺故事演為中國的「陽羨書生」，卻在女子吐出一個男人「共寢臥」，女子睡去之後，這「男子又於口中吐一女子，年二十許，共宴酌，戲調甚久」。所以梵志吐壺故事一翻為中國版，便是女人、男人均不可信。於是，中國古代黑店的故事裏，主人公有女人，也有男人。

男人與黑店的故事，還是《水滸傳》開其端，第三十六回「揭陽嶺宋江逢李俊」寫的就是。當時宋江被發配江州，路經揭陽嶺，下在店中飲酒，宋江同兩個公人，「三個人一頭吃，一面口裏說道：『如今江湖上歹人多，有萬千好漢著了道兒的。酒肉裏下了蒙汗藥，麻翻了，劫了財物，人肉把來做饅頭餡子。我只是不信，那裡有這話？』那賣酒的人笑道：『你三個說了，不要吃。我這酒和肉裏面，都有了麻藥。』宋江笑道：『這個大哥，瞧見我們說著麻藥，便來取笑。』」其實正好不是「取笑」，宋江三人被麻翻拖入「山崖邊人肉作坊裏」去了。後來被李俊救起，才知道「這個賣酒的是此間揭陽嶺人，只靠做私商道路，人盡呼他做催命判官李立」。還有第十六回「吳用智取生辰綱」，假做賣酒施蒙汗藥的白勝，其實也是一小本店家；第四十三回朱貴、朱富兄弟為了救李逵，用蒙汗藥麻翻了李雲，都與孫二娘、李立手法略似，但到底不是一路。白勝、朱氏兄弟仗義而為，不當以黑店論。

此外，中國古代小說中這類男人與黑店的故事便不多了。現代如十字坡老店者當然可能是絕跡了。但是，舊時黑店之黑色恐怖卻使現代人也難以忘懷。所以「五四」的口號有「打倒孔家店」，當然這「店」是被視爲「黑」的；「文革」中私人的店鋪統被作爲「資本主義的尾巴」割掉了，但「黑店」一詞反倒風行一時，成了欲加之罪的名號，如「三家村黑店」之類。如今人們幾乎可以不用「黑店」這個詞了，但是，除了一般店家「宰客」也還常常使人想到那個「黑」字，竟也有當代版十字坡故事發生。記得報載某地曾有一店的掌櫃，串通火葬場殯葬人員，割取死屍做包子肉餡，居然生意紅火了多年。雖然這在生意上只是「造假」，但行徑之惡劣，也算得上是步孫二娘、李鬼妻之後塵。

所以，中國古今黑店、準黑店的故事中，男人爲主者其實不少，只是都不如板橋三娘子和孫二娘的黑店故事著名。所以我們特別拈出「女人與黑店」的話題，做一番隨筆，非有意給女性抹黑也。也順便提醒讀者上路，不要只想著「文君當壚」的風流，還要警惕板橋三娘子和孫二娘之流的餘毒，謹防「著了道兒」。

（原載《東方》1999 年第 1 期）

傳統文學「經濟細節」箚記

小引

在經濟學或文學研究的領域裏，無論誰都不會否認，經濟與文學的關係是不可忽略的重要課題。但是，向來眞正從事這方面研究的人並不多，並且如果說文學批評家關注到經濟的還有一些，那麼在經濟學研究中，注意到文學的就非常之少，做出傑出貢獻而能兼稱爲文學批評家的經濟學家就少之又少；有之，則馬克思、恩格斯兩人而已。

在馬克思、恩格斯各自長期作爲革命思想家與學問家的學術生涯中，經濟與文學的關係都曾是他們關注的重要課題。他們對經濟學與文學關係的深刻分析，在構成其經濟學與文學研究重要內容的同時，也爲這一關係的研究示範，指引後世以學術的門徑與法則。例如，恩格斯在《致瑪·哈克奈斯》

信中論及巴爾扎克作為文學「現實主義大師」的貢獻的一段話，就具有這種示範與導向的意義。他說：

> 他在《人間喜劇》裏給我們提供了一部法國「社會」特別是巴黎「上流社會」的卓越的現實主義歷史……在這幅中心圖畫的四周，他彙集了法國社會的全部歷史，我從這裡，甚至在經濟細節方面（如革命以後動產與不動產的重新分配）所學到的東西，也要比從當時所有職業的歷史學家、經濟學家和統計學家那裡學到的還要多。〔註4〕

這是我國美學與文學研究者大都非常熟悉的論述，無疑能作為討論「經濟生活與中國傳統文學」的關係一個理論上的支點。在這一支點上，研究者可做的事情很多。本文則是筆者從「中國傳統文學」學習「經濟細節」的若干箚記，固然零散，又行文的風格，從當今學術論文的標準看近於「野狐禪」，倘能得學者寬容，大概也只是處在這項研究的邊緣。但筆者自覺無論何種學問，都不過求一是處，並不專為做出一個特別的樣子來。此種形式雖管窺蠡測，但仍可以見出「中國傳統文學」，即使在反映古代生活的「經濟細節」方面，也是一部「卓越的現實主義歷史」〔註5〕。所以素無貫通即行其素無貫通，敢以零筆散墨，公之於會，希望師友哂笑之餘，能引起對各體傳統文學中「經濟細節」的重視，並有助於確認，從「中國傳統文學」研究「經濟生活」的文藝學視角，與從「經濟生活」研究「中國傳統文學」的經濟學視角，有著同樣的可能與必要。

一、「陶公性檢厲」

科學的發展觀告訴我們，節約是一切經濟生活的重要原則。但建設節約型社會必須從行動開始，領導要率先垂範，以身作則，推動形成節約辦一切事業的良好政風與民風。在這一意義上，《世說新語·政事第三》的一條記載頗值得一讀：

> 陶公性檢厲，勤於事。作荊州時，敕船官悉錄鋸木屑，不限多少。咸不解此意。後正會，值積雪始晴，聽事前除雪後猶濕，於是悉用木屑覆之，都無所妨。官用竹，皆令錄厚頭，積之如山。後桓宣武伐蜀，裝船，悉以作釘。又云，嘗發所在竹篙，有一官長連根取

〔註4〕《馬克思恩格斯選集》第4卷，人民出版社1972年版，第463頁。
〔註5〕《馬克思恩格斯選集》第4卷，第462頁。

之，乃當足。乃超兩階用之。

陶公名侃（259～334），字士行（或作士衡）。東晉廬江當陽（今江西九江）人。歷仕元、明、成三帝。初爲縣吏，後爲郡守，遷荊州刺史，歷官太尉，都督八州，封長沙郡公，功高望重，爲時所稱。上引記事後爲《晉書》陶侃本傳所採，並評曰：「其綜理微密，皆此類也。」著眼其統籌兼顧的行政能力，固然有見。但就事論事，體現的卻是其節用務實、儉省辦事的行政作風。而就事論人，則首先是其愛惜地力、物盡其用的仁者之心，其次才是其「綜理」的才幹。

同時還值得稱道的是，陶侃不僅自己身體力行，率先垂範，而且以能否節儉行政作爲識人用人的標準，以破格提拔，「超兩階用之」的力度，獎勸屬下，推行節儉。這就不僅是節約以行政，而且是行政以節約，使節約爲本，儉樸辦事有望成爲一項政策，官府衙門的風氣，其勵士敦俗的作用應該就更大了。

這一則故事既是傳統文學反映古代行政經濟事務的顯例，又是古代行政節約開支，降低成本，少花錢多辦事，不花錢也辦事的文學佳話。

二、王公「賣練」

《裴子語林》：

> 蘇峻新平，帑藏空，猶餘數千端粗練。王公謂諸公曰：「國家凋敝，貢御不致；但恐賣練不售，吾當與諸賢各製練服之。」月日間賣遂大售，端至一金。〔註6〕

按王公名導（276～339），字茂弘。東晉琅琊臨沂（今屬山東）人。歷相元、明、成三帝，與堂兄王敦立朝當政，時稱「王與馬，共天下」。上引記事又見於《晉書‧王導傳》：

> 導善於因事，雖無日用之益，而歲計有餘。時帑藏空竭，庫中惟有練數千端，鬻之不售，而國用不給。導患之，乃與朝賢俱製練布單衣，於是士人翕然競服之，練遂踴貴。乃令主者出賣，端至一金。其爲時所慕如此。

本傳從這件事所著重褒揚的是王導「善於因事」的能力，「爲時所慕」的人望，

〔註6〕魯迅《古小說鉤沉》，齊魯書社1997年版，第20頁。

乃史家著眼其政治上的評價，誠有其理。但是，從「經濟生活」的角度看，這又何嘗不是傳統文學一個「經濟細節」？

　　「練」爲熟帛，可以製衣。但是，即使「粗練」製衣，當時平民仍買不起，而能買得起卻講究「風度」的士流又難免嫌其不上檔次。所以，這「數千端粗練」就遭遇到「鬻之不售」，更不必想能夠賣得好價錢，以解「國用不給」之急。這是「王公」這位皇帝的「大管家」所面臨的「經濟問題」。他的解決之道，即上引「吾當與諸賢各製練服之」的主張，就是親率朝官，各用「粗練」製衣穿起來，有似於現代時裝表演，自作「模特」，爲推銷「粗練」做「廣告」！

　　如果說這一「經濟細節」體現我國古人已經懂得和能夠成功運用最基本的「廣告學」原理，以解決現實生活中遇到的經濟問題，那該不是牽強附會的吧！

　　然而，王導的這一做法卻可能是有來歷的。《韓非子・外儲說左上》載齊桓公好服紫衣，官民傚之，國中「五素不一紫」。結果市場紫色布料緊俏昂貴，而白色布料價格大跌，幾乎斷了銷路。「桓公患之，謂管仲曰：『寡人好服紫，貴甚，一國百姓好服紫不已，寡人奈何？』」管仲爲設一計，請桓公馬上換下紫色裝，並聲明「吾甚惡紫之臭」。桓公用之，「是日，郎中莫衣紫；明日，國中莫衣紫；三日，境內莫衣紫」，一國服飾大變，布匹市場復歸於常。

　　以上《韓非子》所載桓公事與王公賣練起因雖有不同，但作爲救弊的措施，都是著眼於「上之所好，下必甚焉」的世情，和政教「上以風化下」易於施行的道理，以王侯將相的「名人」效應，行商業「廣告」推銷之道，解決所面臨的社會經濟問題。其所適用原理的一致性，使我們很願意相信王公「賣練」之術，乃是受上引齊桓公「服紫」事影響而來，而中國人對「廣告學」原理的認識與應用，早在先秦就已經開始並逐漸發展起來，可謂源遠流長的了。

三、「王戎有好李」

　　《世說新語・儉嗇第二十九》：

　　　　王戎有好李，賣之，恐人得其種，恒鑽其核。

這裡王戎「恐人得其種」被視爲「儉嗇」，應屬道德上的評價。但是，以今天的觀念，換一個角度看，豈不是「王戎有好李」，又很知道維護其「有好李」

的「專利」嗎？即使其「恆鑽其核」的手段不夠儒雅，但是，就「市場經濟」而言，其「維權」的意識無可厚非，可謂中國人早期「知識產權」思想的一個典型例證。在中國專利史或專利思想史上，這個故事似不應該被忽略的。

然而，拙論是否有削足適履的嫌疑而把古董現代化了呢？不然。原因有三：首先，王戎至少是對李樹品種素有研究的一位「專業人員」。《世說新語》又載：

> 王戎七歲，嘗與諸小兒遊。看道邊李樹多子折枝，諸兒競走取之，唯戎不動。人問之，答曰：「樹在道邊而多子，此必苦李。」取之，信然。（《雅量第六》）

此事所顯示王戎「量」之「雅」，實是精於李樹品種鑒賞的雅致。因此，他為「好李」「維權」的思想，有自覺珍惜良種的一面，不足為異。

其次，當時良種選用已是社會較為普遍的觀念。如成書應不晚於魏晉的《漢武帝》載：

> 王母……又命侍女更索桃果，須臾，以玉盤盛仙桃七顆，大如鴨卵，形圓青色，以呈王母。母以四顆與帝，三顆自食。桃味甘美，口有盈味。帝食輒收其核，王母問帝，帝曰：「欲種之。」母曰：「此桃三千年一生實，中夏地薄，種之不生。」帝乃止。（《太平廣記》卷三《神仙三》）

這裡故事雖屬荒誕，但是，由於深感「桃味甘美，口有盈味。帝食輒收其核」，所顯示《漢武帝》作者當時社會已有選用良種的觀念，應是事實。又類似如《世說新語・儉嗇第二十九》載：

> 蘇峻之亂，庾太尉南奔見陶公。陶公雅相賞重。陶性儉吝。及食，啖薤，庾因留白。陶問：「用此何為？」庾云：「故可種。」於是大歎庾非唯風流，兼有治實。

可知晉人重視選用良種又不限於桃李，因而有王戎為「好李」「維權」的舉措，乃不足為異。

最後，還因為當時確有故意毀壞良木事發生，如有因妒忌而「毀林」者，《世說新語・儉嗇第二十九》載：

> 和嶠性至儉，家有好李，王武子求之，與不過數十。王武子因其上直，率將少年能食之者，持斧詣園，飽共啖畢，伐之，送一車枝與和公，問曰：「何如君李？」和既得，唯笑而已。

本條注引《語林》則云：「和嶠諸弟往園中食李，而皆計核責錢，故嶠婦弟王濟伐之也。」但無論如何，總是一園「好李」被伐毀了。又有故殺名牛者，《世說新語・汰侈第三十》：

> 王君夫有牛名「八百里駮」，常瑩其蹄角。王武子語君夫：「我射不如卿，今指賭卿牛，以千萬對之。」君夫既恃手快，且謂駿物無有殺理，便相然可，令武子先射。武子一起便破的，卻據胡床，叱左右：「速探牛心來！」須臾，炙至，一臠便去。

所以，魏晉人有良種者，皆知加意保護，《世說新語・德行第一》載：

> 王祥事後母朱夫人甚謹。家有一李樹，結子殊好，母恒使守之。時風雨忽至，祥抱樹而泣。

這位著名的孝子也做過守護「好李」之事，可證土戎「恒鑽其核」以「維權」，只是當時「好李」保護一個略帶「科技含量」的措施而已，實不足爲異。

四、「願郎早娶憐兒小」

明宋濂詩《鴛鴦離》：

> 結髮成昏期白髮，誰料鴛鴦中道折。妾身雖作水中泥，妾魂長與君同棲。娶妻只爲多似（嗣）續，妾有三兒美如玉。願君勿娶全兒恩，一娶親爺是路人。

又，劉基詩《病婦行》：

> 夫妻結髮期百年，何言中路相棄捐？小兒未識死別苦，啞啞向人猶索乳。箱中探出黃金珥，付與孤兒買飴餌。不辭瞑目歸黃泥，泉下常聞兒夜啼。低聲語郎情不了，願郎早娶憐兒小。

拙注《明詩選》選此二首詩，於宋濂詩下注曰：「寫夫妻死別，可與下選劉基《婦病行》對讀。劉詩寫病婦顧念兒子幼小，勸夫另娶；本詩寫病婦擔心丈夫冷遇自己的兒子，勸夫不娶。同一種母愛，兩般心思。」〔註7〕又於劉基詩下注云：「本詩用古題而出新意：病婦臨終，最不願意想到的是丈夫另娶。但是，爲了自己死後兒子能有人撫養，她卻要勸丈夫早娶，以對夫妻結髮的忍情，成全最後的母愛，所以更加感人。」〔註8〕

現在看來，兩詩寫病婦臨終「憐兒」，所囑雖異，愛心則同，卻都不免有

〔註7〕杜貴晨《明詩選》，人民文學出版社2003年版，第49～50頁。
〔註8〕《明詩選》，第53頁。

出於經濟上的考量：「願君勿娶全兒恩」者，遺下「三（個）兒」中最小者似已斷乳，擔心的主要是「一娶親爺是路人」之後，他們長遠的經濟利益便難得保全；「願郎早娶憐兒小」者，則是因小兒尚「啞啞……索乳」，生活上亟待有後母照料，只能且顧眼前，難說將來。

兩詩對照，可見出於是對兒子未來經濟生活的不同考量，詩中母愛的表現，便因人因事而異，形成文學描寫的多姿多彩。

五、「一曲清歌一束綾」

寇準侍妾蒨桃《呈寇公二首》：

> 一曲清歌一束綾，美人猶自意嫌輕。
>
> 不知織女螢窗下，幾度拋梭織得成。
>
> 風勁衣單手屢呵，幽窗札札度寒梭。
>
> 臘天日短不盈尺，何似妖姬一曲歌。

筆者於《唐宋詩選》中注說：

> 本詩出《苕溪漁隱叢話後集》卷四十引《翰府名談》：「公自相府出鎮北門，有善歌者，至庭下，公取金鐘獨酌，令歌數闋，公贈之束綵，歌者未滿意。蒨桃自內窺之，立為詩二章呈公云……」即此二首。詩以美人「清歌」重於織女「拋梭」為價值的顛倒，用織女寒夜拋梭的辛苦，反襯「妖姬」得綾的輕易，間接批評了寇公肆意揮霍的生活作風，可當諫章。
>
> 詩歌作這類抨擊的，還可以舉出白居易的《紅線毯》。但是「一曲清歌」與「一束綾」孰為輕重，看法並不容易一致。例如還是白居易的詩《琵琶行》中就曾寫道：「五陵少年爭纏頭，一曲紅綃不知數。」當今名歌星的紅火也還如此。大約窮人要溫飽，富人要消遣。立場不同，看法便不一樣。所以當時寇公有和詩曰：「將相功名終若何？不堪急景似奔梭。人間萬事君休問，且向樽前聽豔歌。」寇公居相位，不肯以「人間萬事」易「聽豔歌」，蒨桃便拿他沒有辦法。

〔註9〕

〔註9〕管士光、杜貴晨選注《唐宋詩選》，太白文藝出版社 2004 年版，第 31～332 頁。

現在看來，這一「經濟細節」單是從「窮人」「富人」的分別講，並不全面，也不夠深入，還可以從經濟學的道理上進一步說明。

按此「清歌」「束綾」與「美人」「織女」巨大反差的形成，除時代人為風尚的原因之外，根本上是由經濟學「稀缺性」原理，即俗說「物以稀為貴」的規律所決定的。「妖姬」即能歌善舞的美女，李延年歌云：

> 北方有佳人。絕世而獨立。一顧傾人城。再顧傾人國。寧不知傾城與傾國，佳人難再得。

稱「佳人」之難得，乃至於使有家有國者，不惜為之「傾城與傾國」，雖然經不起道德上的拷問，但其言「佳人」難得而貴重的道理，卻正是蒨桃詩中「美人」使寇準欣賞不置的根本原因。如果再加以「此曲只應天上有，人間哪得幾回聞」的歌喉，那麼「一曲清歌一束綾」，就不僅寇準樂意一擲，而「美人猶自意嫌輕」，也無可厚非。

因此，對宰相寇準來說，「且向樽前聽豔歌」是因其人性與所受」豔歌「藝術的感染而然，他樂於「一曲清歌一束綾」的饋贈，也是為「美女」「歌星」的「稀缺性」經濟規律所左右，不得不然。從而蒨桃的詩諫可感也，不可從也。而蒨桃還應當明白的是，不僅對於不同的人（如窮人與富人）來說，「清歌」「束綾」「美人」價值會有所不同，而且如果「美人」紮堆而「織女」難得，更「難再得」，又仍然是織工生產力低下，「札札千聲不盈尺」的話，那一定是「織女」居「美人」上座，而「妖姬一曲歌」的所得，能有一方手帕，也就該感激不盡，哪裏還敢指望「一曲清歌一束綾」，更不必說「猶自意嫌輕」了。然而「美女」「歌星」從來不曾紮堆地多，而「織女」卻不難培養出來，所以「一曲清歌一束綾」的世情，古今一轍，於今為烈。

六、「鬻技」

《莊子・內篇・逍遙遊第一》：

> 宋人有善為不龜手之藥者，世世以洴澼絖為事。客聞之，請買其方百金。聚族而謀曰：「我世世為洴澼絖，不過數金；今一朝而鬻技百金，請與之。」客得之，以說吳王。越有難，吳王使之將，冬與越人水戰，大敗越人，裂地而封之。能不龜手，一也；或以封，或不免於洴澼絖，則所用之異也……

這就是著名的「不龜手之藥」的故事，莊子用以說明，同一藥方，客能邀寵

於吳王以取封地，宋人卻不免於漂洗布絮的勞苦，「則所用之異也」。古來學者對這一故事的意義，也只在「善用」的方向上思考它。其實，換一角度看，這豈不是一份重要的古代技術轉讓思想的史料？

「不龜手之藥」是宋人的一個發明。但是宋人卻不甚曉得這項發明的意義，除了用於漂洗布絮防治凍傷之外，沒有想它還有其他的用途。客雖然不是發明者，卻知道這項新技術能有更好更大的應用價值，不惜百金購買其方，「以說吳王」，立戰功，得封地。顯然，客的成功在「善用」，即慧眼獨具，從宋人手中購買並挾「不龜手之藥」以說吳王，用之於一戰得勝，取功名富貴。所以，其「善用」說到底是善於「鬻技」，即「百金購其方」，實現了從發明者宋人手中獲得這項「知識產權」的技術轉讓，然後轉手倒賣於吳王，並親自應用這項當時的高新技術產品於戰爭，從而大獲成功。

《莊子》一書，「寓言十九」。這個故事也不像是真事，但應該是反映了歷史的真實，即表明當時社會已經有了「鬻技」的活動和觀念；技術不僅作為生產的手段被應用，而且有了作為商品進入了流通領域的嘗試。可惜從總體上說，我國兩千餘年漫長的封建社會裏，「技」不被重視，《莊子》「鬻技」的思想更沒有得到發揚，乃至後世治古代經濟史，也很少從「經濟細節」的角度看待這一故事。

其實，中國古代以知識作為商品出售的思想不止《莊子》「鬻技」一說。《論語》：「子曰：『沽之哉，沽之哉，吾其待沽者也。』」（《子罕》）就是以知識為可賣的。後世科舉，「學成文武藝，貨與帝王家」，則是孔子「沽之」之道的發展。但是，古代帝王需要於讀書人的，主要是「為政」的知識與能力，不怎麼看重科學技術，甚至《禮記》有云：「作淫聲異服奇技奇器以疑眾，殺。」（《王制》）從而「文武藝」只是為帝王管家護院的本事，極少科學技術的成份。而士子們因注意力主要在做官的緣故，便與《論語》「子云：『吾不試（做官），故藝（學得技藝）』」（《子罕》）的情況相反，為著「帝王」一家買主，唯讀書應試，不需要也不可能學到技藝。所以，古代中國科學技術發展受到嚴重阻礙，「鬻技」的市場更受到限制。即使《莊子》寓言，也還是說「鬻技」於「帝王家」去打仗，而不是一般民用範圍內的技術轉讓，更不可能有真正現代技術轉讓交流的思想。

但是，這個「鬻技」的故事，講「客」把宋國民用的「不龜手之藥」，用於吳、越戰爭，很像火藥在世界史上的經歷：中國人發明了火藥，長時期中

只用來做爆竹、煙花的娛樂；而一旦傳入西方，就有了長槍大炮，反過來打得「天朝帝國」割地賠款，百年不得開心顏。吾國古來學問人不可謂不多，更早在唐代已把《莊子》奉爲《南華眞經》。但是，大約世上總是崇儒求富貴利達的多，到「知其無可奈何」時才讀《莊子》，所以未見有人注意到《眞經》中「鬻技」這民用轉軍用的故事和道理，可勝歎哉！

　　然而，與上引《禮記》「作淫聲異服奇技奇器以疑眾，殺」的扼制政策相聯繫，在古代經濟生活中也時有技術封鎖的情況發生。《世說新語・汰侈第三十》：

> 石崇爲客作豆粥，咄嗟便辦。恒冬天得韭洴虀。又牛形狀氣力不勝王愷牛，而與愷出遊，極晚發，爭入洛城，崇牛數十步後，迅若飛禽，愷牛絕走不能及。每以此三事搤腕。乃密貨崇帳卜都督及御車人，問所以。都督曰：「豆至難煮，唯豫作熟末，客至，作白粥以投之。韭洴虀是搗韭根，雜以麥苗爾。」復問馭人牛所以駛。馭人云：「牛本不遲，由將車人不及制之爾。急時聽偏轅，則駛矣。」愷悉從之，遂爭長。石崇後聞，皆殺告者。

從技術傳播的角度來看，這一「經濟細節」所傳達古代「技術情報」的竊密與反竊密的歷史信息，又足以使治古代經濟思想史者觸目驚心。

七、「買櫝還珠」

《韓非子・外儲說左上第三十二》

> 楚人有賣其珠於鄭者，爲木蘭之櫃，薰以桂椒，綴以珠玉，飾以玫瑰，輯以羽翠。鄭人買其櫝而還其珠。此可謂善賣櫝矣，未可謂善鬻珠也……以文害用也。

這就是著名的「買櫝還珠」故事，韓非用以說明「以文害用」即只重表面好看不重實際的害處，後代則以諷刺世人捨本逐末、取捨失當的愚蠢。但是，就事論事，從「賣其珠」的目的來看，這首先是一個商品過度包裝的問題。即珠的包裝即櫝過於惹眼，結果鄭人大約本是要買珠的，卻爲珠的包裝盒所吸引，「買其櫝而還其珠」。這在「鬻珠」來說，自然是沒有成功。

　　但這一結果與今天商品的包裝過度卻完全不同。一是沒有造成對消費者利益的損害，二是「買櫝還珠」，楚人固然沒有能夠「賣其珠」，「未可謂善鬻珠也」，但經商取利，鄭人既「買其櫝」，楚人仍從賣珠而轉爲賣櫝獲得了利

潤，即使因此「未可謂善鬻珠」，但能做一個「善賣櫝」的商人，也沒有什麼不好。而且如果楚人由於鄭人喜歡「木蘭之櫃，薰以桂椒」云云之櫝，而抓住商機，不固執其「鬻珠」的本行，兼營或索性改行「賣櫝」，應該會有很好的發展。所以，這一則故事可啟經商之道。

所以，這一個故事更多是具「經濟細節」的意義。而全面和深入來看，《韓非子》以「買櫝還珠」說明只重表面不重實際的害處，並不完全妥貼。反而是同篇另一個故事，於說明韓非的道理更為有利：

> 昔秦伯嫁其女於晉公子，令晉為之飾裝，從衣文之媵七十人。
>
> 至晉，晉人愛其妾而賤公女，此可謂善嫁妾，而未可謂善嫁女也。

這才真正是韓非所抨擊的「以文害用」。

八、妻子的「手爪」

我國大約自魏晉以降，一般女子「德、言、容、工」中的「工」，就多指「女紅」即針線活了。但在漢代以前，生產力還很不發達，男耕女織，女子紡織的技藝被看作身價的重要標誌，並影響到丈夫對妻子的看法。如《古詩》：

> 上山採蘼蕪，下山逢故夫。長跪問故夫，新人復何如。新人雖言好，未若故人姝。顏色類相似，手爪不相如。新人從門入，故人從閣去。新人工織縑，故人工織素。織縑日一匹，織素五丈餘。將縑來比素，新人不如故。〔註10〕

這裡表現「故夫」似乎後悔的意識中，幾乎完全不出於感情的留戀，也不僅由於「新人雖言好，未若故人姝」，那已經忽略為「顏色類相似」了。「故夫」更為看重的是，「故人工織素」，曰「織素五丈餘」，比較「新人工織縑」，「織縑日一匹」，不僅產品規格優，而且日產量也不算低。從而「新人」只相當於粗成的「縑」，而「故人」則相當於精製的「素」，「將縑來比素，新人不如故」。

這「將縑來比素」之喻真是一語道破「故夫」娶妻的目的，甚至與禮教所謂「人倫」都沒有關係，而只是把妻子——無論「故人」「新人」——作為盡「手爪」之勞的家庭奴隸！這在其他記載中少見，卻肯定是彼時風尚的一個表現。所以，至六朝乃有梁簡文帝《採菊篇》相反對云：

> 月精麗草散秋株，洛陽少（一作小）婦絕妍姝。相喚（一作呼）

〔註10〕〔清〕沈德潛編《古詩源》，中華書局 1963 年版，第 93 頁。

提筐採菊珠，朝起露濕沾羅襦。東方千騎從驪駒，豈（一作更）不下山逢故夫。〔註11〕

斷然表示再也不願見到漢詩中這樣的「故夫」，顯示了六朝女性不滿夫權壓迫，企圖擺脫家務奴隸地位的努力，以及她們思想開放的程度。

九、司馬相如的「生意」

《西京雜記》卷二：

> 司馬相如初與卓文君還成都，居貧，愁懣，以所著鷫鸘裘就市人陽昌貰酒，與文君爲歡。既而文君抱頸而泣，曰：「我平生富足，今乃以衣裘貰酒！」遂相與謀於成都賣酒。相如親著犢鼻褌滌器，以恥王孫。王孫果以爲病，乃厚給文君。文君遂爲富人。

《史記》所載與此略同。這是我國歷史上有記載的最早「夫妻店」故事，但相如、文君初心並不是爲了做生意，而是「以恥王孫」，討回女兒、女婿的地位。所以如曇花一現，當王孫「厚給文君」以後，這「文人下海」型的「夫妻店」就關門了。

然而，「文變染乎世情，興廢繫乎時序」（《文心雕龍·時序》），隨著商品經濟的發展，到了宋元話本，因是成書於面向市民的說話，作者是世代說話藝人或落魄於市井的文人，因而大都取材於市民的日常生活，反映市民的思想感情和審美情趣。即使寫古人古事題材的作品，也從市民的觀點作了新的處理，上引相如、文君開店的故事也被賦予了新的思想與風格。《風月瑞仙亭》（《清平山堂話本》）敷演此事寫文君與相如商議開酒店一段云：

> （相如）正愁悶間，文君至曰：「我離家一年，你家業凌替，可將我首飾釵釧賣了，修造房屋。我見丈夫鬱鬱不樂，怕我有懊悔。我既委身於你，樂則同樂，憂則同憂；生同衾，死同穴。」相如曰：「深感小姐之恩，但小生殊無生意。俗語道：『家有千金，不如日進分文；良田萬頃，不如薄藝隨身。』我欲開一個酒肆，如何？」文君曰：「既如此說，賤妾當□。」

如此寫來，才子佳人風流的相如、文君，就一改其原來士人文學形象的面目，成了滿口生意經的「下海文人」的形象，而附順了市民欣賞的趣味。

〔註11〕〔宋〕郭茂倩《樂府詩集》第四冊，中華書局1979年版，第931頁。

然而，「文變」又不僅「染乎世情」，不僅以上引例並不多見，而且顯然是由於宋元話本出於市井文人之手的緣故。所以到了明末，「世情」肯定是又更加商業化了，但是經馮夢龍編訂的《警世通言》在把《風月瑞仙亭》的故事用作《俞仲舉題詩遇上皇》的頭回時，又把這一段描寫改回到《史記》《西京雜記》等書的記載，表明即使與後世的擬話本相比，宋元小說話本對題材的處理也更具市民的意識和風格。

古代小說中這一「經濟細節」的變遷，折射了「經濟生活與中國傳統文學」的關係不僅自身是變動不居的，而且受制於政治、思想、文化等等多方面的影響，並不可以孤立來看。

以上是提交中國社會科學院文學研究所《文學評論》編輯部與上海財經大學人文學院於 2005 年 10 月 29 日至 31 日在上海財經大學聯合舉辦的全國「經濟生活與中國傳統文學」學術研討會的論文。在那次會議的綜述中介紹本人的基本觀點，可以作為本文的結論：

> 山東師範大學杜貴晨教授認為世界文學的核心不出「食」「色」二字，經濟與文學的關係就是「吃飯」與「說話」（寫話）的關係，並從傳統文學的「經濟細節」著眼，通過從不同歷史時期不同創作體裁中選取的「經濟細節」的解剖指出，從「中國傳統文學」研究「經濟生活」的經濟學視角，與從「經濟生活」研究「中國傳統文學」的文藝學視角，有著同樣的可能與必要。

（原載《山東師範大學學報》（人文社會科學版）2011 年第 3 期）

中國古代小說中的媒婆

婚姻有媒妁，是中國傳統文化的一個特色。其由來也早，《詩經》《左傳》《戰國策》《周禮》等許多中國最早的典籍中都已有記載；其延續也久，從西周算起也是三千年未曾中斷；其影響也深，在今天的婚姻介紹人身上還可看到媒妁的影子，某些偏僻農村還有舊式說媒的風俗。《孟子·滕文公下》曰：「不待父母之命、媒妁之言，鑽穴相窺，逾牆相從，則父母國人皆賤之。」這條封建禮教的金科玉律，把媒妁之言提到與「父母之命」一樣地位，可見

研究古代婚姻制度及其相關的文化現象，需要對媒妁的狀況有深入具體的瞭解。在這一方面，中國古代小說中媒婆的形象可提供一定的感性認識。

　　古代媒妁有官媒和私媒，男女都可以充當。但是，「媒」與「妁」都從「女」旁，大約「媒」這一行當起於女性，或者女媒居多，至少後世如此。例如東晉葛洪《抱朴子》云：「求媒媼之美談。」《元典章》說媒妁由地方長老保送信實婦人，充官為籍，顯示六朝以後，無論私媒、官媒多是由婦媼充當的。這個時期適值小說形成並日益發展，以這類人物為生活原型的文學形象便姍然進入小說中來，組成別具風采的媒婆形象系列。

　　六朝婚戀題材小說多寫人神、人鬼的結合。人物既不循禮法，敘事又粗陳梗概，所以未見寫及媒婆的現象。唐代傳奇小說事興盛，多寫人間事，又能「施之藻繪，擴其波瀾」，於是有媒婆形象在婚戀題材小說中嶄露頭角。最早似應推蔣防《霍小玉傳》中鮑十一娘，她原是薛駙馬府中「折券從良」的青衣，這個「性便辟，巧言語，豪門戚里，無不經過，追風挾策，推為渠帥」的中年婦人，受了李益的「誠託厚賂」，為之「博求名妓」，物色數月，終於獲得，匆忙來見李益：

　　　　李方閒居舍之南亭，申未間，忽扣門聲甚急，云是鮑十一娘至。
　　攝衣從之，迎問曰：「鮑卿今日何故忽然而來？」鮑笑曰：「蘇姑子
　　作好夢也未？有一仙人，謫在下界，不邀財貨，但慕風流。如此色
　　目，共十郎相當矣。」生聞之驚躍，神飛體輕，引鮑手且拜且謝曰：
　　「一生作奴，死亦不憚。」因問其名居。鮑具說曰：「故霍王小女……」

鮑十一娘扣開了中國小說寫媒婆的角門，而且奠定了媒婆形象的類型特徵，那就是出身卑微，交通士庶，巧黠會賄，不憚奔走，善說風情。

　　然而，唐代禮法疏闊，小說中寫男女私約者多，媒合者少；寫媒合者又或如《鶯鶯傳》中紅娘之越俎代庖，所以媒婆形象在唐代小說中也似驚鴻一瞥。降至宋、元，理學漸興，嚴男女之大防，謹女子之貞節，作為封建婚制不可或缺的媒妁地位空前加強，其形象在小說藝術中也便紛至沓來。有在衙應差的官媒婆，如話本《裴秀娘夜遊西湖記》寫裴太尉認可了女兒私訂終身，便差了兩個官媒婆「到褚家塘劉員外家，說要贅他次子劉澄為婿」，事成後媒婆得了二兩銀子的喜錢；然而更多的是鑽頭覓縫圖財說親的私媒。如話本《計押番金鰻產禍》寫慶奴「討休在家」，就有個說親的媒人來道：「聞知宅上小娘子要說親，小媳婦特來。」這一次說成又休了。過了半載，「只見有個婆婆

來閒語……婆子道：『老媳婦見小娘子兩遍說親不著，何不把小娘子去個好官員家，三五年一程，卻出來說親也不遲。」說媒轉成買婢，做起牙婆來了。《鬧樊樓多情周勝仙》中的媒人王婆「喚作王百會，與人收生，作針線，作媒人，又會與人把脈，知人病輕重」，是個集媒婆、產婆、醫婆等於一身的老婦人。不過她們出現於小說中還是以做媒爲主，如《西山一窟鬼》中的王婆「是個攝合山，專靠做媒爲生」。所以宋元話本中媒婆雖然繼續了唐人小說中鮑十一娘許多「職業」性的毛病，但還未至十分可惡，甚至有個別喜劇性人物，如《張古老種瓜娶文女》中的張媒、李媒。她們受了張公的銀子，卻感到老翁、少女難成婚配，不欲出力，路上盤算撒謊，被張公神明戳破，不得已才來到韋諫議家：

> 諫議道：「你兩人莫是來說親麼？」兩個媒人笑嘻嘻的，怕得開口。韋諫議道：「我……有個女兒，一十八歲，清官家貧，無錢嫁人。」兩個媒人則在階下拜，不敢說。韋諫議道：「不須多拜，有事但說。」張媒道：「有件事，欲待不說，爲他六兩銀；欲待說，恐激惱諫議，又有些個好笑。」韋諫議問如何。張媒道：「種瓜的張老，沒來歷，今日使人來叫老媳婦兩人，要說諫議的小娘子。得他六兩銀子，見在這裡。」懷中取出那銀子，教諫議看，道：「諫議周全時，得這銀；若不周全，只得還他。」諫議道：「大伯子莫是風？我女兒才十八歲，不曾要說親。如今要我如何周全你這六兩銀子？」張媒道：「他說來，只問諫議覓得回報，便得六兩銀子。」諫議聽得說，用指頭指著媒人婆道：「做我傳話那沒見識的老子，要得成親，來日辦十萬貫見錢爲定禮，並要一色小錢，不要金錢準折。」教討酒來勸了媒人，發付他去。

不想張古老早已備好了這十萬貫一色小錢的定禮，結果「親事圓備」，兩個媒婆一場小富貴，不僅穩得了原給的六兩銀子，還新受了十兩謝儀。我們看二位媒婆那大巧若拙進退得宜的舉動言語，只得承認那前後十六兩銀子不是白拿易得的。總之，唐宋元小說中媒婆的形象還較爲本分，這與早期市民社會還欠發達、風氣較爲古樸的狀況是一致的。

南宋以後，一方面由宋儒建立起來的理學漸以深入社會生活，封建禮教對民眾的束縛日甚；另一方面隨著工商業、城市社會的發展，孕育出一類混合了封建腐朽意識和市民冒險精神的人物來。《水滸傳》中的西門慶便是這類

人物的典型，應這類人物淫縱生活之需，宋元活本中的「王婆」便墮落爲無恥之尤的馬泊六了。

《水滸傳》寫做媒的有兩個王婆，一個在第二十二回爲宋江說娶了閻婆惜，後來釀成大禍，原是無心而致，不必置論；一個在第二十四回撮合西門慶與潘金蓮成奸並做了害死武大焚屍滅跡的主謀和幫兇，眞是蛇蠍鬼蜮一般人物，其結局被剮，也是死有餘辜。這個形象的出現，標誌了中國古代小說中媒婆形象塑造的一大轉折，從此做媒成了招牌，做牽頭和牙婆才是她們眞正熱衷的勾當。王婆對西門慶自炫手段說：「爲頭是做媒，又會做牙婆，也會抱腰，也會收小的，也會說風情，也會做馬泊六。」後來《金瓶梅》借用這段故事，又在王婆諸般手段之外，加上了「也會針灸看病，也會做貝戎兒」，「貝戎兒」即「賊」，行竊也。她的結局是做了武松的刀下之鬼，中國小說史上這個貪鄙邪惡五毒俱全的媒婆形象便最後完成了。

產生於明萬曆年間的《金瓶梅》，塑造媒婆形象確有獨特的貢獻。在這部寫「二八佳人體似酥，腰間仗劍斬愚夫」的色情長篇小說中，媒人形象除了王婆外還有薛嫂、馮媽、文嫂、陶媽等，這些人熱衷奔走於富室豪門，做了淫人妻女的牽頭：薛嫂爲西門慶說娶了孟玉樓，在西門慶死後爲吳月娘賣了春梅，又爲春梅賣了孫雪娥爲娼，還爲陳經濟說娶了葛員外家女兒；馮媽爲西門慶說買了韓道國的女兒愛姐送與京中翟管家爲妾，又撮合西門慶與韓道國的妻子王六兒通姦，還替西門慶爲王六兒買了一個侍婢；文嫂爲西門慶牽線通情林太太；陶媽是個官媒，在西門慶死後爲李衙內說娶了孟玉樓，賣了婢女玉簪兒。哪裏有偷情通姦，哪裏有置婢買妾，哪裏就有這些人的身影。端的是女中敗類，卻是爲更壞的男人效勞，乃屬墮落的男權社會裏應運而生。

這些人蒼蠅逐臭般地隨著西門慶一類「大官人」的淫欲無度，四方奔競，相與間還爭風吃醋。陶媽以「官媒」的身份看不起王婆、薛嫂一類私媒，他對有些信她不過的孟玉樓說：「天麼！天麼！小媳婦是本縣官媒，不比外邊媒人快說謊。我有一句說一句，並無虛假……」又道：「好奶奶，只要一個比一個，清自清，渾自渾，歹的帶累了好的。小媳婦並不搗謊，只依本分說媒，成就人家好事。」但接著她就夥同薛嫂兒把 37 歲的孟玉樓謊稱 34 歲；文嫂因爲久不得西門慶請用，一旦玳安殷勤尋來，便拿架子，做身份，說：「他老人家這幾年宅內買使女、說媒、用花兒，自有老馮和薛嫂兒、王媽媽子走跳，希罕俺每！」《金瓶梅》不僅是成功地寫了一個個媒婆，而且隱約顯示了這個

小小社會層面的輪廓，這是它較前此同類描寫高明的地方。

《金瓶梅》中的媒婆世界給後世小說的影響之一，是在王婆之外增加了薛嫂這一新的媒婆兼馬泊六的名號。例如《古今小說‧蔣興哥重會珍珠衫》中引陳商騙奸王三巧的是薛婆，《醒世恒言‧黃秀才徼靈玉馬墜》中媒合韓玉娥與黃損的是薛媼，《歧路燈》中賣冰梅給譚家爲婢（後來成了譚紹聞小妾）的官媒也是薛婆，等等。作者或是信手拈來，但與《金瓶梅》以前媒人多爲王婆相參觀，可信上述薛婆直接是《金瓶梅》中薛嫂這一形象的後身。

自然，《金瓶梅》後媒婆的形象也有某些發展。例如做馬泊六，《蔣興哥重會珍珠衫》中的薛婆就比《水滸傳》和《金瓶梅》中「貪賄說風情」的王婆還要惡劣。王婆做牽頭不過遂了一對男女成奸的心願，薛婆引陳商行奸卻完全是爲虎作倀。所以，在王婆還能故作驚詫以捉奸出首相挾的情況下，薛婆卻只能甘言卑辭，以「你兩個宿世姻緣」爲自己解脫。其他如《醒世恒言‧陸五漢硬留合色鞋》中的媒人陸婆爲一對男女通情，倒作成兒子陸五漢騙馬惹禍，釀成一樁公案；《聊齋誌異》中《邵女》寫媒婆賈媼說動邵女甘爲人妾；《綠野仙蹤》中的媒婆蘇氏爲周璉先奸後娶齊蕙娘做二房巧下說辭；《儒林外史》中媒婆沈大腳說成王太太帶產改嫁上當受騙，被王太太「把他揪到馬子跟前，揭開馬子，抓了一把尿屎抹了他一臉一嘴」等等，說明隨著中國古典小說的成熟，媒婆的形象也多樣化和豐滿起來。雖從未佔據作品的中心，多屬偶而一現，著墨不多，但也多能傳神寫照，給人以深刻印象。只是隨著近代社會的到來，封建禮教崩潰，戀愛自由，婚姻自主，這類古典式媒婆的形象就從小說中漸漸消失了，留給我們的只是對這一類文學形象特點意味深長的思考。

首先，媒婆幾乎無不出身下層，一般爲如今之所說「核心家庭」中的老年婦女，無公婆管束之累，夫「綱」亦且不振，有的還是撫孤寡居的孀婦，如《水滸傳》中王婆、《陸五漢硬留合色鞋》中陸婆。這些條件使她們超脫於家庭的羈絆，行動自由，方便在市井周旋。她們每操微末之業，如王婆之賣茶、薛嫂之賣翠花、陸婆之賣花粉，有的兼能針灸、收生、做針線活，爲富貴勢豪之家內務拾遺補缺，從而能出入內宅，交接女眷，與聞密隱，在各個封閉的家庭間交通信息。她們身份雖卑，卻往往是那些困居內閨的夫人小姐們歡迎的常客，更可做老爺公子們尋花問柳、置婢買妾的經紀。從社會作用來看，對封建階級來說，她們是幫閑或幫兇，在市民營壘中則是吃裏扒外的

蟊賊。她們就在這夾縫中討生活，如虱處褌，遺孽久長；封建階級、市民暴發戶越是腐化，她們就越是活躍，直到封建制度骨散形銷，皮已朽壞，毛亦不存。

其次，這些人物有鮮明的類型化特徵，如唯利是圖、見縫就鑽、巧點權變、鼓舌如簧等等。請看《水滸傳》中王婆看到西門慶在武大門前泡蘑菇時的心理活動：

> 次日清早，王婆卻才開門，把眼看門外時，只見這西門又在門前兩頭來往踅。王婆見了道：「這個刷子踅得緊！你看我著些甜糖，抹在這廝鼻子上，只叫他舐不著。那廝會討縣裏人便宜，且教他來老娘手裏納些敗缺！」

於是，西門慶便口誦「乾娘」，一次次把銀兩送到她手中來。又如前引《張古老種瓜娶文女》中張媒的隨機應變，充分表現了媒婆的油滑世故，而各書中媒婆的說辭無不舌底生蓮，燦然妙品，下錄《聊齋誌異・邵女》寫賈媼說邵妻嫁女為一節為例：

> 登門，故與邵妻絮語。睹女，驚贊曰：「好個美姑姑，假到昭陽院，趙家姊妹，何足數得？」又問：「婿家阿誰？」邵妻答曰：：「尚未。」媼言：「若個娘子，何愁無王侯作貴客！」邵妻歎曰：「王侯家所不敢望；只要個讀書種子，便是佳耳。我家小犟冤，翻復遴選，十無一當，不解是何意向。」媼曰：「夫人勿須怨。恁個麗人，不知前身修何福澤，才能消受得！昨一大笑事：柴家郎君云，於某家塋邊，望見顏色，願以千金為聘，此非餓鷗作天鵝想耶？早被老身呵斥去矣！」邵妻微笑不答。媼曰：「便是秀才家，難與計較；若在別個，失尺能得丈，宜若可為矣。」邵妻復笑不言。媼撫掌曰：「果爾，則為老身計亦左矣。日蒙夫人愛，登堂便促膝賜漿酒；若得千金，出車馬，入樓閣，老身再到門，則閽者呵叱及之矣。」邵妻沉吟良久，起而去，與夫語；移時，喚其女；又移時，三人並出。邵妻答曰：「婢子奇特，多少良匹悉不就；聞為賤媵則就之。但恐為儒林笑也！」媼曰：「倘入得門，得一小哥子，大夫人便如何耶！」言已，告以別居之謀。……

這段說辭，但明倫評為「辭令最妙品……抑揚頓挫，不即不離，使人入其彀中而不覺」，與一般媒婆只靠哄騙成事相比，撮合手段之妙真入化境。各類媒

婆的說辭工拙有差，但方法類似，即對女方動之以利，利令智昏，才能引其入殼。並且也只有在這類實質是買賣的婚姻中，媒婆才能找到自己的位置和形成性格的特色。

最後，這類人物豐富了古代小說人物形象的畫廊，她們本身以獨特的形式反映了市民社會生活的某些本質特徵和色彩。如王婆、薛嫂的形象，在讀者中即使知名度不高，也是過目難忘，湔拔不去的。它使人們知道，在舊時代婚姻生活兩性關係中，曾經活躍著這樣一類爲蠅頭微利往往助紂爲虐給他人造成痛苦的女性，從而認識尊重婦女不僅是男人要做的，而且女性群體也要自尊。另外，在具體作品中，這類人物每有關合推進情節的作用，例如《霍小玉傳》中鮑十一娘是在李益「博求名妓，久而未諧」的焦急中出現的；《水滸傳》中王婆是西門慶在武大門口來回「踅得緊」無計可施時決意「貪賄說風情」的；《蔣興哥重會珍珠衫》中薛婆更是作成陳商騙奸王三巧的關鍵人物；《邵女》中賈嫗是在柴家郎君「謀之數嫗，無敢媒者。遂亦灰心，無所復望」時受託往說的，等等。這些媒婆的出現無不使中阻的婚戀或私情頓生希望，接下來就是她們斬關奪隘般的用計和游說，生發出下面的無數情節。媒婆形象越是寫得好，越使情節拓展或轉換來得真實和有戲劇性。所以媒婆在小說中雖往往是過場人物，但作家常要用力寫她，以致創造出這類人物一個小小的系列來。

（原載《語文函授》1993 年第 5 期）

中國古代小說與旅遊

談到中國古代的旅遊文學，人們自然會想到山水詩、遊記散文，不大會想到小說。其實，從生活與文學的關係說，旅遊產生過小說，小說也推動了旅遊；小說與旅遊的關係之密切，相互影響之深刻久遠，並不亞於其他，時或有突出的表現。這是中國小說史和旅遊文學史上一個值得注意的現象。

關於旅遊產生小說，也就是說古代旅遊生活影響於小說的發生發展，我們可以推想並且相信，古代小說家一般都能有旅遊的經歷，並且因之開闊視野，增長見聞，陶冶情操，直接或間接地影響到作品的內容與風格。也就是說，這個問題首先可以從創作主體得到說明。但實際的情況是，我們對古代

小說家生平一般所知甚少，難以舉出充足的證據；不過，從古代作家個人創作的某些作品的字裏行間，還可以窺見旅遊影響於小說發生發展的一些消息。

　　古代小說中有些作品得之於舟車行旅之中，或其成書與旅遊有直接關係。文言小說如唐傳奇李公佐《謝小娥傳》，寫商女謝小娥爲父及夫復仇事，汪辟疆《唐人小說》敘錄以爲「在唐人小說中，差爲近實」。而據篇中所述，此事有作者參與，乃始於建業（今南京）旅次：「至元和八年春，余罷江西從事，扁舟東下，淹泊建業，登瓦官寺閣。有僧齊物者，重賢好學，與余善。因告余曰：『有孀婦名小娥……』」作者爲小娥解釋夢兆，使小娥得訪查並殺死仇人；事後，作者再遇小娥，則「某年夏月，余始歸長安，途經泗濱，過善義寺謁大德令尼」之際，小娥爲述其事，作品結末云：「余備詳前事……故作傳以旌美之。」李復言《續玄怪錄·尼妙寂》篇末也說：「公佐……爲作傳。大和庚戌歲，隴西李復言遊巴南，與進士沈田會於蓬州。田因話奇事，持以相示，一覽而復之。錄怪之日，遂纂於此焉。」則李復言轉錄李公佐所作傳亦得之行旅之中；又，明李昌祺自序其《剪燈餘話》，稱其創作起意於「董役長干寺」期間讀《柔柔傳》，而書成於「役房山……奔走塵埃」之際，即曾棨《剪燈餘話序》所謂「旅寓之次」；又，清曾衍東自序文言短篇小說集《小豆棚》也說：「或於行旅時見山川古蹟，人事怪異，忙中記取……且當車馬倥傯，兒女嘈雜之下，信筆直書。」等等。

　　通俗小說也不乏類似情況。短篇中《警世通言敘》云：「隴西君海內畸士（按指馮夢龍），與余相遇於棲霞山房，傾蓋莫逆，各敘旅況，因出其新刻數卷佐酒，且曰：『尚未成書，子盍先爲我命名？』余閱之……名之曰『警世通言』，而從臾（慫恿）其成，時天啟甲子臘月，豫章無礙居士題。」則《警世通言》敘及書之命名均在無礙居士南京棲霞山旅次；長篇中據考《三國演義》的作者羅貫中「號湖海散人」，《西遊記》《儒林外史》《歧路燈》《鏡花緣》的作者都曾經有過這樣那樣遊歷的經驗，有的還可在所著書中找到相關的印記。如《儒林外史》寫馬二先生遊西湖、《歧路燈》寫譚孝移進京一路的流覽古蹟，等等。但是，陳森《品花寶鑒》可能更爲典型，其自序說書成於十年遊幕之間，中有十五卷更是成稿於夜航船上：「明年有粵西太守聘余爲書記，偕之粵，歷遊數郡間，山水奇絕，覺生平所習之學稍進。……及居停回都，又攜余行，勸余再應京兆試。粵境皆山溪幽阻，水道如蛇盤蚓曲，風雪阻舟，迤邐沙石間，日行一二里、二三里不等，居停遂督余續此書甚急，幾欲刻期

而待。自粵興安縣境至楚武昌府境，舟行凡七十日，白晝人聲嘈雜，不能構思，夜闌人靜，秉燭疾書，共得十五卷。」可知《品花寶鑒》之成書與作者行旅關係之密切。當然，上列諸書的情況並不說明小說成書必與旅遊有某種關係，也不說明所有這種關係對小說的成書必有重大影響，如《品花寶鑒》之例甚至是個別的現象；但是，這些例子足以表明，作爲古代作家生活的一部分，各種不同內容和形式的旅遊對他們的創作有所影響，是一個客觀的存在。這種影響有相當廣度和深度，研究者沒有理由不給予重視。

當然，讀者更容易看到的是關於旅遊的小說作品。這大致有兩種情況：一是歷史名人之遊，驚世傳遠，日久生出許多附會，成爲後世小說的題材，輾轉產生此一題材爲中心內容的小說作品。這樣的例子，著名的可以舉出《穆天子傳》（本名《周王遊行》）、《西遊記》《三寶太監西洋記》《武皇西巡記》《大明正德皇帝遊江南記》等。這類小說的主人公往往是帝王、名僧或其他有特殊身份的人，在古代有資格成爲「旅行家」。關於他們旅遊的故事，一般也有某些事實根據。如《穆天子傳》所寫周穆王，他的父親丹朱「慢遊是好」（《尚書·益稷》），他本人也曾西征犬戎（《史記·周本紀》），進而有關於他周遊天下的傳說，所謂「穆王不恤國事，不樂臣妾，肆意遠遊……」（《列子·周穆王》）然後有《穆天子傳》；《西遊記》最初的根據，是唐代名僧陳玄奘西行取經的佛門盛事，人所共知，無庸贅言；《三寶太監西洋記》敷演明初鄭和下西洋，事載於明史；其他則《大明正德皇帝遊江南記》寫明武宗南巡、《武皇西巡記》寫清乾隆皇帝南巡，也都有一定歷史的根據。當然，這類小說的價值主要不在於演義歷史，而在於它們以藝術的手法不同程度地反映了社會生活。然而，這裡歷史人物的旅遊活動的確是產生此種小說的基礎，並且構成了作品內容的重要方面。

第二種是無旅遊之實而託旅遊之名寫成的小說，如唐傳奇之《遊仙窟》《周秦行紀》，清劉鶚之《老殘遊記》等，不僅託之旅遊，而且以第一人稱敘寫，彷彿真有其事，實則子虛烏有。而《搜神記》之《劉晨阮肇》（又見《幽明錄》）、《搜神後記》之《袁相根碩》）、《八朝窮怪錄》之《蕭總》（《太平廣記》卷269），都是託遊山以寫遇仙的志怪故事；即元稹《鶯鶯傳》故事亦託於旅遊，其文曰：「無幾何，張生遊於蒲。蒲之東十餘里，有僧舍曰普救寺，張生寓焉……」，又，「數月，復遊於蒲，會於崔氏者又累月。」這類小說寫旅遊中的豔遇或見聞，實際是以遊記形式抒寫懷抱，或掃描審視社會，是間接產生於古代旅遊

生活的小說作品。此外，《西遊記》的諸種續書及《四遊記》之類，以遊記的體裁寫神魔的內容，也可以看作旅遊間接影響於小說發展的實例。這類作品中旅遊程度不同地成為小說敘事的內容和架構，縱然有的並不引人注意（如《鶯鶯傳》中），但是，它們託於旅遊的敘事動機和手法，對作品內容和體裁風格樣式有所影響，一定有跡可尋。如，《鶯鶯傳》中張生若非「遊於蒲」之普救寺遇鶯鶯，而是在家庭環境裏，則張生之逾牆相從和鶯鶯之自薦枕席將都不大可能，小說內容風格就當別論。此中道理，觀於元人《嬌紅傳》和曹雪芹《紅樓夢》可知。

這兩種小說有明顯的區別。前者是旅遊題材的小說，後者是非旅遊題材的小說（就一般公認主導的方面而言），但它們都是與旅遊相關的遊記體裁的小說。仿「遊記散文」題例，可名之曰「遊記小說」。至於別種小說中的遊記成分，如《金瓶梅》中的春梅遊玩舊家池館，《儒林外史》中的馬二先生遊西湖等片斷，則應當看做遊記小說的浸潤，可以不論。但是，以此說遊記小說與其他小說在題材、體裁、手法上往往你中有我，我中有你，也是一個事實。即從古代遊記小說本身說，其數量雖然不太多，但自《穆天子傳》算起，歷史最久，代有佳構，「橫看成嶺側成峰」，也可以說形成了小說史上一道獨特的風景線。《西遊記》《老殘遊記》等無疑是這道風景線上最佳勝之處。

中國古代遊記小說有一般小說的基本品質即故事性；但是，題材很大程度上決定作品的風格，中國遊記小說在長期的發展中也形成了自己的特色。首先，最清晰可見的是，這類小說以「遊」為線索，故事在遊歷者的身上或視野中發生和完成，時間的先後與路徑、環境之變化往往成為故事的線索；其次，除某些短篇外，這類小說往往是一系列故事的連綴，造成各個小故事間綴段樣式的聯繫；而連綴這些故事的一般為一人（特殊的如《西遊記》系列也可說是幾人），形成總體上是旅遊的大故事套過程中小故事的結構模式，有似於西方的流浪漢小說。

這兩個特點，後者實際只是前者的繁複和放大，從而構成遊記小說的特殊結構模式。這種模式的好處在於視點遊動，文筆跳脫，迤邐而下，能隨心所欲地表現生活。其缺點則是容易流於結構鬆懈，情節散漫。縱觀上述遊記小說作品，可知其中大多數優點與缺點並存；作品中「遊」之成分越多則場景越多變化而情節結構也越鬆散，此不贅述。但是，天才的作家在運用這一模式時每能注意揚長避短。例如《西遊記》用三個金箍和魔王之間的親屬關

係等，加強各個故事間的聯繫，就是精心的安排。

第三，因為是遊記體，「遊」目所及，此類小說每能注重自然環境的描繪。中國古代小說如以《三國》為代表的歷史演義，以《水滸》為代表的英雄傳奇，以《金瓶梅》《紅樓夢》為代表的世情小說等各類題材作品，一般寫景較少。相對而言，遊記小說自覺與大量的景物描寫，在中國古代小說中可謂獨樹一幟。如《西遊記》的寫山水林路、風霜雨雪等等，開卷可見；《老殘遊記》寫大明湖風光及黃河冰封的景象也是著名的片斷，可以不說了。即最早的遊記小說《穆天子傳》，它對西域風物、異國習俗的描寫，也足給人留下深刻印象。同時也很重要的是遊記小說中自然景物的描寫，一般都能結合故事的發展與人物性格的刻畫進行，加強了作品的藝術表現力。即以並非遊記小說的《儒林外史》而言，讀者公認它寫得最好、最具深刻性的部分之一，就是第十四回馬二先生遊西湖一節。這應當不完全是偶然的興會所至，而與得江山之助不無關係。

古代小說對旅遊的影響也是多樣而深遠的。這在古代小說產生的時代並不很突出，說明它，進而作出恰當評估，還需認真鉤稽史料，做大量深入研究。然而它在現代旅遊中的表現隨處可見，也最足為研究者關心。

首先，古代小說人物、故事播之眾口，深入人心，以它巨大的影響力創造了許多旅遊景點。隨便舉幾個例子：武陵深處著名的「桃花源」，只是起於陶淵明一篇《桃花源記》（此篇曾收入託名陶淵明的《搜神後記》，近世胡適先生也視為小說）。元稹《鶯鶯傳》的故事本事在有無之間，它的真正廣大的影響也固然由於《西廂記》的盛行，但是山西普救寺成為名勝的原因，仍不能不追溯到唐傳奇的這一傑作。《水滸傳》所寫的梁山泊，與宋江起義未必有實際關係；但是，自從《水滸傳》問世，梁山泊得享大名，千百年掛人齒頰，至今成了著名的旅遊景點。《紅樓夢》寫了大觀園，學者遂有「京華何處大觀園」之想，進而造出一座座大觀園來，以「大觀園」為名的旅遊商貿場所也隨處可見。至於諸葛亮八陣圖，關羽顯聖處，武松打虎的景陽崗、鬥殺西門慶的獅子樓之類，也都是因虛為實的造作。其他如著名小說家的故居（如蒲松齡的）或紀念館（如施耐庵的），以及因系列故事影響構成的「三國旅遊線」「三國城」「水滸城」「西遊記宮」之類，無不是基於古代小說名作的構想。古代庵、觀、寺、廟的造像，也有許多是宗教背景下的小說人物，如玉皇大帝、西王母、八仙、四大天王、濟公等，多半與《神仙傳》《西遊記》《四遊

記》《封神演義》一類神魔小說相關。這種影響還擴大到賓館、飯店以及旅遊紀念品、食品、飲料、生活用品等等，有不少打上了古代小說的印記，成為「文化搭臺，經濟唱戲」的具體內容。

其次，古代小說擴大了山水名勝的傳統文化內涵，增加了景點的旅遊價值。例如著名的天台山，因為劉晨、阮肇遇仙女的豔事生色不少，這個故事即來自劉義慶的《搜神記》（又見於《幽明錄》）；三國有不少人和事的遺跡，但滄海桑田，這些號稱「遺跡」之處，從歷史的角度看，大半只是小說家言，因此如今各地三國旅遊景點的建設，常常只是依據了《三國演義》的描繪，非如此不足以稱勝。如果不是有《三國演義》，很難想像三國的人和事能有這樣大的影響，還會與今天的旅遊有如此密切的關係。各地偶有可見的「西遊記宮」辦得如何，筆者自無法評判，但是可以肯定的是無一例外都要努力於《西遊記》做文章；而去江蘇連雲港花果山的人大都慕孫悟空「水簾洞」而來，這個事實可以說明古代小說在何種程度上創造著某些旅遊景點價值，而當前人們對這一點的認識還是遠遠不夠的。

這裡筆者要特別說到古代小說與山東旅遊的重要關係。一個簡單而明確的事實是：諸如元末《水滸傳》、明嘉、萬間蘭陵笑笑生《金瓶梅》、明末西周生《醒世姻緣傳》、清初呂熊《女仙外史》、蒲松齡《聊齋誌異》、乾隆中李百川《綠野仙蹤》、近代劉鶚《老殘遊記》等我國歷史上許多重要的和較為重要的小說名著，都是山東人寫成或以山東為故事背景。它們的影響固然是全國甚至全世界性的，不限於山東，但它立足山東，在山東尤著。即以故事背景而言，則幾乎涉及齊魯大半。例如，說到《水滸傳》自然想到山東梁山、鄆城、東平、陽谷，說到《金瓶梅》則陽谷、東平之外更使人想到臨清，以及明清時南北交通大動脈大運河，《水滸傳》《金瓶梅》故事的主要發生地就是大運河沿線山東段上。而且《三國演義》的作者羅貫中還是運河所經的東平人，即《儒林外史》作者為安徽人、故事背景以南京為主，但其故事發端卻是范進在山東汶上縣薛家集坐館，同樣增加了運河文化的內涵。明末清初不少才子佳人小說寫到山東，《醒世姻緣傳》和《綠野仙蹤》則突出地寫到了五嶽之首的泰山，而泰山早就是古代傳說和小說描寫中神祇所居和「治鬼」之所，「地獄」一說就在泰山之下。淄川有蒲松齡的故居可以憑弔和參觀。讀過《老殘遊記》的人，來到濟南大明湖上，看那「四面荷花三面柳，一城山色半城湖」的景象，不難想到劉鶚的妙筆生花的描繪，而別有會心，甚至會

想到明湖居的有無以及白妞說書的絕調，等等。在發揮古代小說創造旅遊價值方面，山東不僅最有文章可做，而且實際操作上，這些以古代小說為依託的旅遊文化資源分佈大概在以泰山為軸心的魯西、西南、西北的扇面上，運河沿線一帶，層積深厚，區域集中，便於開發利用。在已有文化旅遊資源開發的基礎上，有關部門很可以把這方面的開發利用提到更重要的地位，全面規劃，科學設計，加大投資和工作力度，爭取在不太長的時間內形成以古代小說為文化依託的「山東大運河文化旅遊線」，其得益將是長遠和多方面的。

由上述可以看出，古代小說影響旅遊的特點，一是名著效應，即因為小說為上乘之作，故事動人，形象深入人心，遂對它所寫的人與事，產生一種寧信其有不信其無的社會心理，加以經濟的、宗教的或其他動機的迎合、推動，產生相應的旅遊景點；不是名著就不可能有如此強大的影響。二是整體效應，就是說一部名著所產生的旅遊景點往往互有聯繫，相對集中，例如近年出現的「三國旅遊線」「三國城」「西遊記宮」「大觀園」等。雖然這種種效應往往要輔以其他文化形式（如連環畫、說書、戲曲、電視、電影等）的中介，但其本根仍在小說自身。因此，中國古代小說造就旅遊景點，和促進旅遊景點建設的作用是不容忽視的。

現代意義上的中國旅遊業起步甚晚，但近二十年來的改革開放促進了旅遊業發展迅速，因此有了上面提到的當今許多與古代小說相關的旅遊景點的恢復或建設，成績是顯著的。這突出表現在一些地方政府和社會團體重視依託古代小說建設旅遊景點，投入了大量財力物力，建成了不少布點合理、構建合度的小說文化旅遊景點。但是，無庸諱言，全國範圍內小說旅遊景點的開發和建設還未盡如人意。一是盲目開發建設，如某地的「三國城」，據報導投資千萬，而遊客廖廖無幾。又如到處可見的「西遊記宮」，有不少門可羅雀。問題在哪裏，需作具體的考察，但總是一個不成功。二是無端混淆虛實，影響文化的正常傳播，甚至成為笑柄。如某地建造的諸葛亮公園，把「借東風」也當作諸葛亮的生平事蹟介紹了。三是有些自有其傳統的旅遊景點，還可以加強對古代小說中旅遊文化因素的利用。例如龍虎山。人但知《水滸傳》寫山東梁山泊，而很少知道一部《水滸》開筆從地處江西的道教名山龍虎山寫起，一百單八個「妖魔」就從此山洞中被誤放出來。又如六和塔。人但知魯智深在渭州城拳打鎮關西，武松為清河縣人氏、打虎景陽崗，而很少注意到小說寫他們一個臨終坐化、一個殘疾老死在杭州西湖的六和塔。另外，據說

南方某地建了「水滸城」，而山東梁山卻並不見行動，則大不可解。類似情況應當還有不少。有關景點的進一步開發建設，如能注意到小說文化的旅遊價值，有新穎的創意和適當的處置，應是有好處的。

　　解決這些問題，需要有關部門加強領導，調查研究，充分論證，全面規劃，慎重實施。特別是像「三國旅遊線」「水滸旅遊線」一類跨地市、跨省區的項目，更要如此。顯然，旅遊景點的開發建設，既要注重的經濟效益，也要注重社會效益。而後者一個很重要的條件，就是保證景點建設有較高的文化品位。為此，在古代小說文化旅遊景點的建設上，有關方面應當注意徵求各方面特別是專家的意見，而學者專家也有責任和義務提供這方面的諮詢，勇於探索和開闢傳統文化研究的新路，使古代小說研究更好地為當今建設服務。筆者拋磚引玉，指望能對此有些微的推動。

（原載《菏澤師專學報》1999 年第 3 期）

古代小說與山東旅遊文化開發

　　談到齊魯文化，首先會想到先秦孔、孟儒學，還會想到稷下學。秦漢以後雖然不無可稱道的，但是除偶而可見個別的詩、詞或戲曲名家外，整體上齊魯文化在全國的影響就大不如先秦了。不過，有一點似乎還沒有引起人們足夠的注意，即古代小說是齊魯文化的重要組成部分；在一定意義上甚至可以說，齊魯是中國古代小說的搖籃和繁盛地。

　　齊魯是中國古代小說的發祥地。《漢書・藝文志》說中國古代小說起源於「街談巷語，道聽途說」，明顯指的是先秦風俗。而先秦此風最盛行的是齊國。孟子是鄒（今山東鄒城）人，近魯（今山東曲阜），曾遊齊國，齊宣王任為卿，後來仕途失意，回鄉與弟子萬章等著書立說。《孟子・萬章上》載萬章以關於孔子的傳說故事問於孟子，孟子答曰：「否，不然，此非君子之言，齊東野人之語也！」在他的心目中，凡這類不實的故事都是「齊東野人之語」。《孟子》「齊人有一妻一妾」故事，當即此類。因此，「齊東野語」在後世成為小說的代名詞。五代景煥的筆記小說題為《野人閒話》，宋代周密有《齊東野語》。莊子與孟子同時，宋國蒙（今河南商丘東北，一說今山東東明）人。《莊子・逍遙遊》中說：「齊諧者，志怪者也。」今雖不能確定「齊諧」是指人或書，

－71－

但戰國之世已有人「志怪」一點不容懷疑，這個人是「齊」人也不容懷疑。又《列子》是一部偽書，但是其中的資料有些來源甚早。《列子・湯問篇》說，有大魚名鯤，大鳥名鵬，「大禹行而見之，伯益知而名之，夷堅聞而誌之」。夷堅與禹、益並稱，看來是上古博物志怪之人。所以後世唐代張敦素的志怪小說集就命名爲《夷堅錄》，宋朝洪邁則命名他的小說爲《夷堅志》。然而「夷堅」之「夷」爲「東夷」。夏、商、周三代有「九夷」之說，郭璞《爾雅注》：「九夷在東。」指的就是周代的齊國。因此，夷堅應就是齊國人。此外，稍後於孟子的齊人鄒衍，人稱談天衍，「深觀陰陽消息而作迂怪之變，……其語閎大不經」，又倡「中國外如赤縣神州者九」（《史記・孟子荀卿列傳》）之說，爲後世道教和小說家言「海內十洲」所本，也可以說是最早的小說家。總之，今見先秦載籍中與小說相關的人與事本就不多，而幾乎都發生在齊地，絕非偶然；這個現象可以說明，齊文化是中國古代小說的搖籃。

這個情況繼續到秦漢。秦始皇好神仙，「燕、齊之士釋鋤耒，爭言神仙，方士於是趣咸陽者以千數」（《鹽鐵論・散不足》）；漢武帝好神仙，「海上燕、齊之間莫不扼腕而自言有禁方，能神仙」，「上書言神怪奇方者以萬數」（《史記・封禪書》）。這種「神怪奇方」很多就是小說家言，六朝志怪和後世漸以獨立的「仙話」就來源於此。漢武帝時的東方朔被說成是《海內十洲記》等多種小說的作者，他也是「齊人」，滑稽多智，「以好古傳書，愛經術，多所觀外家之語」（《史記・滑稽列傳》），成爲小說史上重要人物。所以，延續戰國風俗，秦漢時期山東齊地也還是小說最爲發達的地區。由此想到後世淄川出了個「用傳奇法而以志怪」的蒲松齡，就是一方水土一方人了。

孔子說：「齊一變，至於魯；魯一變，至於道。」（《論語・雍也》）講的是政教。而小說的情況也幾乎是如此。小說在齊地興盛了，到魯地便產生了關於小說的理論。《論語・陽貨》：「子曰：『道聽而途說，德之棄也。』」《論語・子張》：「子夏曰：『雖小道，必有可觀者焉，致遠恐泥，是以君子不爲也。』」孔子和他的學生子夏都反對小說，還有上面引到孟子稱小說爲「齊東野人之語」，也是貶抑的話，但是都因小說而起，可說是我國最早的小說理論。《漢書・藝文志》引了子夏（誤爲孔子）的話，也正是作小說理論看待的，其影響極爲深遠，就不必說了。

孔子和他的弟子們的鄙視態度，並未能阻止「齊東野語」影響的西擴。《莊子・外物篇》說「任公子爲大鈎巨緇」，期年而釣，釣得飽厭一方的大魚：

　　　　已而輕才諷說之徒，皆驚而相告也。夫揭竿累，趣灌瀆，守鯢
　　　　鮒，其於得大魚難矣。飾小說以干縣令，其於大達亦遠矣。是以未
　　　　聞任氏之風俗，其不可經於世亦遠矣。

這段話向來被看作是我國「小說」之名的起源，是無可爭議的。莊子是否山
東人還有不同看法，但是《莊子集解》：「李云：『任，國名。』」即今山東濟
寧的任城區，與魯（曲阜）毗鄰。所以「任公子」是山東濟寧人。雖然《莊
子》一書「寓言十九」，記事並不可信，但他一定把關於「小說」的故事與「任
公子」聯繫起來，其中未必不有一點歷史的眞實。因此，我們把山東濟寧任
城的「任氏之風俗」，視爲醞釀中國古代小說觀念的搖籃，也還說得過去的罷。

　　總之，上古以至於秦漢，齊魯不僅是儒學與稷下學的發祥地，也是小說
文化的發祥地。這當然不是說先秦我國其他地區一定不曾有小說發生或與小
說絕無關係，但就文獻可考而言，中國小說文化發生之初，與齊魯的關係最
爲密切。

　　六朝唐宋之間，小說漸次繁榮於陜、豫、江、浙地區，與齊魯未見有特
別密切的關係。但是，到了元末明初，章回小說興起，與山東的關係竟又出
奇地緊密起來。如元末羅貫中《三國演義》、施耐庵《水滸傳》、明嘉（靖）、
隆（慶）、萬（曆）間蘭陵笑笑生《金瓶梅》、明末西周生《醒世姻緣傳》、清
初呂熊《女仙外史》、蒲松齡《聊齋誌異》、乾隆中李百川《綠野仙蹤》、近代
劉鶚《老殘遊記》等，我國歷史上許多重要的和較爲重要的小說名著，都是
山東人寫成或以山東爲故事背景。甚至《紅樓夢》似與山東絕無關係的，而
著名紅學家周汝昌先生還寫了《曹雪芹上世與山東的眞關係》〔註12〕，竟是
「塡補空白」的一般。近代小說名著《官場現形記》的作者李伯元生於山東，
青少年時期隨他在山東做官的叔父居住或遊歷過兗州、東昌等山東許多地
區。這些幾乎佔了中國古代小說史大半的名家名作，其影響固然是全國甚至
全世界性的，並不限於山東。但他們立足山東，或與山東有密切聯繫，故在
山東影響尤著，山東人應對之有特別的注意，完全有理由把他們視爲齊魯文
化重要而突出的組成部分，下大力宏揚開發。

　　中國古代小說在齊魯，淵源於「齊東」（今膠東），而大盛於齊西和魯西
南，即今山東濟寧、菏澤、聊城等地，當然也還要注意到蒲松齡的故鄉淄川。
但是，如果暫把文言小說另作別論，單說章回小說，則我們可明顯看到山東

〔註12〕周汝昌《曹雪芹上世與山東的眞關係》，《齊魯學刊》1995 年第 5 期。

境內大運河沿線一帶是中國古代小說的「黃金海岸」。例如，說到《水滸傳》自然想到山東的梁山、鄆城、東平、陽谷，說到《金瓶梅》則陽谷、東平之外更使人想到臨清，而且《三國演義》的作者羅貫中也是東平人。即《儒林外史》作者為安徽人、故事背景以南京為主，但其故事發端卻是周進在山東汶上縣薛家集坐館。這些地方都在明清時南北交通的大動脈大運河沿岸山東段上。另外《醒世姻緣傳》的故事發生在武城後來轉移到今濟南的章丘（明水），《平山冷燕》等才子佳人小說也往往寫到山東大運河沿岸的濟寧、汶上、臨清等地，也與大運河有密切的關係。總之，一部中國古代章回小說史，大部就發生在山東境內大運河沿線，大運河文化是中國古代章回小說所自出的最重要地域淵源，這個現象值得治小說史和齊魯文化史學者特別注意。

此外還要說到泰山和山東的其他地區。《醒世姻緣傳》和《綠野仙蹤》突出地寫到了五嶽之首的泰山，而泰山早就是古代傳說和小說描寫中神祇所居的「治鬼」之所，「地獄」一說就在泰山之下，泰安城內蒿里山、奈河也都是與「地獄」傳說密切相關的山水。淄川有蒲松齡的故居可以憑弔和參觀。《老殘遊記》最重要的兩個酷吏的故事，一發生在曹州（今屬山東菏澤），一發生在齊河（今屬山東德州）。而且讀過《老殘遊記》的人，來到濟南大明湖上，看那「四面荷花三面柳，一城山色半城湖」的景象，不難想到劉鶚的妙筆生花的描繪，而別有會心，甚至會想到明湖居的有無以及白妞說書的絕調，等等。一紙山東地圖，隨便可以標出與中國古代小說密切相關的地方，而且往往是並不可以等閒視之的。

因此，山東不僅應當成為古代小說文化研究的重鎮，力爭做出更多的貢獻，而且在發揮古代小說文化創造旅遊價值方面，也最有文章可做。如上所述，這些以古代小說為依託的旅遊文化資源分佈大概在以泰山為軸心的魯西、西南、西北的扇面上，運河沿線一帶，層積深厚，區域集中，實際操作上便於開發利用。當然，這個「扇面」上山水佳秀，名勝古蹟眾多，古代小說文化的層積分佈與地方歷史文化的其他層面錯綜複雜，這就更加強了運河沿線小說旅遊文化開發的價值，使與各種歷史文化遺存的開發利用同時並舉，相得益彰，形成以古代小說為中心的山東大運河文化旅遊線。

當前山東旅遊開發以「一山、一水、一聖人」為中心的戰略是正確的，但這基本上是延續固有的格局和傳統。「發展是硬道理」。從發展的觀點看，在現行戰略基礎上，有關部門應當考慮把以古代小說為主要依託的魯西大運

河旅遊文化的開發提到重要地位，立即著手全面規劃，科學設計，逐步加大投資和工作力度，爭取在不太長的時間內建成「山東大運河文化旅遊線」；擴大我省旅遊格局，使形成「一山、一泉、一河、一聖人」四面開花又互爲聯絡的大系統；提高其檔次，豐富其內容，更好地推動我省經濟文化建設，由經濟文化大省提高爲經濟文化強省，爲全國的現代化建設做出更大貢獻。

（原載《大眾日報》1999 年 7 月 10 日《齊魯文化專刊》）

此事古難全

一、「知其不可奈何而安之若命」

東坡《中秋》詞說：「人有悲歡離合，月有陰晴圓缺，此事古難全。」已是無可奈何。接下說：「但願人長久，千里共嬋娟。」用那彼此都可以看到的月亮，慰藉千里懸隔的相思之情，雖然是不得已而求其次，而且渺茫近乎虛無，倒也不失「進一步山高路險，退一步天地廣闊。」人言蘇軾「曠達」，大概就是說他能於此等人生無奈處求自我的精神解脫。

但是，蘇軾的曠達，比唐人不夠徹底。初唐王勃《送杜少府之任蜀川》詩云：「……與君離別意，同是宦遊人。海內存知己，天涯若比鄰。無爲在歧路，兒女共沾巾。」說用不著灑淚而別，我們雖然將要離得很遠，但是相互「知己」的感情，使我們彷彿比鄰而居。這樣以理智解釋「離別意」的無奈，甚至把「千里」的距離也泯滅了，好像不曾離開的一樣，雖然更近乎阿 Q 的精神勝利法，卻畢竟不假中介，直截了當。

中國人這種於現實的無奈中尋求自我精神超脫的民族性格的一面，淵源於道家。所以，唐代的王勃比戰國的莊子也還不夠徹底。《莊子・大宗師》云：「泉涸，魚相與處於陸，相呴以濕，相濡以沫，不若相忘於江湖。」這段話譯爲白話就是：

　　　泉水乾了，水裏的魚都困在陸地上，互相把嘴裏的涎沫吐送潮

　　潤著，這樣倒不如在江湖裏，大家互相忘卻不顧的好。

按照莊子的說法推論，在王勃覺得還有「離別意」需要解釋的地方，與其用「天涯若比鄰」作相互空洞的安慰，不如並那「離別意」和「知己」的念頭

也清除了，縱浪大化之中，任其自然，豈不是更好！總之，道家對待世間難堪之事的態度，是整個地迴避它，用最省力的方法解決費大力難以解決的問題，即「知其不可奈何而安之若命」（《莊子·人間世》）。

二、「知其不可而為之」

儒學治世，它應付「古難全」的對策與道家有異。如大而論治國，《論語·顏淵》：

> 子貢問政。子曰：「足食，足兵，民信之矣。」子貢曰：「必不得已而去之，於斯三者何先？」曰：「去兵。」子貢曰：「必不得已而去之，於斯二者何先？」曰：「去食。自古皆有死，民無信不立。」

「去兵」「去食」之後，是否還可以得「民信之」，是很成問題的。所以，子貢的問話有太大的假設性。但是，在這樣幾乎是無可選擇之處，孔子還是斷然做出了選擇；又如小而謀立身，《孟子·告子上》：

> 孟子曰：「魚，我所欲也，熊掌亦我所欲也；二者不可得兼，捨魚而取熊掌也。生亦我所欲也，義亦我所欲也；二者不可得兼，舍生而取義者也。」

於生死之際，孟子的態度也能格外的鮮明。所以，與道家相反，儒家執著於以人的努力，求矛盾的實際的解決；甚至為了理想而勇於犧牲自我的存在，即所謂「知其不可而為之」。

三、「脫屣妻孥非易事」

由此可以看出，當「二者不可得兼」之際，道家「無為」，欲以一切割捨的忘世，出離兩難之境；儒家「進取」，要在兩難中兩利相較取其大，兩害相較取其輕。這裡儒、道相反，而實際又有相通之處，即世事人生到「二者不可得兼」時，則不必求全。但是，兩皆割捨，「相忘於江湖」的忘世逃遁，不是常人能夠做到；即使二者權衡利弊取其一偏的選擇，也還不免是很大的為難。例如漢武帝封禪泰山，一時激動說：「吾誠得如黃帝（成仙），吾視去妻子如脫屣耳。」（《史記·封禪書》）自然是說空話，而且，後來清朝的吳偉業已經相反地說「脫屣妻孥非易事」（《賀新郎》詞）。

即使某些人在某些情況下，不一定不能做到「脫屣妻孥」，也往往有很大的遺憾，——《三國演義》寫劉備東吳招親之後，「被聲色所迷，全不想回荊

州」，被趙雲依孔明之計引歸至劉郎浦：

> 沿著江岸尋渡，一望江水彌漫，並無船隻。玄德俯首沉吟。趙
> 雲曰：「主公在虎口逃出，今已近本界，吾料軍師必有調度，何用猶
> 疑？」玄德聽罷，驀然想起在東吳繁華之事，不覺淒然淚下。

劉備是個「天下英雄」，加以諸葛亮的「有調度」，所以能脫離「聲色所迷」。
但讀書至此，即知英雄如劉玄德，至「東吳繁華之事」與事業不可得兼之際，
也頗費躊躇。「英雄難過美人關」，劉備感到「難過」了，所以「淒然淚下」
也。這雖然是小說家言，而情理近真。明人丘濬《題虞美人》詩云：「自古英
雄數項王，喑啞叱吒萬人亡。只消幾句淒涼話，柔盡平生鐵石腸。」講霸王
「別姬」之難，正就是「脫屣妻孥非易事」。

三、「魚與熊掌不可得兼」

《孟子・告子上》曰：「魚，我所欲也，熊掌亦我所欲也；二者不可得兼，
捨魚而取熊掌者也。」大意說二者必然不可兼得，即當甘心取其一而足。即
人生事業也不免如此。如徐燉《重編紅雨樓題跋》卷一《言詩》說：

> 今之為官者皆諱言詩，蓋言詩往往不利於官也。不惟今時為然，
> 即唐以詩取士，詩高者官多不達。錢起有云：『做官是何物，許可廢
> 言詩』，其意遠矣。

這使我想起那句「詩窮而後工」的名言。反之，豈非「詩達而難工」乎？則
「做官」與「做詩」，做「達官」與做「大詩人」，真正成了一個人「二者不
可得兼」的兩面冤家。

現代和當今的例子都不難舉，但為了更容易平心靜氣，還是往古代去尋
一個，乾脆就是官的總領——皇帝，如南唐李後主，林庚先生稱他「真是一
個人間多餘的君王，小令中的天之驕子，詞壇上的寵兒」，還說他是「藝術天
才的亡國之君」（《中國文學簡史》）。

可見「二者不可得兼」之下的選擇其實是困難的，而且並不總是能夠成
功。所以，普通人在一般情況下，或非常人在非常情況下，還往往要向求全
一路想去。《殷芸小說》：

> 有客相從，各言所志。或願為揚州刺史，或願多資財，或願騎
> 鶴上升。其一人曰：「腰纏十萬貫，騎鶴上揚州。」欲兼三者。

想發財，又想做官，還要成神仙。《北齊書・由吾道榮傳》：

> 又有張遠遊者，顯祖時，令與諸術士合九轉金丹。及成，顯祖
> 置之玉匣云：「我貪世間作樂，不能即飛上天，待臨死時取服。」

顯祖即北齊開國皇帝高洋，他做著皇帝，又想成神仙；以為能成神仙了，卻又不捨得世間歡樂，計劃著臨死一刻不失時機地取服金丹「轉」成仙人。這些都屬於妄想之類，當然是不可能的，卻可以看出人心之不足。

即使有時看起來是可能的，而結果竟亦未必佳。如《開天傳信記》：

> 賀知章秘書監，告老歸關中，上嘉重之，每事優異焉。知章將行，涕泣辭上。上曰：「何所欲？」知章曰：「臣有男未有定名，幸陛下下賜之，歸為鄉里榮。」上曰：「為道之要莫曰信，孚者，信也。循信思乎順，卿子必信順之人也，宜名之曰孚。」知章再拜而受命。知章久而謂人曰：「上何謔我耶？我實吳人，孚乃爪下為子，豈非呼我兒為爪子耶？」

賀知章就是那位賞譽李白為「謫仙人」、又寫「少小離家老大回」詩的那一位老詩人。他做官到八十餘歲，無災無難，告老還鄉，該知足了，卻偏是橫生曲終奏雅之心，要錦上添花，結果是頭上按頭，自尋難看，而求全得毀了。

四、「東家食，西家宿」

更見得古今一轍令人慨歎的是男女擇配，世上有多少人不是求全責備，懸幟太高！《藝文類聚》卷四引《風俗通義》曰：

> 兩袒，俗說齊人有女，二人求之，東家子丑且富，西家子好而貧。父母疑不能決，問其女定所欲適：「難指斥言者，偏袒，令我知之。」女便兩袒。怪問其故，云：「欲東家食，西家宿。」此為兩袒者也。

這個故事至晚發生於漢代，也許太古老不成代表了。而清初離我們就近多了，那時才子佳人小說的代表作之一《玉嬌梨》，寫才子蘇友白（蘇東坡的本家，李白的朋友）擇配的標準：

> 蘇友白笑道：「兄不要把富貴看得重，佳人轉看輕了。古今凡博金紫者，無不是富貴，而絕色佳人能有幾個？有才無色，算不得佳人；有色無才，算不得佳人；即有才有色，而與我蘇友白無一段脈脈相關之情，亦算不得我蘇友白的佳人。」

以蘇友白這般大才，尋一個他想像中天仙般內外完美的佳人當不是過分。然而，上引一段接下寫劉玉成大笑道：「兄癡了，若要這等佳人，只好娼妓人家去尋。」蘇友白就搬出司馬相如和文君之事，論證這事體的可行；後來故事的發展當然就有這樣一等佳人來配他這個才子，而且還是雙美並至，豈不快哉！但那不過作家過於樂觀主義的「白日夢」，若曹雪芹寫《紅樓夢》就不是如此。

《紅樓夢》寫石頭——賈寶玉來到人間，本是要「在那富貴場中，溫柔鄉里受享幾年」，少不得要找一個稱心如意的太太，「花柳繁華之地」似也應當有使他心滿意足的佳人。這佳人，讀者莫不以林黛玉為最為唯一，然而不然。書中寫賈寶玉居釵、黛之間，寶釵有「仙姿」即「色」，黛玉擅「靈竅」即「情」，合之則「兼美」如意，離之則雙峰並峙構成寶玉「二者不可得兼」的兩難。寶玉乃「天下古今第一淫人」，「既悅其色，復戀其情」，所以時復在釵、黛之間彷徨，「見了姐姐，就忘了妹妹」。甚至有一回「薛寶釵羞籠紅麝串」：

> 可巧寶釵左腕上籠著一串，見寶玉問好，少不得褪了下來。寶釵生的肌膚豐澤，容易褪不下來。寶玉在旁看著雪白一段酥臂，不覺動了羨慕之心，暗暗想道：「這個膀子要長在林妹妹身上，或者還得摸一摸，偏生長在他身上。」正是恨沒福得摸，忽然想起「金、玉」一事來，再看看寶釵形容，只見臉若銀盆，眼似水杏，唇不點而紅，眉不畫而翠，比林黛玉另具一種嫵媚風流，不覺就呆了。（第二十八回）

雖然「色不及情」，後來寶玉終與黛玉為近。但是，寶玉初始本心真正的理想是「釵、黛合一」秦可卿式的「兼美」，而現實中只是「釵、顰對峙」的「二者不可得兼」。所以，黛死釵嫁之後，寶玉的悲哀即《紅樓夢曲子》所唱「空對著，山中高士晶瑩雪（薛）；終不忘，世外仙姝寂寞林」。這裡，心理天平的重頭固然向死去的黛玉傾斜，卻並不絕對地排斥寶釵。他的出家為了黛玉，更是為了他初始本心一念的不能圓滿實現，即曲子接下所唱「歎人間，『美中不足』今方信。縱然是舉案齊眉，到底意難平」。「美中不足」是第一回二仙師對石頭講的話。結末「山中高士」「舉案齊眉」雖然並無不好，但「寂寞林」之未得，正應了第一回二仙師對石頭所說「美中不足，好事多磨」八個字緊相連屬的預言。

因此，在寶、釵、黛三者的關係上，《紅樓夢》悲劇的深刻意義，並不是石頭入世願望的完全的背離，而是寶玉理想中「釵、黛合一」的虛無（秦可卿字兼美早逝，而且是有夫之婦），「釵、顰對峙」下魚與熊掌的「二者不可得兼」，並且最後實現的不是（和不符合）他歷經躊躇艱難的個人選擇。換句話說，寶玉初始本心的理想是「釵、黛合一」的「兩袒」，不得已二者取其一則是黛玉。而現實生活運動的結果「兩袒」固然無望，「木石前盟」也成了虛話。這「美中」的「不足」也就太大了。所以，他要出家，離開這個使他「無可奈何」的世界。

所以，《紅樓夢》的結論應當是：人世間的愛（或者以其渾沌的狀態稱欲望）永遠不可能滿足。

五、當今一例

「此事古難全」，今亦難全。請允許我引一篇報導——《老夫少妻爲何增多？》：

> 3年前，27歲漂亮活潑的方小姐嫁給比她大20歲的李先生，……三年過去了，……問起她嫁給「老夫」的感受，方小姐頗爲感慨地說：「其實，當初我也挺猶豫，他不僅比我大很多，而且我一嫁過去就得給他15歲的兒子當後媽。可他的才華、經濟實力、辦事能力讓我特別傾心，而且知道怎樣疼我。那些和我年齡差不多的男孩雖然也愛我，卻不懂得怎樣愛護我。」劉先生是一家雜誌社的主編，今年46歲，8年前娶了小他12歲的鄭小姐爲妻。鄭小姐仰慕劉先生的文才，劉先生喜歡鄭小姐的美麗和朝氣。……劉主編對自己的婚姻評價說：「娶個少妻好是好，就是太累人。她年輕，在我面前挺任性，也不會照管女兒，全都要我操心。鄰居都說我養了兩個女兒。」
> [註13]

筆者並不置疑方小姐的幸福，也不認爲劉先生「全都要我操心」的微憾眞的給他的幸福打了多少折扣。但是言爲心聲，他（她）所說到的方面至少證明，「老夫少妻」還是有點「美中不足」的感覺罷！

至於年齡上更加「老夫少妻」的情況，就還是要舉小說家言了。如《京

〔註13〕《光明日報》社《文摘報》1999年月 11 月 14 日自《人民日報》海外版 11 月 5 日王樺、任濤文。

本通俗小說‧志誠張主管》寫王招宣的侍妾小夫人，「失了主人之心」，被轉嫁給六十多歲的線鋪主人張員外，二人相差三四十歲，「花燭夜過了，張員外心下喜歡，小夫人心中不樂。」他們的買賣婚姻當作別論，單說「花燭夜過了」的事，在小夫人就不「美」了，其「不足」之處，簡直無可救藥！後來她一心向外勾搭張主管，就無可厚非了。

　　但是，在日常大多數情況下，還是常記「此事古難全」的好吧！世間並無如意珠。吳敬梓不云乎：「費盡心情，總把流光誤。」（《儒林外史》）杜甫又不云乎：「雞蟲得失無了時，注目寒江倚山閣。」（《縛雞行》）。

（1999 年 11 月 27 日）

鞋之外史

引子

　　曾聽過一個相聲段子說，四川人把「鞋子」讀做「孩子」，當然是借方言逗樂的話。「天地之間人為貴」，「孩子」是何等重要！儘管不能因為「孩子」，而不要「鞋子」。

　　「鞋子」也是不可或缺的。但是，鞋子穿破就成了垃圾，處理掉完事，再不會想到它，也就不容易被人看重到為它修「史」。但是，鞋子既不可缺，而且一人一生一世，世人世世代代，都要穿鞋子，穿許許多多、各種各樣的鞋子，有許許多多、各種各樣的穿法，隨之關於鞋子有許許多多、各種各樣的事情發生，這就該有它的歷史。早曾從電視上見西歐某國，有一位收藏家辦了一個「鞋子博物館」，那是鞋子的實物的歷史；鞋子的文字的歷史書——中國和外國——大概也會有的罷，孤陋寡聞如我卻沒有見到。我想應該有人做一本，卻不是我的本行，更兼力不從心，乃就平時書上所見鞋子的故事，編述一篇鞋之外史，聊解未見「鞋史」之憾。

一、鞋有南北

　　今天中國人所說「鞋子」，古代或稱「履」「屨」「屣」「舄」「屐」「靴」等等，無論官民貴賤人等，大概人人要穿。但是，由赤足天然到穿鞋成為必

需，也會有個過程。據《淮南子》載魯人善織屢，要去越（今浙江）打工為生，就有人勸他說：「不要去了，越人光腳而行，不穿鞋的。你的長處到那裡沒用場，一定受窮。」大約魯人就打消了這個念頭。可見中國到春秋戰國時期，吳越等地大約因為天暖地濕，百姓還有打赤足的習俗。但諸侯大人及其成群的太太們，一定是與小百姓不一樣的。相傳西施在吳王宮裏常著木屢——一種木板的拖鞋，行步有聲，像今日紹興、永嘉小飯館跑堂的小姐那樣，「瓜達、瓜達……」地來去，蠻精神地。

北方寒冷，地乾硬，多砂礫，刺激足部，使人的大腦容易較早地往「鞋」的創造方面去想，「鞋文化」應當因此就比南方發達為早。所以，上引《淮南子》中，已經有魯國人夢想憑他做鞋的技術去吳越發財。而那時魯國的鞋已經大有儒風，《莊子》中說：「儒者冠圓冠者，知天時，履方履者，知地形也。」所謂「戴圓履方」，竟是「天人合一」的氣象。比《淮南子》更早一些，《韓非子·外儲說左上》記有鄭人買鞋，寧信他預先量好卻忘記帶來的尺度，而不肯用腳去試一試，結果沒有買到鞋的笑話。但是，鄭人買鞋貽笑大方實在不算一回事，倒是與鄒魯「禮義之邦」鄰居的齊國，景公時用刑苛繁，許多人被斷足後不能穿鞋，而穿一種也可以叫做鞋的「踴」。一天，齊景公問晏子說：「你的住宅與街市臨近，知道市場上商品的貴賤嗎？」晏子回答說：「踴貴履賤。」景公愀然傷心，遂減輕了刑罰。這是鞋史上驚心動魄的一頁。

二、「一生當著幾量屐」

春秋以後，南方盛行木屐。但木屐的創製，據說始於地處西北的晉國。託名東方朔《瑣語》載，介子推陪護晉公子重耳逃亡，曾有割股啖君等無比的勳勞。後來重耳歸國成了晉文公，介子推為了逃避封賞，遁入深山，被搜山尋他的使者莽撞地放了一把火，抱著一棵樹燒死於山中。文公悲痛不已，用燒剩下的這棵樹的木料做成木屐穿用。每當想起介子推從亡之功，就低頭看著腳上的木屐說：「悲乎足下！」「足下」後世相沿成為對人的敬稱，晉文公那番見屐而悲的傷感，卻很少知道了。即使三國後之晉朝得名本沿自戰國的晉，但《晉書》載阮孚好屐，有客人來，正見他為屐上蠟，一邊打摩一邊感歎說：『未知一生當著幾量屐！』木屐成了阮孚考量短暫人生的尺度，那個實際是木屐起源的悲哀的傳說，在晉人的聽聞中也近乎是消失了。

三、鞋之諧戲

　　春秋以後，包括神仙，除一位赤腳大仙，還有尸解仙往往遺舃飛昇，其神仙也都是要穿鞋的。更勿論南北世人，勿論官民士庶，不僅穿鞋而行，而且甚爲講究起來。《釋名》：「履，禮也，飾足以爲禮。」但是，鞋在人體的最下，所以地位最低，語云「冠履不可倒置」。不過，如同奢侈的君王可以用黃金做夜壺一樣，在這最下之處，反倒更便於顯示穿著者的高貴。還是齊景公，《晏子春秋》載，他的鞋子飾以金玉，重到僕人舉不起來；又《史記‧春申君列傳》載，趙平原君派人出使春申君，春申君把他安排到高級（五星級）賓館裏住下。趙使欲誇耀楚國的富有，爲瑇瑁之簪，刀劍的鞘上以珠玉飾之，打扮整齊地來春申君堂上作客。卻不料春申君有客三千餘人，其上客皆穿珠履，趙使大慚。

　　在鞋上用心思以羞辱取笑人的，正史野史中殊不少見。《南史》載，齊始安王遙光生而腿瘸，頗多這方面的忌諱。卻有人不識相拿鞋子送禮給他，惹他以爲戲弄自己，懷恨在心，就經常地給那人找麻煩，今人所說之「穿小鞋」也。歐陽修《歸田錄》載：

> 　　故老能言五代時事者云：「馮相道、和凝同在中書。一日，和問馮曰：『公靴新買，其值幾何？』馮舉左足示和曰：『九百。』和性褊急，遽回顧小吏云：『吾靴何得用一千八百？』因詬責。久之，馮舉其右足曰：『此亦九百。』於是閧堂大笑。時謂宰相如此，何以鎮服百僚！」

馮道生當唐末亂世，最會鬧中取靜，坐過五家王朝的宰相，爲封建史家所不恥，稱「不倒翁」。他遊戲人生的態度於此可見一斑。

　　歷代鞋子的故事中，也不乏嚴肅的諷刺，如《朝野僉載》載，唐鄭愔爲吏部侍郎，貪贓賣官。有一位候選做官的，久等不得，便以百錢繫於鞋帶之上，愔問之，曰：「當今之選，非錢不行。」鄭愔雖「聽其言而觀其行」，卻終於不會改變其貪官本色的罷。這絕妙的諷刺也就無濟於事，只堪後世讀來小快人心。

四、以鞋起家

　　相反地，鞋史上也有些可讚歎之事值得一舉。《世說》載晉代何晏爲吏部尚書，王弼未弱冠（不到二十歲），往見之，宴即倒屣出迎；又，《北史》載

北齊沈麟士性寬恕。一日，鄰人認其所著履，麟士曰：「是卿（您）履耶？」即脫下交給鄰人，自己赤足而歸。後來鄰人找到了自己的履，送還前日履，麟士毫不責怪，說：「非卿履耶？」笑而受之。而最著者莫如漢張良爲老父納履故事。《史記·留侯世家》：

> 良嘗閒從容步遊下邳圯上（今屬江蘇徐州），有一老父，衣褐，至良所，直墮其履圯下，顧謂良曰：「孺子（小青年），下取履！」良愕然，欲毆之，爲其老，強忍，下取履。父曰：「履我（給我穿上鞋）！」良業爲取履，因長跪履之。父以足受，笑而去。良殊大驚，隨目之。父去里所（一里多路），復還，曰：「孺子可教矣。後五日平明，與我會此。」

後張良三往乃見老父。此老父乃仙人黃石公，授良以《太公兵法》，曰：「讀此則爲王者師矣。」張良從劉邦起兵誅暴秦，運籌帷幄之中，決勝千里之外，皆因此受益。事嫌附會，而張良爲老父納履的尊老之風，卻是我國古人優良的傳統。

能憑著一雙鞋子做成事業的還推唐朝人竇乂。竇乂是陝西扶風人，年十三，得了他伯父竇交所給諸同輩揀剩下的一雙絲履，入市賣得五百錢，覓鐵匠做成小鍬，以借廟院讀書爲名，在廟院開墾閒置地種榆樹，陸續賣作燒柴、屋椽等，得錢三四萬；又以每雙三枚錢覓街頭上小兒揀拾破麻鞋，碾碎爲料，合槐子、油靛，做蠟燭，逢六月長安大雨，賣爲燒柴，每條百文，獲無窮之利……，轉而買地造屋開店，日收利數千，號「竇家店」；家道隆興，成一方巨富。事見《太平廣記》卷第二百四十三《竇乂》，好像也是小說家言，卻未必不是實事。

五、「脫靴」與「偷靴」

由張良爲老父進履，想到「脫靴」的典故：

> 唐崔戎爲華州刺史，遷東海沂密觀察使，民擁留於道，不得前（向前），乃休傳舍（官辦的旅館）。（民）至抱持（拿走）其靴，戎夜亡（逃）去。

這是一個因爲官做得好，百姓不忍其離任，脫他穿的靴而去，以表挽留之意。後世離任「脫靴」，成爲好官受萬民擁戴的光榮；同時也就有造假的，買通地方士紳搞假「脫靴」，送假「萬民傘」、假「萬民衣」之類，歷史上遠比崔戎

那種「眞典型」要多得多。

　　無巧不成書。有一個百姓爲官脫靴的故事，就有一個官爲百姓置履的故事，與它閒閒相對。《朝野僉載》載：

　　　　鄭仁凱爲密州刺史，有小奴告以履穿（鞋子破了），凱曰：「阿翁爲汝經營鞋（想辦法弄鞋）。」有頃（一會），門夫著新鞋至。凱廳前樹上有鷿鳥，遣門夫上樹取其子，門夫脫鞋而緣之（爬樹）。凱令奴著鞋而去。門夫竟至徒跣（光腳而行），凱有德色（做了好事的面容）。

而且偏是這樣的故事有人演義。袁枚《新齊諧》卷二十三《偷靴》：

　　　　或著新靴行市上，一人向之長揖，握手寒喧，著靴者茫然曰：「素不相識。」其人怒罵曰：「汝著新靴便忘故人！」掀其帽擲瓦上去。著靴者疑此人醉，故酗酒，方徬徨間，又一人來笑曰：「前客何惡戲耶！尊頭暴烈日中，何不上瓦取帽？」著靴者曰：「無梯奈何？」其人曰：「我慣作好事，以肩當梯，與汝踏上瓦何如？」著靴者感謝。乃蹲地上，聳其肩。著靴者將上，則又怒曰：「汝太性急矣！汝帽宜惜，我衫亦宜惜。汝靴雖新，靴底泥土不少，忍污我肩上衫乎？」著靴者愧謝，脫靴交彼，以襪踏肩而上。其人持靴徑奔。取帽者高居瓦上，勢不能下。市人以爲兩人交好，故相戲也，無過問者。失靴人哀告街鄰，尋覓得梯才下，持靴者不知何處去矣。

這個故事可以做一齣小戲，只嫌結局太便宜了偷靴人也。

　　另有一事接續上面做個開心一笑的結局，也許並不合適，卻可以略解失靴人之不快，即《北齊書》載：

　　　　任城王湝……少聰慧。……天統三年，拜太保、并州刺史，……時有婦人臨汾水浣（洗）衣，有乘馬人換其新靴馳而去者，婦人持故靴（乘馬人所遺舊靴），詣州言之。湝召城外諸嫗（老婦人），以靴示之，紿（對人說假話）曰：「有乘馬人於路被賊劫害，遺此靴焉，得無（可有）親屬乎？」一嫗（老婦人）撫膺（拍胸）哭曰：「兒昨著此靴向妻家。」如其語捕獲，一時稱明察。

這個官若好好做下去，是有得百姓「脫靴」之份的。但在北朝亂世，他後來戰敗被俘而死。

六、女足與弓鞋

唐以後，女性纏足，成爲男女注目的一大奇觀，人們對鞋子的興趣也就轉向女人的腳上，下面的敘述就當「文變染乎世情」的了。

男女之足本無大區別，不同者女足多略小而已，所以《周禮》言男女之履，同一形制。曹植《洛神賦》僅言洛神「凌波微步，羅襪生塵」，李白《越女詩》云「屐上足如霜，不著鴉頭襪」，李後主《菩薩蠻》詞曰：「剗襪步香階，手提金縷鞋。」除了說女子足白如霜和因爲身材足掌較小行步輕盈之外，並不曾道著女子的腳和鞋與男人有多大的不同。

李後主是身爲亡國之君的天才詞人，以他描寫女性的詞作，也算得上曠古少有的情癡情種，可是，他在位時那醉生夢死、富貴風流的後宮生活中，卻滋生出後世中國女子的無窮災難。明末清初余懷作《婦人鞋襪辨》曰：

> 考之纏足，起於南唐李後主。後主有宮嬪宮娘，纖麗善歌舞，
> 乃命作金蓮，高六尺……令宮娘以帛「纏足」，屈上作新月狀，著素
> 襪，行舞蓮中，迴旋有凌雲之態。由是人多傚之，此纏足所自始也。

纏足風氣一開，男女鞋之形制異趣。於是因崇尚女子小足而生出對「弓鞋」的嗜痂成癖，不知從何時起，文人中盛行一種「鞋杯行酒」的怪俗。據清代研究女人小腳最投入有興致的方絢先生《香蓮（小腳之昵稱）品藻》一文，引蘇東坡《選妓約》云「行酒皆用新鞋」的話，似乎宋朝就有了；但是，筆者所見最早是瞿祐《歸田詩話》卷下《香奩八題》，記元末楊維楨「以『鞋』、『杯』命題」，使瞿祐製《沁園春》詞，卻又不直接是「鞋杯行酒」之事。明朝人吃「鞋杯酒」的風俗比較容易見到是《金瓶梅》第六回的描寫：

> 少頃，西門慶又脫下他一隻繡花鞋兒，擎在手內，放一小杯酒
> 在內，吃鞋杯耍子。婦人道：「奴家好小腳兒，官人休要笑話。」

這個陋俗到清朝大行於世，方絢爲此作《貫月查》一文，津津樂道其「玩法」，如蓮花杯、穿心蓮杯、四照蓮杯、分香蓮杯、千葉蓮杯、重臺蓮杯……，也算得上是花樣——醜態百出，適見出當時吾國某些文士無聊至極。乾隆時杭州趙鈞臺買妾李姓女，貌美而天足，媒人稱其能詩，趙即以「鞋」爲題面試，女即書曰：

> 三寸弓鞋自古無，觀音大士赤雙趺。
> 不知裹足從何起，起自天下賤丈夫。

七、弓鞋的故事

三寸弓鞋引起兩性生活的震盪，不止鞋杯行酒風俗的盛行，更有的把這弓鞋作定情之物，惹出軒然大波。《醒世恆言》卷十六《陸五漢硬留合歡鞋》，寫浮浪子弟張藎看上了潘家的閨女壽兒，幾番眉目通情之後，二月十五日月下，張藎又來到潘氏樓下：

> 見那女子正捲起簾兒，倚窗望月。張藎在下看見，輕輕咳嗽一聲。上面女子會意，彼此微笑。張藎袖中摸出一條紅綾汗巾，結個同心方勝，團做一塊，望上擲來。那女子雙手來接，恰好正中。就月底下仔細看了一看，把來袖過。就脫下一隻鞋兒投下。張藎雙手承受，看時是一隻合色鞋兒。將指頭量摸，剛剛一折。把來繫在汗巾頭上，納在袖裏，望上唱個肥喏，女子還個萬福。

後來張藎買通陸媒婆，使陸婆拿合色鞋與壽兒相約私通，壽兒以另一隻合色鞋與之配成一雙，交陸婆轉給張藎：「壽兒道：『你就把這對鞋兒，一總拿去為信。他明晚來時，依舊還我。』」不料這一雙鞋落到陸婆不長進的凶徒兒子陸五漢手裏。陸五漢逼他母親說出壽兒約張藎相會之事，便瞞了陸婆，冒充去騙奸了壽兒，久而生事，誤殺了壽兒的父母，卻幾乎冤枉了張藎。後來真相大白，陸氏母子伏法，壽兒羞愧撞死於階下。

通俗小說演述三寸弓鞋故事，最成功的當屬《金瓶梅》第二十八回《陳經濟因鞋戲金蓮，西門慶怒打鐵棍兒》。這回書說潘金蓮在花園葡萄架下與西門慶淫戲，丟下一隻鞋。回房後逼春梅押著秋菊到處去尋，卻在藏春塢西門慶暖房書篋內找到來旺兒媳婦的一雙鞋。而潘金蓮的那一隻鞋被綽號小猴子的鐵棍兒拾到，送給了西門慶的女婿陳經濟，陳經濟便拿這鞋去與潘金蓮調情，換了一方汗巾，並把鐵棍兒拾鞋之事告訴了潘金蓮。潘金蓮大怒，使西門慶把鐵棍兒打得「死了半日」。晚上，潘金蓮想起來旺兒媳婦一事，又向西門慶取鬧：

> 因令春梅：「你取那隻鞋來，與他瞧！——你認的這鞋是誰的鞋？」西門慶道：「我不知道是誰的鞋。」婦人道：「你看他還打張雞兒哩！瞞著我黃貓黑尾，你幹的好繭兒！一行死了來旺兒媳婦子一隻臭蹄，寶上珠也一般，收藏在山子底下藏春塢雪洞兒裏，拜匣子內，攪著些字紙和杏兒一處放著。甚麼稀罕對象，也不當家化化的，怪不的那賊淫婦死了墮阿鼻地獄！」……分付：「取刀來，等我

把淫婦剁做幾截子，掠到毛司裏去，叫淫婦陰山背後永世不得超
生！」因向西門慶道：「你看著越心疼，我越發偏剁個樣兒給你瞧。」
西門慶笑道：「怪奴才，丟開手罷了。我那裡有這個心。」

這裡西門慶所珍藏來旺媳婦的鞋，與張藎所得壽兒的鞋，都是寄情之物，可
見弓鞋流行造成彼時風俗之一斑。

八、史湘雲做的鞋

但是，一般讀者更注意縱橫恣肆，墨灑淋漓，寫鶯顛蜂狂，是《金瓶梅》
文筆最見長處。若《紅樓夢》同是寫到鞋子處，便化俗為雅，如「明月松間
照，清泉石上流」矣。第三十二回寫襲人央湘雲替做一雙鞋：

襲人道：「且別說頑話，正有一件事還要求你呢。」史湘雲便問
「什麼事？」襲人道：「有一雙鞋，摳了墊心子。我這兩日身上不好，
不得做，你可有工夫替我做做？」史湘雲道：「……你的活計叫誰做，
誰好意思不做呢？」襲人笑道：「你又糊塗了，你難道不知道，我們
這屋裏的針線，是不要那些針線上的人做的。」史湘雲聽了，便知
是寶玉的鞋了，因笑道：「既這麼說，我就替你做了罷。只是一件，
你的我才做，別人的我可不能。」襲人笑道：「又來了，我是個什麼？
就煩你做鞋了。實告訴你，可不是我的。你別管是誰的，橫豎我領
情就是了。」

湘雲正自因為寶玉鉸了她做的扇套暗暗生氣，但對於襲人的懇求，仍然辭旨
溫婉，與《金瓶梅》相比，俗雅自見。個中原因，《紅樓夢》「大旨談情」，又
是漢人歸化為滿族人的曹雪芹寫的，因而不僅沒有《金瓶梅》的色情放蕩，
並三寸弓鞋也幾乎不見。

滿俗婦女天足，清康熙間也曾嚴旨禁止女子裹足，卻無濟於事。不僅漢
人女子照舊，滿族女子也有受此風感染者。直到近世婦女解放，女子裹足之
陋俗才被徹底革除，三寸弓鞋漸以成為歷史。但以敝人之見，它的陰魂似乎
至今未散，又附體成什麼高跟、松糕（或曰厚底）鞋之類了，中外風行。所
以，弓鞋是中國的「國粹」，而要女足不得自然則似乎全世界皆然。其中廣義
的「女為悅己者容」之心有之，「賤丈夫」欲從女性的矯揉其足得見其行步婀
娜悅目賞心的心理亦有之，與古代的情形差不了多少。

九、危險的「松糕鞋」

弓鞋早已作古，高跟鞋也有所降溫，近來流行的松糕鞋看起來又好像是「一道風景線」，其實是比弓鞋、高跟鞋爲害更甚的怪胎，如果說弓鞋的時代，女子因爲大門不出二門不到，行步不便還不至於有太大的危險，那麼當今女性生活與男子的步伐一樣快，高跟、松糕之爲禍有時更遠過於弓鞋。請看《工人日報》1999 年 11 月 5 日王蓬《松糕鞋車毀人亡》：

> 駕駛汽車的（日本人）大川小姐，腳上穿的是一雙「松糕鞋」，鞋底高達 32 英寸（8 釐米）。大川在回憶當時撞車的情景時說，在汽車拐彎時，她已經踩了刹車，但由於「松糕鞋」的鞋底太厚，她腳下感覺遲鈍，沒有能夠控制住刹車，致使這場慘劇發生。

慘劇是「汽車嚴重破損，大川小姐頭部受傷，小沼小姐當場死亡」。又《市場報》1999 年 10 月 11 日張佳周《街上流行厚底鞋，女性消費者當心》：

> 因爲穿那種鞋走不快，跑步更不行，得邁著小碎步走路。據報載，一位 25 歲的日本幼兒園老師，下樓梯時被自己的厚底鞋絆倒，摔在臺階上，不知自己腦部已嚴重受傷，勉強上了公共汽車，在車中悄然逝去。

東瀛女士的悲劇，令我望洋興歎。吾國也不乏女學生穿松糕鞋崴腳的傳聞，則使我不時想到「弓鞋」的意識，好像至今也還沒有斷絕，可歎也哉！

（1999 年 12 月 1 日）

關於「孔學」和「儒道互補」

目前，關於中國傳統文化的討論已經成爲學術界普遍關注的問題。所謂中國的傳統文化，就思想方面說，一般公認的指孔子爲代表的「孔學」即「儒學」文化，對此，李澤厚同志講得最明確：

> 漢文化所以不同於其他民族的文化，中國人所以不同於外國人，中華藝術所以不同於其他藝術，其思想來由仍應追溯到先秦孔學。不管是好是壞，是批判還是繼承，孔子在塑造中國民族性格和文化——心理結構上的歷史地位，已是一種難以否認的客觀現實。孔學在世界上成爲中國文化的代名詞，並非偶然。（《美的歷程·儒

道互補》）

他還認為：

> 就思想、文藝領域說，這主要表現以孔子為代表的儒家學說；以莊子為代表的道家，則作以它的對立和補充。儒道互補是兩千年來中國美學思想上的一條基本線索。（《美的歷程・儒道互補》）

總之，在李澤厚同志看來，中國傳統文化以孔子為代表的「孔學」即「儒學」為主體，以「儒道互補」為特徵。這不一定是李澤厚同志全面的本意，但上述說法給人的印象，特別是近年來它影響學術界多數人形成對中國傳統文化的認識卻是如此。但這一認識並不符合歷史的實際，值得商榷。

從中國傳統思想文化發展的大勢看，「孔學」即「儒學」由微而顯，長期處於被統治階級疏遠的地位。孔子在春秋末期創立了儒學，但它在當時並不被諸侯國的統治者所接受，他周遊列國，不為世用，退而授徒，甚至發憤曰「道不行，乘桴浮於海」。可見「孔學」在其創立的當世並非一呼百應，而備受當政者冷落。《韓非子・顯學》曰：

> 孔、墨之後，儒分為八，墨離為三，取捨相反、不同，而皆自謂真孔、墨，孔、墨不可復生，將誰使定世之學乎？孔子、墨子俱道堯、舜，而取捨不同，皆自謂真堯、舜，堯、舜不復生，將誰使定儒、墨之誠乎？殷、周七百餘歲，虞、夏二千餘歲，而不能定儒、墨之真……

其說雖有所為之言而不無偏頗，但實際的情況也只能是「孔學」在孔子之後，學者各是其是、各取所需，而莫衷一是。其中孟子受學於孔子之孫子思，被後世認為得「孔學」之真傳，但孟子材大難用的命運比孔子也好不了多少。所以春秋戰國之世，儒家雖為顯學，但大體只是學者各自為儒，遞相授受。其作為一種學說，總體上對社會的影響其實有限，遠未成為中華民族思想文化之主流。

秦皇一統之後，焚書坑儒，「非博士官所職，天下敢有藏《詩》《書》、百家語者，悉詣守、尉雜燒之。有敢偶語《詩》《書》者棄市」（《史記・秦始皇本紀》），自春秋末至戰國時期頗有發展的儒學被摧毀挫折，損失殆盡，也名譽掃地。所以楚漢間劉邦「方以天下為事，未暇見儒人也」（《史記・酈生陸賈列傳》）；漢初尚黃老之學，儒家未得與文景之治；迨至司馬遷作《史記》，尚以孟子「迂遠而闊於事情」（《史記・孟子荀卿列傳》）。可見自孔子以迄漢

武初數百年間，一方面「儒分爲八」，不成系統，自身實力有限；另一方面整體上儒學也不過百家之一，縱然名高，實際影響甚微。反而秦國得商鞅、李斯爲代表的法家之助，「滅諸侯，成帝業，爲天下一統」（《史記・李斯列傳》），漢初文、景因尚「黃老之學」成一代盛世。由此可見「儒家爲主」「儒道互補」云云，並非漢武帝以前中國傳統文化發展的實際。

漢自文、景之後，武帝用董仲舒建策，「罷黜百家，獨尊儒術」，是爲儒家學說有大影響於中國政治以至文化走勢的開端。但是，一方面武帝其實言不由衷，既「獨尊儒術」，又好鬼神迷信，「尤敬鬼神之祀」（《史記・武帝本紀》）；另一方面董氏之「儒學」實不過以「孔學」爲僞裝的陰陽家學，或說是「孔學」與陰陽家學的雜湊與揉合。所以，武帝之世，學者可以通經致官位，但更容易得官並受親信的是讖緯、方術之士。武帝一朝讖緯、方術之盛足以證明這種「儒術」相去「孔孟之道」的儒學已遠，並因此引起了今古文之爭，至東漢明帝，便顧左右而言它，《史記・大宛國列傳》孔穎達《正義》曰：「明帝夢金人長大，頂有光明，以問群臣。或曰：西方有神，名曰『佛』，其形長丈六尺而黃金色。帝於是遣使天竺問佛道法，遂至中國，畫形象焉。」東漢明帝親自引佛法入中國，不僅證明儒學之在當時不足爲獨尊，而且表明「百家」亦不曾眞正被「罷黜」。

自東漢末年，經魏晉南北朝隋唐以迄宋初的七八百年間，佛教日熾，與道教漸成水火之勢的同時，也一天天成爲儒學的勁敵。尤其降至唐宋佛教禪宗蔚起，廣受士大夫所喜好，雖在多數時空中儒學仍受追捧，名在高位，但實際往往淪爲擺設，至有「三武一宗」滅佛，才勉強維持其「外面的架子雖未甚倒」（曹雪芹《紅樓夢》第二回）的頹勢，內在裏往往依違於佛、道之間，絕不曾獨立爲中華文化之中流砥柱，以至於必然地發生宋明「理學」對儒家學說的又一次大改造，其所受禪宗思想的影響之大是每一個研究中國思想史的人所公認的事實。

所以，除明朝以後清代思想文化於形成中華民族文化——心理結構已非關鍵，自不必說，自漢武以到近代開始之前，以「孔孟之道」爲標榜的儒學雖享高名，表面上居思想文化的正統，但實際的影響卻並非時時處處都比佛、道更大，而且每況愈下。從而中華民族文化的基本特徵既非「孔學」即「儒學」爲主，也不是簡單的「儒、道互補」，而是儒、道、佛（禪）三家的混合，即學術界實已有定論的「三教合一」。

　　中國傳統文化的「三教合一」中，儒家的成份可能更顯更多一些，但是未至可以僅僅用「孔學」或「儒學」代表中國傳統文化的地步，那顯然是不準確也不夠全面的。至於「孔學」或「儒學」「在世界上成爲中國文化的代名詞」，固然說明孔學影響之大，但這也是近代以來的現象。這個現象的形成，一方面是外國人未曾深諳中國傳統文化的複雜性，另一方面也是「五四」以來「打倒孔家店」「批孔」等以「孔學」爲革命對象的歷史給人造成的印象。其實，「孔學」絕不就是對中國傳統文化的科學概括和集中代表。中國傳統文化在先秦是儒、道、墨、法等諸子百家，而影響中國幾千年政治框架形成最爲深刻的是法家，「百代都行秦政法」，這是從柳宗元至毛澤東的論斷，也是學者有目共睹的歷史事實。兩千年來，儒家的理論僅僅是給了這種「秦政法」道德的妝飾與規範，使之披上一層「仁政」的外罩。儒家理想的「內聖外王」，實際做到的只是「外聖內王」，「儒學」實不過是歷代統治者欺人並籍以自欺的工具。

　　歷代統治階級的推崇「孔學」即「儒學」，沒有幾個是眞心的，更沒有眞心照孔子儒學修齊治平的。其所以要打孔子的旗號，不過是孔子說的話太好、太能夠使人信服了。卻又十分地難以做到，所以也絕不眞心照孔子說的去做，只是用以欺人。如歷代皇王無不是要自幼讀經的，但其長大親政，一面讀經，一面拜佛求神仙祈長生，或只是拜佛求神的，就很不少。至於被欺騙的人中，有臣子和小民，而主要是封建士大夫知識分子，依孔子的教導做忠臣孝子的人，多半是從這些人中產生的，但在世世代代的中國人中鳳毛麟角，多的是假道學。早在《莊子》中就揭發過「儒者以詩禮發冢」（《莊子・外物》）的僞善，秦檜也被稱爲「老儒」（《金史・酈瓊傳》）。所以中國古代自漢以降，雖儒學大行於世，而眞正信儒學，照儒家教義立身行事者，只是少數好古敏求的老實人。這些人就做了裝點封建社會門面的紅綢子，如岳飛、文天祥等人。他們雖是宋朝的忠臣，而新朝也往往要表彰之，這其中奧妙乃是無論哪個皇帝都需要忠臣，倒不是因爲於人民帶來了什麼實際的好處。所以儒家文化中教做爲人稱道的「大丈夫」，大抵只是爲封建統治塑造忠臣。在整個封建社會裏，統治者尊孔所造成「孔子在塑造中國民族性格和文化——心理結構上的歷史地位」，也就主要表現在這裡，而佛、道二氏無與焉。

　　其次，中國的傳統文化雖爲儒道釋（禪）三位一體，但儒學主要影響在封建士大夫和知識分子。相比之下佛、道尤其道家的影響主要是下層百姓。

所以，自漢以後，歷代農民起義多假道教而興起，不僅是因其組織力量的方便，也還由於道教脈承道家蔑視權貴的思想傳統所致，而中國歷史上最能表現民族性格的也只有農民起義。所以若說中國傳統文化對中國民族性格的塑造，只有這一點最為輝煌，其餘多半都是教人如何求做奴隸和做穩奴隸的陳詞爛調。因此，縱觀中國歷史，只有黃老道家之學較占上風的時代，統治者略能清心寡欲，國家方能安定，生產才能發展。無為而治，是為大治。漢之「文、景」，唐之「貞觀」，大體都是黃老之學影響的產物；而一旦統治者祭起「儒學」的大旗，「修齊治平」，頭腦發熱，要建功立業、青史留名之際，國家也就多事，人民也就遭殃。漢武帝晚年的窮兵黷武，乾隆皇帝的十全武功，雖至今各享開疆拓土的榮光，卻苦了當時的百姓，而一代王朝也因之衰落。宋初「半部《論語》治天下」不失為儒家政治的佳話，但宋朝積貧積弱，部分原因或正由於此。從而與儒家「修齊治平」的願望相反，其大力實行的時代，晉、宋、明朝都因為北方少數民族勢力的壓迫先後淪為半壁江山以至於亡國。不僅證明「秀才造反，三年不成」，而且「禮義」不能興邦，「文德」未必「懷遠」，儒學不僅孟子，而是自孔子以降整體都有曲高和寡、「迂遠而闊於事情」的局限。從而中國歷史上諸多開國之君如劉邦、朱元璋等，不僅本人未讀儒書，其初「馬上得天下」，也主要不是依靠儒生。而近古中國逐漸淪為「落後」挨打，也與宋以來理學家高談心性、恥言兵備的傳統不無關係。

當然，也絕不能忽視儒學給中國人造成的影響，但這種影響歸結起來不過是教人如何做奴隸。魯迅先生說的好：「長輩的訓誨於我是這樣的有力，所以我也很遵從讀書人家的家教。屏息低頭，毫不敢輕舉妄動。兩眼下視黃泉，看天就是傲慢，滿臉裝出死相，說笑就是放肆。」（《忽然想到之五》）這番話正畫出了中國儒家文化塑造中國民族性格的歷史狀況，以致把人弄的不死不活，成為專制獨裁政治任意享用的犧牲。拿破崙曾經說晚清中國是一頭「睡獅」，之所以「睡」去，正是維持數千年的傳統文化的鎮靜作用。魯迅先生說：「古訓所教的就是這樣的生活法，教人不要動。不動，失錯當然就較少了。」（《華蓋集·北京通信》）這一著很奏效，尤其在知識分子眼裏，所以自西方思想傳入中國以前，中國從比沒發生現代意義上的革命，只是有無數次農民起義。直到「五四」運動起來，請了「德先生」和「賽先生」來，「睡獅」才算是驚醒了，歷史對中國傳統文化的這個檢驗，還不足使我們對它永遠作批判地反思嗎？而今天的某些學者如李澤厚等人還那樣熱情洋溢地贊之捧之，

大有復興儒學之勢，頗令人莫名其妙。聯想如今流行處處要人「一致」，時時讓人「夾著尾巴」的風氣，這種崇拜傳統的理論不是要中國重新回做「睡獅」嗎？

有人拿東方「四小龍」經濟發展的狀況反證儒學之新的價值，其實中國大陸的情況與四者大不相同，「四小龍」的情況也各自不同。那裡確實有著儒學的招牌，但骨子裏更信金錢，也就是資本主義的經濟規律支配一切，儒學只做尋常生活信條，奈何它不的；中國大陸的情況則不然，比較金錢，更信權謀，而儒家學說歷來是教人認權不認錢的。所以中國若要改革，非不能借助於儒學的復興，但是一定先要對儒學有一番認真的清理，去偽存真，去粗取精，特別是把後儒的自編自創與孔、孟原典理論區別開來，在古為今用的意義上回到「孔學」原典，作為中國人建設新道德之部分的基礎或有益參考。而決不能行「拿來主義」，照搬照抄。

至於「儒道互補」，確係中國思想史的一個特點，但是至佛教傳入以後，就逐漸地不再有純粹的儒、道互補，而是「三教合一」了。一方面至晚魏晉以後，三教既競爭又融和，在融和中競爭，在競爭中融和的「合一」趨勢就逐漸鮮明起來；另一方面儒道互補既非真正意義上的相互補缺，也不是實質性的交互為用，而往往是儒、道教義本就相通的某些方面，因情勢的需要開始佔了上風。如《莊子・天地篇》云：「天下有道則與物皆昌，天下無道則修德就閒。」《論語・泰伯》云：「天下有道則仕，天下無道則隱。」以及《論語・衛靈公》「邦有道則仕，邦無道則可卷而懷之」之論，意義上並無多少差別。這恐怕也就是後世能夠「三教合一」的原因吧。李澤厚先生舉「兼濟天下」與「獨善其身」，「身在江湖」與「心存魏闕」做「儒道互補」的證據，其實並不真正涉及道家，而是「儒學」中固有的，前者即全是《孟子》中的話。如果李澤厚同志不是疏忽的話，這樣地舉證就令人不可思議。而就儒、道之異處而論之，更難成為「對立的補充」。唐代的陳子昂《同宋參軍之問夢趙六贈盧陳二子之作》中就有「儒道兩相妨」（《全唐詩》第83卷）的句子。至於古代知識分子有依違於儒、道之間者，未必非「儒道互補」，但唐以後士大夫以儒生而參禪者更多，儒道互補也就更不成其為中國文化包括「中國美學思想上的一條基本線索」了。

總之，中國傳統文化的主體是儒、釋、道「三教合一」，「儒道互補」雖是「三教合一」的突出特點，但是只有「三教合一」才稱得起是中國傳統文

化的基本線索。這種「三教合一」的傳統文化，整體上是數千年小農經濟基礎上樹立的意識形態，它塑造了中華民族主要是漢民族的性格，構造了中國人主要是漢民族的文化心理，既有積極意義，也起過消極的作用。其積極性在於剛健有爲、內斂和平的性質，使能自立自強並超長穩定而數千年屹立於世界之林；其消極作用則體現爲固步自封、求穩怕亂、難以維新的保守性，使內耗過大、創新競爭力不足，最近幾百年來逐漸落後於西方列強。可說既有成功的經驗，也有失敗的教訓，都值得今天認眞總結，從「三教合一」與外來主要是西方文化的比較與平衡中尋求切實可行的文化出路，而不是囿於「孔學」與「儒道互補」的津津樂道。

（1986 年 11 月 19 日）

讀黃恩彤《與弗夷加略利論香港書》
——寫於香港回歸在即

　　黃恩彤（1801～1883），字石琴。山東寧陽（今縣）人。道光進士，1842年以江寧布政使參與簽訂中英《南京條約》，後隨伊布里、耆英赴廣東，參與簽訂中英《五口通商章程》，遂留任廣東按察使、布政使。1845 年遷廣東巡撫，第二年因廣州人民反英人進城事處置不當，被劾革職。有《知止堂集》，集中不少涉外公文書信，頗有史料價值。茲舉其《與弗夷加略利論香港》書，以見一般。全文如下：

　　　　英吉利之在香港，亦如意大利亞之在澳門，乃大皇帝異量之恩，各國不得援以爲例也。且英人連年用兵，亡失亦多矣。得此海外荒島，草創而經營之，所費尤鉅，足下以爲得計乎？且彼乃藉爲修船停貨之所耳。弗國貿易無多，每年進口不過一二隻，商人數不滿十，即索得海甸片壤，將安用之？欲與英人爭勝乎？是務虛名而受實累也。欲與中國爲難乎？明係假英人猖狂之餘力，希冀意外之獲，適足爲英人所笑也。足下曾云：譬如人有屋一所，被賊占住一間，不能逐去；而朋友借居則靳而勿予，未免失算。其説似已。不佞則謂屋被賊占，爲朋友者惟有助主擒賊，以屋還主，方爲良友耳。若亦欲乘勢占屋一間，是幸主人之危，援賊爲例，非君子也。

本文寫成年代當在他廣東任上，《南京條約》簽訂後不久，可說是中國人、又是簽訂《南京條約》中國一方的當事人最早議論香港問題的文章之一。原文題下有注：「加夷住澳最久，通漢文，爲弗蘭西謀主。」（又原文「英」「弗」「英吉利」「弗蘭西」等字都有「口」旁。）當時此信也正是爲答覆「弗夷」，杜其援英國爲例索要中國土地之口而作。從信中論議可以看出，作者黃恩彤這位親自參與了簽訂《南京條約》，隨伊布里、耆英對英妥協「辦交涉」、喪權辱國不得辭其咎的清政府大臣，對中國喪失香港、澳門危害的嚴重性及殖民者的狼子野心都估計不足，在政治上可以說是昏憒得很。加以懼怕洋人，所以信的措辭委婉，一副弱者面目，全無大國嚴正之氣。

但是，即使黃恩彤昏憒、孱弱到到如此地步，也還恨以爲搶佔香港是「英人猖狂」，對「弗夷」謀主之大開索地之口斥爲「援賊爲例」，能反唇相譏，予以拒絕。可見當時中國人無論誰何，都從心底裏不承認這個城下之「約」，都對香港、澳門的喪失抱有沉痛的心情。而當年所謂「條約」的簽訂，只不過是英國殖民主義者強權之下無公理的一頁骯髒的侵略歷史，在我中華民族則是弱國無外交的一個永不能忘卻的教訓。今香港回歸，一雪百年國恥，舉世華人，無不歡呼慶祝。九泉之下，黃恩彤輩也可稍慰其抱愧之心了罷。

（1997 年 5 月）

炎黃故地話曲阜

曲阜是孔子的故鄉，是古代奉祀孔子最重要的地方，有人稱之爲「東方的耶路撒冷」，單憑這一點，它就是一座聖城了。卻又不僅如此，曲阜還是炎黃故地，中國文化、華夏民族最重要發祥地之一，加上這一點，它更可以在中國和世界的文明史上，佔有一個獨特而崇高的地位。

曲阜是黃帝的故鄉。在中國的古史傳說中，炎、黃是原始部落兼併中形成的兩大獨立的部落集團，以兩大集團的融合爲中心，形成後世的華夏民族。在這一融合過程中，黃帝部族起了主導的作用，所以中國歷朝歷代，清明祭祖，帝王或政府總是派員致祭於陝西的黃帝陵，以緬懷這位對中華民族形成有最大貢獻的人物。但是這位葬於黃土高原的黃帝，卻是中國東部的曲阜人。

據《帝王世紀》《史記》等古史記載，黃帝姓公孫，名軒轅，「黃帝生於

壽丘，在魯東門之北」；「居軒轅之丘」，「軒轅之丘在魯城東門之北」。「魯」
即曲阜，從上述記載看，「壽丘」「軒轅之丘」都在魯東門之北，應當就是同
一個地方，即今曲阜城東四公里的舊縣村東北的壽丘，它的標誌即現在少昊
陵後面的一座土崗名雲陽山，那裡正是中華民族最重要的共同祖先──黃帝
出生和長期生活過的地方，這與另有記載黃帝自窮桑徙曲阜的說法，也大致
相合。所以，著名學者何心在《諸神的起源》一書中說：「在古傳說中，黃帝
出生於山東壽丘，後遷河北涿鹿，最後還鄉定居於曲阜。」是很對的。不過
他說「軒轅之丘……在今日的泰山之上」並不準確，因為黃帝既「還鄉定居
於曲阜」，其「軒轅之丘」也就應當在曲阜，同時「泰山之上」也是不便「定
居」的地方。人們把「軒轅之丘」作為黃帝生地的「壽丘」的又名，是最自
然而合理的解釋。

　　曲阜又是炎帝、少昊曾經定都過的地方。史載「炎帝神農氏自陳遷都於
曲阜」，學者以為可能是炎帝打敗了黃帝，一度佔領曲阜，並把曲阜作為自己
新的都城；又有記載說，少昊為「五帝」之一，黃帝之子，以修太昊（一說
太昊即黃帝）之法，故稱少昊，以金德王，故又號「金天氏」。「少昊邑於窮
桑，以登帝位，徙都曲阜」，在位八十四載，壽百歲崩，葬雲陽。「窮桑」無
考，有人說是曲阜境內某地。「雲陽」即上面提到的雲陽山。這就是說，少昊
在窮桑稱帝後，即遷都曲阜古城，並最後死在這裡，葬於壽丘。今壽丘雲陽
山前有少昊的陵墓。宋代的皇帝把軒轅黃帝作為自己的始祖，少昊自然是他
祖宗第二，便大興土木，建景靈宮、太極殿以祀黃帝和他的妻子嫘祖，重修
少昊陵，以一萬塊石塊護砌成棱臺形，成為中國獨一無二的陵墓建築。後來
景靈宮、太極殿毀於戰火，少昊陵僅存。少昊陵因是一萬塊石築成，舊時俗
稱「萬石山」，現在當地的人稱它是「中國的金字塔」。少昊陵雖然比埃及金
字塔小了許多，但是論其形貌性狀，也不失為一個恰當的形容。另外，「五帝」
中的舜還曾在壽丘製作用具，也是史載中國古先文明的一個佳話。

　　因此曲阜是黃帝的故鄉，也是炎帝、少昊、舜等中華古帝曾經生活居住
過的地方。這樣，古代「三皇五帝」中，就有一人生於斯，一人葬於斯，三
人都於斯，四人曾經居於斯。這些雖然只是古代傳說，算不得信史。但是書
面記載史前可靠的事實不多，相比之下，這些有關的記載，就是中華民族發
達史上最可靠的資料。同時，近年來在壽丘不遠的地方，多曾發現原始文化
遺跡，證明早在五千年到幾十萬年前，這裡就已有人類生息，並且創造過當

時高度發達的文化。所以正如何心先生所說：「從二十世紀以來的考古發掘看，位於中國東部以泰山曲阜爲中心的泰沂山區，乃是華夏古文明最重要、最集中的起源地之一。」

總之，曲阜不僅是孔子故鄉，而且是炎黃故地。早在孔子之前很久遠的年代，曲阜就已經是神州大地的一個政治經濟文化的中心。現在到曲阜觀光的遊客，看過「三孔」（孔廟、孔府、孔林），往往就心滿意足地離開了。其實他們看到的，至多只是曲阜古代文明的後半。作爲炎黃故地的曲阜，更是孔子故鄉曲阜的淵源和背景，那是養育了孔子和他所代表的儒家學說搖籃的地方。看了壽丘和少昊陵再看「三孔」，或者進一步看了壽丘和少昊陵，然後看周公廟——祭祀那位相傳爲中華「禮義之邦」制「禮」的大聖人周公的廟宇，再然後看「三孔」，知道了曲阜爲炎黃文化最重要、最集中的起源地之一和曾是它一脈流傳最爲輝煌的地方，才能更深刻理解曲阜之能有孔子，和孔子能爲中國和世界文化巨人的歷史動因。

這樣一路走來，從壽丘到「三孔」，遊者走過的只是很短的一程，但是恰如在遠古的歷史長廊散步，領略到的，是華夏文明之長河上游，一段漫長而古老、旖旎而遍是芬芳的風景。唐代大詩人高適的詩說：「前臨少昊墟，始覺東蒙長。獨立豈吾心，懷古激中腸。」讀者倘得寬餘，信步於此，斯文在目，覽古懷先之意，不亦遠乎！

（原載《中國貿易報》1996 年 3 月 1 日《雅周末》）

中國的金字塔——少昊陵

從今曲阜城向東約四公里，是曲阜古城的遺址——舊縣村。舊縣村東北角有一片高地，叫做壽丘。史載壽丘是軒轅黃帝出生的地方，所以又叫軒轅丘，說它是中華民族最重要的發祥地之一，一點也不過分。壽丘上更有一丘，爲雲陽山。雲陽山懷抱一「山」，即少昊陵。少昊陵舊又名「萬石山」，當地人習譽之爲「中國的金字塔」。

少昊是中國古史傳說中五帝之一，黃帝的兒子，名玄囂，因修太昊（一說即黃帝）之法，故名少昊。他在窮桑稱帝，以金德王，所以又稱金天氏。後來遷都曲阜，在位八十四年，壽百歲崩，葬雲陽。後世稱皇帝死曰「崩」，

皇帝的墳墓曰「陵」。少昊駕崩，安葬於此，就有了這座少昊陵。

黃帝生地、少昊葬地等等，當然只是傳說，然而傳說是事實的影子。史前無史，古人只能從傳說提煉信史。「百家言黃帝」「長老皆各往往稱黃帝」，所以一部《史記》從黃帝寫起，後世中國人認黃帝爲華夏之祖。少昊也名列三皇五帝之一，自然備受尊崇。中國傳統崇敬死者的辦法是修墳立碑建廟，歲時祭祀。所以不知從何朝何代開始，少昊陵就不斷被重修和擴建，至宋朝，修成了這座「萬石山」。

宋朝的皇帝姓趙，自趙匡胤「一條棍打出四百軍州」，這一家子不僅在《百家姓》上搶了第一把交椅，還把華夏民族的共同祖先軒轅黃帝，霸做他一家的祖宗。公元 1012 年，宋朝的第三代天子眞宗皇帝到曲阜來，孝心發見，爲黃帝蓋了一座廟叫景靈宮，爲黃帝的夫人嫘祖也蓋了一座廟叫做太極殿，宮殿達一千三百二十間之多，「其崇宏壯麗無比」，歲時祭祀如太廟儀。同時大修少昊陵，擴建了陵園，疊石固陵，還雕刻了石像、石欄，工巧絕倫，香火供祀不絕，是不用說的。這樣過了九十九載，是公元 1111 年，這一年在位的徽宗皇帝又大顯其孝心，在一番浩大的維修工程中，將少昊陵護砌加固，正好用了一萬塊青石，把一座高大的土墳，裝裹成規則的石頭建築，叫做「萬石山」，數無虛報，名副其實。

「萬石山」底大上小，呈陵臺形，底闊 28．5 米，坡高 15 米，寶頂方 11 米。上有小室，清乾隆間改建爲黃琉璃瓦廟堂，內供漢白玉石雕少昊像。石像爲宋宣和年間所造，當時石像造成立就，其他工程方興未艾，金兵南下，北宋就和這裡工地上千錘萬鑿的叮噹聲一起消亡了，徽宗皇帝也做了金國的俘虜。後來景靈宮、太極殿毀於戰火，「萬石山」在烈火中永生似的僅存下來，成爲今日曲阜一大名勝——「中國的金字塔」。

少昊是黃帝的兒子，黃陵、炎陵之外，少昊陵應是炎黃文化最偉大的象徵。加以它與黃帝的生地同在壽丘，就更具有了華夏文明象徵的意義，後世愼終追遠，敬禮供奉，理所當然。但是，宋朝皇帝當作自己一家的祖墳修太昊陵，與廣大炎黃子孫並無多少關係。例如用一萬塊石砌陵，大約就是爲了「皇帝萬歲」。這就很可笑。晉孝武帝尚且能說：「自古何時有萬歲天子耶！」，宋徽宗就顯得不夠明白，或者不夠豁達。不過許多情況下，正是權勢者的愚妄驅使民姓的勤勞和智慧，造就了今天的古蹟名勝。埃及的金字塔如此，中國的「萬石山」少昊陵也是如此。所以，雖然「萬石山」的規模氣魄遠不如

埃及法老的陵墓金字塔，但就形貌性狀而言，稱作「中國的金字塔」，確實是形神兼備的一個形容。

宋以後，少昊陵又經多次維修。乾隆十三年（1748），皇帝謁陵，有旨令曲阜知縣於陵園內種柏樹 421 棵，檜樹 4 棵。新中國成立後，又三次重修。現在的陵園佔地 125 畝，座北向南，沿南面神道而入，依次為石坊、陵門、享殿及東西配房，三進而後即「中國的金字塔」，像一尊上古的寶鼎，倒扣在地上，飽經烈日風霜的面貌透露著神秘的氣氛。周圍古柏參天，荒草沒膝。如或落日銜山，夕陽返照，金字塔又給人以荒草銅駝般的蒼涼。晴好的日子，更便於以沉靜的心境欣賞這座幾乎是一覽無餘的建築。它的造型似苟簡而實工巧，有一種整一寫實的韻致。質地堅硬而細美的石料，砌治精整，四面棱角如舒緩下行的流線，拂動著宋代藝術優雅纖細的風格。

（原載《人民日報》（海外版）1999 年 7 月 6 日第 7 版《文藝副刊》）

「堽城」之謎

堽城因堽城里而得名。堽城里北依汶水，南臨洸河；向西一里有村堽城西，又七里有堽城壩——壩為元代著名水利工程，本在堽城里村西，明代移築下游，仍沿舊稱；向南一里為堽城南村，又偏東南一里是堽城屯，地當蒙館公路東西折向西南的拐彎處，現在是寧陽縣堽城鎮政府的所在。

堽城既不是水陸要衝，人文物產都好像沒有什麼大的稀奇，唯獨得了一個「堽」字，與眾不同。「堽」讀 gāng，同「崗」。從古至今，普天下地名用「堽」字，就只有吾鄉這五處地方。以至於向來辭書「堽」字的釋義，一般只舉「堽城壩」，證明著「堽」字只屬於這塊地方；同時也就證明著「堽」字有些「養在深閨人未識」的孤寂。外地的人，即使有文憑又有文化，也未必識得它；而當地人只要不是絕對的文盲，也可能作此一字師。

但是，說到「堽城」的來歷，卻不僅外地人很少瞭解，古今當地人也不甚清楚。新修《寧陽縣志》第三十二編《文物》載《堽城故城址》云：「該故城址始建無考。戰國時齊之剛邑，公元前 269 年（周·赧王四十六年）秦使客卿竈伐齊取剛。剛之名始見於此。漢置剛縣，晉稱剛平，南朝宋省，北魏復置。剛後改堽城。」又《寧陽縣地名志·堽城裏》條下云：「村落位於故『剛

城』內，『剛城』今作『堽城』，故名堽城里。『剛』何時作『堽』，無記載，待考。」這些內容基本承舊史志而來，盡力而爲地反映了古今鄉人對堽城歷史的認識。其中明顯地有兩事待考：一是「該故城址始建」的時間，二是「『剛』何時作『堽』」，聯帶著其他也有要作新說明的方面。

這算得上小小的歷史之謎，筆者留心此事多年，偶檢《史記‧趙世家》：「（趙）敬侯……四年，魏敗我兔臺。築剛平以侵衛；五年，齊、魏爲衛攻趙，取我剛平。」竊以爲敬侯四年趙國所築並最先據有的這個「剛平」，即堽城始建之故城；第二年「齊取我（趙）剛平」，遂成「齊之剛邑」。趙敬侯四年當周安王十九年（前 383），百餘年後才有「秦使客卿竈伐齊取剛」。《史記‧秦世家》載其事在秦昭襄王三十六年當周赧王四十四年（前 271），《通鑑》繫於周赧王四十五年（前 270），並謂爲范睢所阻，未果實行。兩書所載異辭，姑不論，而堽城「故城始建無考」的問題可由此得到解決，即建於戰國前期的周安王十九年（前 383 年）。它本是列國紛爭的產物，至少百餘年中爲趙、衛、齊、魏、秦國等兵家相爭；它最初的名字就是「剛平」，漢改「剛縣」；「晉稱剛平」是恢復舊稱……，「北魏復置」是復漢之「剛縣」，治「剛城」，見《魏書‧地形志中‧東平郡》。「剛城」之「剛」改「堽」，自當在隋唐以後，而且說不定關係著它一段繁榮的時期，卻最爲可惜地成了謎中之謎。

堽城故老傳聞，唐末五代的梁王朱溫曾在這裡做過皇帝，後來兵敗遷徙，一夜之間趁西流汶水船運，「拆了堽城，修了運（鄆）城」。這固然於史無徵，而且這「鄆城」不是那「運」城。但傳說是歷史的影子，以今天還依稀可見當日城池的遺存，不難相信南北朝或隋唐之後，這裡歷史上有過一段旋興旋滅的輝煌。上引《寧陽縣志‧文物‧堽城故城址》是這樣記述的：

> 故城址……東西約 1000 米，南北約 800 米，東、南、西三面城垣清晰可見，不少地段仍聳立於地面，城東南角最高處有十多米。……東城牆有兩個高十多米突出牆外的城臺，俗稱『炮臺』。城中部有一高十多米，徑約 40 米的夯土臺基，傳爲釣臺或梳妝樓。……該城址內遺跡、遺物豐富，除頹垣斷壁外，還暴露有基石、石柱礎和豐富的磚瓦等建築材料及春秋陶鼎漢代半兩石範等。

地下的發掘根本沒有進行。地面能見還可補充的是，堽城古城牆遺址偶而可見古代的箭頭；而其東南所謂「堽城屯」者，相傳即堽城屯兵之所。

傳說不免有失實的成分，但是這裡歷史的遺存，卻印證著傳說絕非空穴

來風，從而這裡世世代代的人都渴望瞭解堽城可能有過一段輝煌的歷史之謎。早在明朝嘉靖年間，邑人進士王正容作《堽城懷古詩》云：

> 荒城寂寞枕長河，匹馬西風此一過。
>
> 故日秋深殺氣重，高臺日暮野煙多。
>
> 爭傳殿宇誇梁宋，忍見邱墟蔓薜蘿。
>
> 悵望不堪嗟往事，空餘山色映碧波。

四百多年前，王正容所聞堽城梁宋時殿宇嵯峨的傳說，和他所見「高臺」「邱墟」等故城的遺跡，自當比後人聞見更多和更能引人懷想，所以他才有如此地感慨。

　　同樣地，邑人清道光進士曾做過廣東巡撫的黃恩彤也曾大為之困惑，和有《古剛城》詩云：「草沒誰家壘？煙迷何代樓？無情清汶水，嗚咽背城流。」當地群眾對這裡傳說中歷史上有過的輝煌也情有獨鍾。清道光十二年（1832），堽城裏群眾立《禁止毀壞古蹟碑》，碑記有「多年古蹟，實係官物。雖云靠己之地，並非承受祖業，……非去舊跡五尺，不許使土」云云，這應當是我國歷史上群眾自發保護文物很好的例子，不多見的。

　　現在，堽城里故城址如同我國遍佈城鄉的許多古蹟，已被確定為文物保護單位（縣級）。古蹟是歷史的化石，負載了古代人文的信息留待後人享用。對於堽城里故城址，筆者有幸破解它始建之謎和大致讀懂它前段的歷史，卻仍有一個「爭傳殿宇誇梁宋」的更大的歷史之謎有待解開。而對這一歷史之謎的破解，也許關係到山東和我國歷史上一頁失落的文明，盼讀者專家有以教我。

（原載《大眾日報》2000 年 6 月 15 日《齊魯文化專刊》）

第二輯　博文選存

臺灣學者引用「三復情節」

　　林宗毅（臺灣靜宜大學中文系副教授）《重評李日華〈南西廂記〉》（南華大學文學系《文學新鑰》第 2 期，2004 年 7 月，頁 21～35）注 11：

　　　　參見拙文，2004 年 5 月 20 日，「靜宜大學第三十二次學術論文研討會」論文。所謂的「三復情節」，是大陸學者杜貴晨於一九九七年左右提出來的，「三復」一詞借自《論語・先進》：「南容三復白圭。」一句，認爲中國古代小説多有從形式上看來經過三次重複才能完成的情節，大者如《三國》的「劉玄德三顧草廬」，《水滸》的「宋公明三打祝家莊」，《西遊》的「孫行者三調芭蕉扇」，小者則如《儒林外史》中周學道三閱范進試卷或范進三笑而瘋的描述，也算是「三復情節」之運用。

（2005 年 5 月）

《紅樓夢》中有「網絡」

　　多日不「博」，幾乎忘卻。近因應急，再讀《紅樓夢》，至第十四回，寫有王興媳婦答鳳姐問話說：「領牌取錢，打車轎網絡。」爲之一驚：原來如今流行之「網絡」一詞，早在《紅樓夢》中即已出現，而且想來還應該更早，待考。當然，此「網絡」非彼「網絡」，但屬古爲今用，是不成問題的了，故

爲之一「博」。

（2006 年 9 月 10 日）

《紅樓夢》中有「智能」

自機器人發明以來，「智能」一詞頗爲惹眼，一般會認爲是新詞兒新概念，其實早就有了。遠的還不好說，至少《紅樓夢》中就有了，是一位小尼姑的法號，稱「智能兒」。《紅樓夢》中智能兒最早出現於第七回，第十五回寫秦可卿之喪，寶玉等送葬來到饅頭庵，作者蕩開一筆寫道：

> 原來這饅頭庵就是水月寺，……那秦鍾便只跟著鳳姐、寶玉，一時到了水月庵，淨虛帶領智善、智能兩個徒弟出來迎接，大家見過。鳳姐等來至淨室更衣淨手畢，因見智能兒越發長高了，模樣兒越發出息了，……寶玉笑道：「能兒來了。」秦鍾道：「理那東西作什麼？」寶玉笑道：「你別弄鬼，那一日在老太太屋裏，一個人沒有，你摟著他作什麼？這會子還哄我。」秦鍾笑道：「這可是沒有的話。」寶玉笑道：「有沒有也不管你，你只叫他倒碗茶來我吃，就丟開手。」秦鍾笑道：「這又奇了，你叫他倒去，還怕他不倒？何必要我說呢。」寶玉道：「我叫他倒的是無情意的，不及你叫他倒的是有情意的。」秦鍾只得說道：「能兒，倒碗茶來給我。」那智能兒自幼在榮府走動，無人不識，因常與寶玉秦鍾頑笑。他如今大了，漸知風月，便看上了秦鍾人物風流，那秦鍾也極愛他妍媚，二人雖未上手，卻已情投意合了。今智能見了秦鍾，心眼俱開，走去倒了茶來。秦鍾笑說：「給我。」寶玉叫：「給我！」智能兒抿著嘴笑道：「一碗茶也爭，我難道手裏有蜜！」

雖然這智能兒是尼姑，與機器人完全不相干的，但是，如今機器人稱「智能」，與《紅樓夢》中這小尼姑之法號用同一個詞兒，是一個事實。在這個意義上，我們說機器人稱「智能」從《紅樓夢》用語而來，也未嘗不可吧！不賢識小，聊博一笑。

（2006 年 9 月 10 日）

《金瓶梅》與《紅樓夢》性描寫異同

　　2006 年 9 月 25 日，由山東大學文學與新聞傳播學院舉辦的「中國小說古今通識國際學術研討會」在濟南舜耕山莊召開。上午開幕式後大會發言，下午分組討論。第二天即 9 月 26 日遊覽濟南名勝靈巖寺與五峰山。乘車中我與吉林大學文學院教授、著名《金瓶梅》研究專家王汝梅先生聯座，閒話中說起討論中有關《金瓶梅》與《紅樓夢》性描寫的不同，以及由此帶來兩書品級高下的友好爭議。由於當時我沒有就這個問題發言，所以王先生願意知道我是怎麼想的。先生長者，不恥下問，我自然不敢隱瞞，更把這看作是請教的良機，乃隨車子的顛簸，侍坐而談：

　　我以為《金瓶梅》《紅樓夢》等名著各有千古，包括兩書共有的性描寫在內，它們的品級不可亦不必軒輊。

　　這實在是由於兩書用心有異，描寫意旨不同。《紅樓夢》「大旨談情」，乃寫「情」以破「情」。雖「情」自「性」出，《紅樓夢》不可能避「性」而寫「情」，從而其有性描寫，卻不過是「情」的襯托，不可無，亦不可多；《金瓶梅》懲「貪」戒「淫」，乃寫「欲」以滯「欲」。雖「欲」能生「情」，但作者欲滯之「欲」，不必生「情」，亦不能生「情」。從而其必有性描寫，還可以而且應當無所不用其極，卻不必甚至儘量不要寫「情」。

　　具體而言：在《紅樓夢》寫「情」風光無限處，《金瓶梅》應當並空白都不要留出；而在《金瓶梅》寫「性」酣暢淋漓時，《紅樓夢》唯點到為止，朦朧為妙。否則，一如《紅樓夢》倘以《金瓶梅》寫「性」為法，必傷及「談情」，而不再是「大旨談情」的《紅樓夢》；而如果《金瓶梅》的寫「性」只做到《紅樓夢》的點到為止，性意朦朧，則西門慶之惡、之淫、之死的根據，都將極度弱化，甚至於無，則懲「貪」戒「淫」之旨，也就不能得到強調和突出，這也許是無毒不可以攻毒。

　　這只要把《金瓶梅詞話》經過刪節的第七十九回與詞話本對照，就可以明顯感覺到，唯有原本或接近原本的詞話本的描寫，才能生動傳達西門慶死於縱慾、死於兩「六兒」之驚心動魄人生悲劇的真實；刪節後的文本固然乾淨了，但在使讀者不見可欲的同時，也付出了藝術上的代價，即原作「淫」能致人以死命的悲劇意旨，也一併弱化到非常模糊了。

　　因此，不能以《紅樓夢》性描寫的做法要求《金瓶梅》，正如不能以《金瓶梅》的幾乎不寫少男少女要求《紅樓夢》一樣，這兩部書在性描寫上沒有

眞正的可比性。從而不僅各有其存在的理由，而且時至今日，以「情」爲高尙、「性」爲骯髒的偏見，也早就該掃除了！因此，我們完全可以說，《金瓶梅》的寫「性」與《紅樓夢》的寫「情」，對人類歷史與文學的貢獻，在生活與美學上的價値，並無高下之分，而是賦形傳神，各有千秋！

當然，正如《紅樓夢》的賈寶玉曾引起清代某女子的癡想而死一樣，我們更不能不正視《金瓶梅》性描寫在部分讀者，特別是青少年中容易因誤讀而造成不良的影響。在這個意義上，《金瓶梅》命運也與《紅樓夢》應有所不同，即必「閹割」而後才可以與《紅樓夢》等諸名著並世流行。

這可能會使某些「《金》學」家感到不平與不快。然而，除了曾不止一度一定範圍內限量發行全本作爲補充之外，又有什麼更好的兩全辦法呢？

（2006 年 10 月 1 日）

我對余秋雨只是發問

二十二年前，我在一篇至今也不會有多少人看到的題爲《漫議「發憤著書」》的文章中，曾經寫下這樣的話：

> 從創作的過程說，即使抒發怨憤之情，也不宜在「發憤」時著書。魯迅說：「長歌當哭，是必須在痛定之後的。」（《紀念劉和珍君》）又說：「我認爲感情正烈的時候，不宜作詩，否則鋒鋩太露，能將『詩美』殺掉。」（《兩地書‧三二》）法國的狄德羅也說過類似的話：「你是否趁你朋友或愛人剛死的時候做詩哀悼呢？不，誰趁這種時候去發揮詩才，誰就會倒楣。只有等到激烈的哀痛已過去，……當事人才想到幸福遭到折損，才能估計損失，記憶才和想像結合起來，去回味和放大已經感到的悲痛。」（轉引自朱光潛《西方美學史》上卷，人民文學出版社 1979 年第 2 版，第 280 頁）這就是說，在創作中激烈的感情容易限制想像和思考，不易做到「意隱微而言約」，把生活轉化爲藝術。所以，審美要保持一定距離，需運用理智。不曾有眞情實感，無病呻吟，固然寫不出好作品，而單有了眞情實感，也不能憑著「心血來潮」，把情感直瀉到紙上。還要把記憶和想像、情感和理智結合起來，才能眞正進入文學創作。所以，「憤怒」並不馬上

　　就出詩人，正當「發憤」的時候，反倒不適合於著書。〔註1〕
雖然我到現在也還不想修改舊文的這一結論，但是，卻不能不注意到，在我
的結論與引據的名言之間，的確有一些未能完全對接的地方，即「發憤」之
「憤」中，雖然不免包含了其他痛苦的感情，卻畢竟是側重於怨憤的；而我
所引據的名言中，雖然魯迅是就紀念劉和珍論「長歌當哭」，那「痛」中肯定
也有怨憤的成分，但其主要的方面，還如狄德羅的意思，是指因劉和珍的被
殺，所感到的哀痛，是說痛苦的「感情正烈的時候，不宜作詩」。另外，如果
狄德羅所說的「詩」，不是西方人稱文學的同義語，那麼我其實還忽略了詩的
體裁與別類文章的區別，那麼我當年的論述，除了「審美要保持一定距離」
的套話外，就沒有多少可取，也更不夠周延了。

　　然而，最近翻書，無意中從俄羅斯作家契訶夫的論述中，找到從敘事文
學的寫作方面證明以上結論的話。他說：「我不能描寫當前我經歷的事。我得
離印象遠一點才能描寫它。」〔註2〕又說：「要到你覺得自己像冰一樣冷的時
候，才可以坐下來寫。」〔註3〕這位大作家的經驗之談，使我因先前的粗糙之
作，終於不是因有太大的破綻被根本動搖，而感到安慰，甚至為「日知其所
亡」（《論語‧子張》）而覺得高興了。

　　但是，在我翻開余秋雨先生《借我一生》的第一頁之後，《長輩的山》開
頭幾句話，就給我的這點高興澆了一盆冷水：

　　　　我的父親余學文先生，於今天中午去世。

　　　　在上海同濟醫院的二號搶救病房，我用手托著他的下巴。他已
　　經停止呼吸，神色平靜卻張大了嘴，好像最後還有什麼話要說，卻
　　突然被整個兒取消了說話的權利。〔註4〕

這無疑是使余先生刻骨銘心的事實。儘管從這敘述中很難感覺到他有喪父的
「激烈的哀痛」，但中國人「如喪考妣」的比喻，使我們一點都不能夠懷疑，
作為中國當今最走紅文化學者的余秋雨先生，在父親「今天中午去世」之後
的下午或者晚上，是處在「激烈的哀痛」之中。然而也就因此，我所驚異的
是，余秋雨先生卻在這個時候，還能夠不畏萬事開頭之難，冷靜構思並開始

〔註1〕杜貴晨《漫議｜發憤著書」》，《語文函授》1984 年第 5～6 期合刊。
〔註2〕《謝爾蓋延科回憶》，《契訶夫論文學》，汝龍譯，人民文學出版社 1959 年版，
　　　　第 416 頁。
〔註3〕《布寧回憶》，《契訶夫論文學》，第 416 頁。
〔註4〕余秋雨先生《借我一生》，作家出版社 2004 年 8 月第 1 版，第 1 頁。

了《借我一生》一部大書的創作！並且就從這肯定是使他還在「激烈的哀痛」的事實寫起，用他剛剛還在托著父親下巴的手，寫出開篇「像冰一樣冷」的文字，至今在熱賣中。

這個現象真足以令人「納罕」（《紅樓夢》第十三回語）！

當時，我沒有能夠再讀下去。即使現在要寫下我的驚異，也還是沒有往下讀到第二頁，雖然書就在手邊。然而，我知道天下讀余秋雨這部書的人，大都不會不從上引的幾句話讀起。但兩年來，並無任何讀者對這段文字有過什麼懷疑，更無人指出過這有什麼不妥，好像我也就不該再有什麼說的了。然而不巧的是，我當時在資料室等候借書的一點空閒中，隨手翻閱這本剛購進的書，上引的兩段文字映入眼簾之際，就已經不由地勾起了那些我曾經有過的思考，寫過的文字，而生出極大地困惑：即使我對余先生作為一位現代的文化學者，可以不用《孝經》「孝子之喪親也，哭不偯，禮無容，言不文」等等傳統文化的標準苛求他；又即使他的父親當天「中午去世」，下午以至晚上是否還會有些安葬方面的事要做，自是他的私事，我輩也不去推想，而單從他是一位作家，可以而且能夠一切不顧，努力寫出好文章來看，也就不能不有如下的懷疑：是魯迅、狄德羅、契訶夫等人的創作經驗與美學論斷有誤？還是余先生在文學的天地裏，已經跳出三界外，不在五行中，是一個完全的「另類」，而使魯迅等人的判斷過時了？再不然，是否余先生早就醞釀要寫這麼一部書，而剛好父親的死給了他開筆最好的「借」口？

我覺得不應該是最後一種情況。因為，如果那樣認為，恐怕就不僅是我們對余先生，而且余先生對他的父親，就都會有所不恭！所以，當時我腦子裏雖然曾閃現過這樣懷疑，但很快就專心思考余先生是否「另類」，而魯迅等人可能論述有誤的問題。

這是去年上半年的事。當時頗是縈懷，以致不久去南方某高校參加博士生的論文答辯，還曾向同事的三位教授提起。但後來忙忙碌碌，至今也早該忘卻了，也許我根本就不該把余先生的這種文字當作一回事。或者從生為同時代人就是一種緣分處著想，薄古而厚今，以余先生為是，也就罷了。

然而，道德上如何，我可以不說，而留請當事人思考，或由更適當的人來說；事關學術，我卻既不能忘記，也不能說服自己罷了。反而一見或聽到余秋雨的大名，就想到這件事，幾乎成了一個小小的思想負擔。偏又是余先生名滿天下，使人無可逃遁。加以時至今日，《借我一生》的讀者（買的與借

的）千千萬萬，卻並沒有人把這個問題提出來。便知道普天之下，有這一困惑的，大概只是我一個人，誠眾人皆醒我獨醉也！學習的時代，這怎麼可以？於是寫在這裡，希望專家讀者，當然最好是秋雨先生本人，有以教我。

附帶說明的是，儘管這只是請教——針對公開發表之著作的公開請教，應沒有什麼不妥。但是，倘被認為是問了不該問的事，那就難免不被包藏批評甚至攻擊之意的嫌疑，情況就不大好。因為，近年來「罵（或批評）名人是為了出名」，已經成了某些名人祭起的「導彈防禦體系」（「借」以為喻，言重了）。所以，儘管我不掩飾確已有些自己的傾向與判斷，但是，我但願自己的判斷錯了，所以也如道德上如何，同樣是不說。

因此，我對余秋雨先生的大作所做的，只是就他與如上魯迅等所論創作規律的不合，提出我的疑問，而不作任何肯定或否定的結論。並且發問過了，能有人賜教甚好，沒有人理會也好，甚至更好。

因為，一是天下看不懂的怪事多了，即使這個疑問仍在，我還是能照常過日子；二是即使談學問，我也希望能夠照顧到人際間的和諧，所以對這件事，本來一直就躊躇著，是說還是不說。

因此，現在說了，即使是白說，我的事也能夠算是完了。

（二〇〇六年九月三十日）

活著也就是活著

人生下來並無目的，活著也就是活著。（所以，李白的詩說：「人生得意須盡歡，莫使金樽空對月。」）這個話對於一個人和一群人，都不大好說；對於全人類，就比較容易理解了。宇宙能有人類萬物，不過是一個偶然，也一定會有下一個偶然，唯不知其為何時和以何種方式到來而已。在下一個偶然到來之前，人活著而想儘量活得好，是自然的；但是，如果以為除了努力活得好之外，還有什麼，那就不自然了。

（2006 年 10 月 5 日）

婚姻是愛的鎖

婚姻是一個契約；即使爲了愛，在對愛禮讚的同時，也是對愛加一把鎖。婚姻對於愛，只保險，不保鮮。

（2006 年 10 月 6 日）

癡能通悟

「天才出於勤奮」，是說勤能補拙，熟能生巧，癡能通悟。大概凡事上升到藝術，即非癡非迷，不有登峰造極的可能，所謂「世上無難事，只怕有心人」，應當就是說這個意思。我幼年初入學時，課文有一篇題曰《小貓釣魚》，就是講專心致志，方可以成事。至今半百年過去，記憶猶新。數年前注《明詩選》，曾一引此文，卻被刪去了。雖不無理由，但我以爲讀古人書，正貴會心處不必在遠。因此想來，總是有些可惜。《論語·雍也》：「子曰：『知之者不如好之者，好之者不如樂之者。』」即此義也。

（2006 年 10 月 6 日）

人類是孤獨的

在可知的歷史的長河中，個人是短暫的，生命長存的終極形式，只有名聲；所以孔子曰：「君子疾沒世而名不立。」屈原曰：「恐修名之不立。」

在可見的自然的空間中，人類是孤獨的，一脈永傳的唯一依靠，只是自己。所以《國際歌》中說：「要創造人類的幸福，全靠我們自己。」

（2006 年 10 月 15 日）

食色融通，學問轉精

「人」是一切學問的出發點與歸宿。《孟子》載告子曰：「食、色，性也。」又《禮記》曰：「飲食男女，人之大欲存焉。」「飲食男女」即「食」與「色」。

由此想到漢文的「人」字，一撇一捺，相互護持，實可以說分別代表了「食」與「色」及其關係，爲一切「人」學的兩大分支，即經濟學與性學，乃一切學問的基礎。《老子》曰：「夫物云云，各歸其根。」我因此說：「食色融通，學問轉精。」

王夫之《詩廣傳》卷三云：「故知陰陽、性情、男女、悲愉、治亂之理者，而後可與之言《詩》也。」即與此義相通。

（2006 年 10 月 15 日）

「道法自然」解（四則）

近日爲博士生某女士題話，抄《老子》語曰：「道法自然。」該生以爲義偏消極。吾曰：「不然。『自然』，無爲，無不爲，終於是爲；天地之大德曰生。所以，『自然』之爲『道』，無害於進取，唯是不奔競躁進而已。」生欣喜受之。

（2006 年 10 月 15 日）

又思之：「自然」不過相對於「人爲」，而「人」「爲」即「僞」，「藝術」是「人爲」的極致。所以，作爲對「眞」的模仿，「藝術」師法「自然」，自然美高於藝術美。雖然歸根到底，「人」與「人爲」也是「自然」的組成部分，但是，人既然只能從「人」的立場看問題，那麼結論就只有「道法自然」。

（2006 年 10 月 16 日）

人是「自然」的產物，「人爲」無論看起來是多麼理智或怪戾，也就是不「自然」，但無論其對象、目的與方法，歸根到底也都是「自然」的產物，是人作爲「自然」物之本能表現的最終結果，只不過這表現的過程往往被遮蔽和忽略了。因此，一切「人爲」最深刻的原因，都可以追溯到人的本能，應該而且可以從人的本能，——最基本的是「食、色」兩個方面——，得到解釋。所以，「道法自然」的本質是：「自然」即「道」。

（2006 年 10 月 20 日）

「道法自然」，不是先有一個「自然」在那裡，「道」去取「法」它；而是「自然」即「道」，「道」即「自然」。「自然」是就「道」的本然狀態說的，「道」是就人對「自然」的認知說的。二者本是一回事，卻不同稱，在說者主觀倡爲「自然」之「道」乃不得已，在客觀何嘗有離「自然」而在的「道」？因此，「道」不遠人，隨處「自然」了，能持平常心，就是「道」。所以，陶詩一面說：「久在樊籠裏，復得返自然。」——「返自然」就是回歸人生之常態即「道」；一面又說：「結廬在人境，而無車馬喧。問君何能爾？心遠地自偏。」——「心遠」，能自然，同樣也是得了「道」。

（2006 年 10 月 20 日）

文學使人幸福（二則）

杜甫詩云：「文章憎命達。」是說詩能窮人，給人帶來不幸。然而自古及今，人無不喜歡詩。杜甫本人，更是生死依之。此原因無他，乃詩即文學，能給人以心底的觸動，而產生幸福的感覺。雖然人對幸福的理解各有不同，杜甫也曾爲他事帶來的喜悅而「漫捲詩書」，但無論誰的和什麼樣的幸福，本質上都不過是一種感覺。文學就是最直接、低成本地幫助人找到或找回這種感覺，使人幸福。

（2006 年 10 月 20 日）

文學使人幸福。文學批評家、研究者，幫助作家通過創作、讀者經由閱讀，實現這種幸福。因此，在自覺的意義上，文學批評家、研究者，應能最早並全面深入地感知文學帶給人幸福的內容、方式及程度，並以最好的方式廣爲傳播。在這個意義上，作家培育幸福的種子，而批評家、研究者是專業播撒幸福種子的人。所以，弄文學而使人覺得枯燥，一般應不是個方法問題，而可能是從根本上遠離了文學。

（2006 年 10 月 20 日）

三思而後行

　　除了被動不得已而爲，人做事無非出於兩種狀態：一是率性而爲，跟著感覺走，成敗利鈍，非所逆睹，也在所不計，可以不說了。二是三思而後行，必要成功。結果當然也不免是成、敗兩端。而成敗的關鍵，只在目的是否明確、合理與可能。因此，一事當前，「三思」可以是三次，也可以是三面，即在這件事情上，我需要什麼？這種需要是否合理？又是否可能？如此「三思」而後行，庶幾能無大過。

（2006 年 10 月 22 日）

生命是現在時

　　生命是現在時。因此，人固然不可以忘記過去，也不可以不想望將來。但現在是過去的將來，是將來的過去。如果沒有了現在，過去的將不再有什麼意義，將來也不會再來。因此，人生最重要的是現在，我需要和能夠做些什麼，做什麼和怎樣做才最好。

（2006 年 10 月 25 日）

讀書小言（二則）

　　讀書之法：反反覆覆，敲敲打打，裏裏外外，瞻前顧後，上掛下連，左顧右盼，東拉西扯，求通、透、悟，有獨斷。

（2006 年 10 月 26 日）

　　參以無字之書，讀有字之書。參以出土之書，讀傳世之書。參以外國之書，讀中國之書。參以科技之書，讀人文之書。參以休閒益生之書，讀治政濟民之書……參以所有已讀之多書，讀當下待讀之一書；反之亦然。

（2006 年 10 月 26 日）

理與事

「真理只有一個」，但事物千差萬別。從而許多情況下，理所當然，事則未必。原因就在於，人所執之理，往往為一概而論之理。具體事物另有其理在，卻被掩蓋了。所以，「真理只有一個」，應該是一事只有一理。因此，宋儒之誤，不在「格物致知」，而在其不重知物，唯即物以求天理之證明，終於空虛，無益於世。

（2006 年 11 月 3 日）

《周易》為楊、翁配辯護

某年月日，著名物理學家楊振寧先生因為高年 82 歲娶了年方 28 歲的翁帆女士為妻，白髮紅顏，一時傳為佳話；不久，又因為演講批評《周易》阻礙了中國古代科技的發展，而引起學界特別是易學研究者的爭議。

爭議就事論事，對事不對人，是很好的。所以，從來沒有人把這兩件事聯繫起來看，一般說是應該的，也是正常的。但是，從世間一切事物都處在普遍聯繫中的觀點看，我們還是可以對這兩件看來毫不相干卻是發生在同一個人身上的事，作一點相關聯的思考。

所以今年某月日友朋閒話，語及楊、翁配與楊先生談《易》的高論，因為《易》之精髓其實只在「一陰一陽之謂道」，我突然意識到，楊先生論《周易》阻礙中國古代科技的發展，是非尚難評說；但有一點是可以肯定的，有了《周易》「一陰一陽之謂道」這句話，那些對楊翁戀不以為然的人，就都可以閉嘴了！

因為，那不僅是「一陰（女）一陽（男）之謂道」，而且「82」～「28」的巧配，也似乎近於「道」了！

當然，楊翁戀本身就是圓滿的，並不需要這種「熊的服務」般的圓場。但如上不夠學術的詮釋，至少可以使我們聯想到，平時我們以為《周易》講天、地、人，先天與地而後人，其實人並不在最後，而是在天與地之中，為天地之心！一部《周易》，首先是「人」學，是為人的存在說法，為人性的天然合理辯護。

　　因此，無論《周易》是否阻礙了中國古代科技的發展，都並不太重要；更重要的是《周易》的精義指導或引導人應該怎樣活著，包括到了楊先生那般的境地，就可以像楊先生那樣，由命運的安排去瀟灑走一回。

　　所以，儘管與許多學術界的朋友一樣，我頗懷疑楊先生對《周易》的高論；但是，也如更多的朋友那樣，我祝願並且相信楊翁生活的路即「道」，一帆風順！因爲這也是《周易》上說的：「枯楊生稊，老夫得其女妻，無不利。」

　　然而因此，我覺得楊先生是最不該鄙薄《周易》的了。即使《周易》從技術發展的層面對科學是否有促進的作用還可以商量，但是，其對人性的理解與肯定，卻是對人的存在與發展的科學的貢獻。例如最切實的，就是本文可能聊以爲戲，拿來爲楊翁配做一辯護。（這一段是後加的）

（2007 年 7 月 17 日）

史上最牛的修車人

　　自從幾年前自行車被盜，我就沒有再買自行車。一來是不想再讓偷自行車人想著了，二來想著經常安步當車，也不失爲處世之一道。所以，從那以後，在城裏辦事，只要不是太遠，我就穿梭在了人行道上，不僅偷自行車人不再與我有緣，連修自行車的人也漸漸疏遠了。

　　然而近日一個下午，我與夫人因事去燕子山市場，走在文東路（文化東路之簡稱也）與山大路交叉的路口，西側人行道上，一位修自行車師傅正在忙活著對付一副破輪胎，前面地上寫著一行字曰：

　　　　世界修車看山東，山東修車看文東！
我想，這應該是他的廣告或招牌了！豈不是很牛？豈不是值得記下來？

（2007 年 9 月 27 日）

《清明日對酒》——關於清明祭掃的另類認識

　　清明節掃墓，祭奠先親亡友，是我國千年古俗。如今定爲國家節日，於時萬民出動，舟車擁擠於途，大有古俗復興之勢，不足異也。但是，同樣不

足異的是，自古人心不同，各如其面，對於這樣一個「行人路上欲斷魂」的節日，也居然有另類的認識，並且就收錄在舊時家弦戶誦的《千家詩》中。

《千家詩》選詩題材特重節令，僅題為《清明》的詩就有杜牧、王禹偁、黃庭堅等所作三首。這三首詩雖意各有屬，但傷時歎逝，對清明祭掃，都無微詞，可算作一類。我所說另類的是此書所收高翥題為《清明日對酒》七律一首，其辭曰：

> 南北山頭多墓田，清明祭掃各紛然。
>
> 紙灰飛作白蝴蝶，淚血染成紅杜鵑。
>
> 日落狐狸眠冢上，夜歸兒女笑燈前。
>
> 人生有酒須當醉，一滴何曾到黃泉？

詩雖有涉頹唐，但於人情事理，未必不有深切之處，值得一讀。

詩後有注稱：「南宋高翥，高尚不仕，嘗以信天巢名其居。所著有《菊磵小集》。」為人淡如菊，恬以養智者也。

（2008 年 3 月 29 日）

古典小說名著一字評

中國古典通俗小說諸名著，各雖意義紛繁多歧，但無不有一中心，學者研究，多有發明。今參以諸家之說，就其中若干種，各以一字概論曰：

《三國演義》寫一「義」字

《水滸傳》寫一「忠」字

《西遊記》寫一「心」字

《金瓶梅》寫一「色」字

《醒世姻緣傳》寫一「妒」字

《紅樓夢》寫一「情」字

《儒林外史》寫一「禮」字

（2010 年 3 月 8 日）

脂批宜曰

讀《紅樓夢第十四回寫鳳姐協理寧國府：

> 一時登記交牌。秦鍾因笑道：「你們兩府裏都是這牌，倘或別人私弄一個，支了銀子跑了，怎樣？」鳳姐笑道：「依你說，都沒王法了。」寶玉因道：「怎麼咱們家沒人領牌子做東西？」鳳姐道：「人家來領的時候，你還做夢呢。我且問你，你們這夜書多早晚才念呢？」寶玉道：「巴不得這如今就念才好，他們只是不快收拾出書房來，這也無法。」鳳姐笑道：「你請我一請，包管就快了。」

至「鳳姐笑道」，便覺大有意思！因笑脂硯齋，批書多妙語，卻於此處不贊一辭，——何不如下回評有云：「真有是事，經過見過。」（第十六回）

（2008 年 4 月 17 日）

「忘情」男女與「批孔」

據《南京晨報》（2008）5 月 3 日報導：「昨日上午 10 時許，一對山東來南京遊玩的情侶，在紫金山野道小路攀爬時，從近 10 米高的山崖摔下，接到報警的 110 民警和陵園工作人員展開搜救……」

這確實是一個不幸，一個在談戀愛中發生的不幸！

我相信，在有過這次差點丟了性命的不幸之後，他們一定後悔太過忘情。但同樣相信他們不會因此遷怒於愛情，更不會因此分手！何況報導接下來說，「所幸兩人身上受傷不重」。

因此，這又彷彿是一則佳話了！

這件事使我想到，佛教「普渡眾生」，但唐僧自西天回程，過通天河曾覆水濕了經卷，知道是自招的災禍，所以並不曾怨及佛如何不來渡他。

這是我看到一位網友的留言後想到的。他的留言說：

> 因為需治「亂世」才「批孔」，「批孔」之後才導致「盛世」；「盛世」閒暇怡情才「尊孔」，「尊孔」之後才導致「亂世」。詳見批儒系列。http://blog.sina.com.cn/jingxusanren001

他的意思很明白。但我以為，正如那一對忘情男女摔下山崖和唐僧覆水濕經，

都不是談戀愛或佛經的過錯，我們也不能把世亂不治的責任，都推到以「治世」為長的孔子儒學身上。

儒學「治世」，但並不保證「世」一定「治」。

因為儒之「學」在人，世之「治」更在人。

所以，孔子儒學固然不是如意珠、萬能藥，難免歷史的局限性，但也絕非中國歷史上的萬惡之源，沒有理由把「亂世」的責任全推到儒學——孔子身上。

（2008 年 5 月 6 日）

我被假冒了，但我不再生氣

今年（2008）4 月某日，我請人重裝筆記本電腦，陪同的無聊中在另一臺式電腦上搜索有關本人的網頁。這是自 2006 年初因考論《西遊記》與泰山關係引來一番嘈雜之後，我時或注意的一件事。因此不斷發現有為我喊冤的文章出來，便為這世上終於有了幾個知音，增了些不錯的感覺。

這一次自然也是奔這感覺去的，卻不然，居然「貿易視點網」上有一題名「杜貴晨」的博客辦得很紅火！想到各種搜索都未見有與本人同姓名的，便覺得愕然，莫不是另有一位杜某突然殺了出來，欲與老夫試比矮乎？

問題馬上就有關答案：決非另有其人！還是本人，有用了本人照片為證！

這個假冒的博客自 2007 年 9 月至我發現之日，已在網上生存了半年多，而我卻不知道！

更可氣是它那些胡說……

可氣一上來，我居然只看了它的首頁，就打電話質問該網站，很快就刪去了！

但是，我有幫我修電腦同學截取其首頁為證。——這次被假冒侵權不是假的！

網站上說他們不負責；

有關部門說這事要告狀準贏；

但是，要查清誰做了這件事，需通過公安部門取證；

要請律師；

要精力，要時間……

我想一想；

再想一想……

算啦！

《聊齋誌異》有一篇小說《罵鴨》，寫個老頭平生失物不罵，曰：「誰有閒氣罵惡人！」

以此為我之無用解嘲。

也許還可以做一回阿 Q：「居然有人……」

總之，我被假冒了，但我不再生氣！

（2008 年 5 月 11 日）

封面為什麼這樣紅？

在本校書店汗牛充棟的新書中，選購到鄭紅楓、鄭慶山《紅樓夢脂評輯校》（北京圖書館出版社，2006 年版）一書，並不完全是因為需要，還多少有點看在唯一營業員快要下班了，還等我一個人看書的耐心上，至於封面凝重的紫紅色，大概有關《紅樓夢》的書多愛此妝罷了。我很喜歡，卻並不曾多想。

但是，我看到勒口輯校者鄭紅楓的簡介，又讀了第二署名人鄭慶山所寫的《前言》與《後記》，就覺得有些異樣了。

原來鄭紅楓是紅學家鄭慶山的長子，1959 年 7 月 16 日生於黑龍江林甸縣城，1997 年 3 月 11 日在吉林省長春市去世，享年僅 39 歲。按慶山先生說，紅楓是為這部書「費盡心血，積勞成疾，氣惱傷肝，英年早逝」。留下這部遺稿，是慶山先生收拾整理最後完成的。

於是，我明白這部書為什麼封面為紫紅色的原因了！

那是紅楓！那是血，紅楓的血！

脂評說：「壬午除夕，書未成，芹為淚盡而逝。」這部書也差不多是如此了！

然而，慶山先生含白髮人送黑髮人之痛，又作為老父為愛子收拾遺作，豈不更淚盡而繼之以血乎！

這一部書是兩代紅學家的血所凝成，宜乎其封面是那樣紅了！

因此，我又想到雖景況之極不相同，但我們對《紅樓夢》中的賈政，也應該多一些理解了。

我於《紅樓夢》研究偶有涉獵，頗未曾投入，與輯校者父子素不相識。今讀其書故，於「紅學」之大以外，又頓感「紅學」在譜寫著新的歷史，在成長！

逝者已矣！紅楓和他的書已成爲了「紅學」歷史的新的一頁！

《紅樓夢脂評輯校》是同類中新書，後出轉精，是治「紅學」所必備的參考。慶山先生當已古稀，雖無奈老年喪子之痛，但能含悲續成此書，愛子如此，應可以稍得安慰了。

（2008 年 5 月 11 日）

「中華聖城」說（十一則）

一、不如建一座「中華聖城」

近來有關在山東濟寧的鄒（城）、魯（曲阜）之間建「中國文化標誌城」的討論中，反對的意見頗多。我瀏覽這些意見的感覺中，內容好像集中於三點：一是名，即可不可以在那裡建成這樣的「標誌」；二是實，具體建些什麼和花多少錢以及誰來拿錢；三是建「城」立項的程序，即該由誰正式提議和拍板。

自然，這三個方面又是互相關聯的並牽動文化全局。從而不言而喻，「中華標誌城」作爲擬議中的一個重大文化建設項目，成了一個關乎我國現代文化戰略的問題。在當今舉國集中精力搞建設，聚精會神謀發展的時期，這樣一個在各界都可能有著巨大而深刻分歧的問題之不宜過度爭論，和不可能在短時期內得到解決，已經是明擺著的事實。所以，筆者認爲，與其就「中國文化標誌城」爭論不休，不如別求歷史的公道，在上述擬定的地方，建一座「中華聖城」（簡稱「聖城」），可能更有意義，並容易達成共識。理由如下：

一、中國文化的建設與發展需要這樣一個標誌性載體。孔子曰：「人能弘道，非道能弘人」（《論語·衛靈公》），又曰：「我欲載之空言，不如見之於行

事之深切著明也。」(《史記・太史公自敘》)可見中國傳統文化的傳承不能僅僅依據於人們的講習與文章,還應該並且可以有更爲「深切著明」的標誌。所以我國歷代崇祀聖賢英傑,無不有土木之興,曲阜「三孔」、鄒城「三孟」等名勝古蹟,就都屬於此種建築。它們作爲中國傳統文化的載體,同時是歷代文化建設與發展的標誌,今天新的文化建設當然也需要做出這方面新的標誌。事實上全國各地不少見的修城建廟,有意無意做的正是這樣一類事情。

二、「中華聖城」是當今弘揚傳統精神、接續文化命脈最爲適當的標誌之一。一方面從「人能弘道」的角度看,中國傳統文化集中體現爲分佈於華夏各地爲類眾多的「聖人」文化。另一方面中國傳統文化既包括萬有,廣泛分佈,門類繁多,形式多樣,光輝燦爛,又多元統一,形成了以孔、孟、顏、曾爲代表的儒家思想文化爲主流的特點。又從時代和地域上看,與孔、孟爲代表的儒家文化幾乎並興的,有以墨子爲代表的墨家文化、「兵聖」孫子爲代表的兵家文化,以及姜尚、管仲、莊子、荀子、公輸班、柳下惠等等影響形成的文化,它們都與鄒、魯孔、孟左右上下,相去不遠,有密切聯繫。所以,從中華思想文化的主要源流和地域分佈看,在山東濟寧鄒、魯之間建立以孔、孟爲代表的中華各地各類「聖人文化」的「聖城」,是一個適當的考慮。

三、「中華聖城」可以代表當代對中國固有文化的崇敬與承傳,有不分民族,不分地域,維繫華夏人心爲中華文化傳承紐帶之用,是今天華夏兒女愼終追遠、繼往開來的標誌。其事在一地,而義被華夏;功成當代,而利在千秋,可以較好地避免各種現實的利益之爭,凝聚人心,面向未來。

四、「中華聖城」與「中華文化標誌城」的區別不止於名號,更在於其內涵上貼切於歷史,從而比較新造的「標誌」,有傳統上國人共識的根據;卻又因其爲當代舉措,除自然爲繼武前人之現代建設鴻業之外,還必然會賦予其時代乃至未來的意義,成爲中華文化古今一統的象徵體。

總之,我的看法是:中國的改革開放 30 年了,中華人民共和國建國近 60 年了,中國現代化建設需要對歷史文化有一個具體的表態,對未來有一個源自傳統並結合於現代的期許。因此之故,在山東濟寧古鄒、魯之間建一座中國「聖人文化」的「中華聖城」,並簡稱「聖城」,是必要和可行的。

(二〇〇八年三月二十四日星期一)

二、爲什麼不能稱「文化副都」「東方聖城」？

《論語》：子曰：「必也，正名乎。」又曰：「名不正，則言不順；言不順，則事不成；事不成，則禮樂不興……」（《子路》）「中華文化標誌城」的動議未能爲人們廣泛接受，而是招致許多批評、反對的意見，一個重要原因就是它建在外省，命名既無當地傳統上的直接依據，又未經中央依法授權，卻冠以「中華文化標誌」之稱，是一般人都能夠明白的道理，可以不說了。

至於還有人給擬議中的這座城所謂「文化副都」的別稱，則如果不是學者的迂闊，就完全是文人的天眞。一方面中國統一大業尚未完成，另一方面「臺獨」「藏獨」等妄圖分裂我國的勢力從未停止活動。在這種情況下，任何在政治層面那怕一時有可能削弱中央集權的做法，都是決不可取的。「文化副都」之說，當屬此類，決無討論的餘地。

因此，比較「中華文化標誌城」與「文化副都」之稱，有人提出的「東方聖城」之稱，似與本人建議的「中華聖城」相近，也許有人會覺得更好，還值得一議。而在我看來，這一提法與拙見相去甚遠，與上述二說同樣爲不合理與不可行。

這裡問題的關鍵是「東方」爲一內涵難以確定的概念。往大處說有「近東」「中東」「遠東」之「東方」；往中等說有「東亞」「東南亞」「東北亞」；往小處說有「山東」「華東」「東南」等等，都包括在「東方」，可以稱作「東方」。從而「東方聖城」之稱，所指範圍難定，還不免有引起周邊國家感覺不適的可能。對此，須知「東方聖城」與上海的「東方明珠」、北京的「新東方」（英語培訓學校）不同，是一個在指稱古代文化上帶有強烈壟斷性的名號，而不久前某國首都易名的事實，就提醒我們如果冠以「東方」建「聖城」，就未免不有招致友人誤解的可能，從而大可不必如此去做。

本人所提議的「中華聖城」簡稱「聖城」則不然，它明確了這是中華民族文化之「聖」，是中國古代所有的「聖」，乃華人文化根本在此之意。至於周邊國家所受影響，則是此一文化歷史的延伸，雖我國人可以研究強調，但更要相信並依靠各國歷史自有公論。唯是中國古代有「聖人」而無「聖城」，才有當今盛世此一崇文之舉。這也就是說，雖然此舉在當世，包括此城建在鄒、魯之間都是今人的選擇，但是，作爲對中華「聖人文化」確認和現代性承衍的標誌，它是從古代文化中自然生成出來的。

（二○○八年三月二十六日星期三）

三、「中華聖城」非宗教之城

我意以「中華聖城」代替擬議中的「中華文化標誌城」之稱，「聖城」之說，也許會引起人們遐想伊斯蘭教以耶路撒冷爲聖城，乃宗教勝地。這是可以理解的。但外國或他民族宗教所崇拜在漢語中稱「聖」是翻譯的表達，是不是準確還可以討論。但可以明確的是，我國古代的「聖」並非宗教之祖或主，更不是神，而是人。

這是有充分根據的。《孟子》曰：「聖人之於民，亦類也。出於其類，拔乎其萃，自生民以來，未有盛於孔子也。」（《公孫丑上》）又《史記正義》：「既能窮本知變，又能著誠去僞，所以能述作，故謂之聖也。」《史記集解》孔安國曰：「於事無不通，謂之聖。」

由此可知，中國的「聖人」雖曾被擡到嚇人的地步，歷史上也確曾有人神化過，但其根本所指和一般所公認，還是人，只不過是歷史上國人中道德最爲高尙又最聰明睿智貢獻卓著的罷了。

因此，中國人建「中華聖城」，並不必介意國外有宗教性的「聖城」，而只從中國傳統文化的立場上考慮就可以了。這樣考慮所得出的認識，「中華聖城」只是一座中華傳統「聖人文化」的集中代表之城，沒有任何理由可以視爲宗教之城。

（二○○八年三月二十六日星期三）

四、爲什麼稱「中華文化標誌城」不妥？

近來部分院士、學者提議創建「中華文化標誌城」的想法很好，但這個名稱本身不妥。理由如下：

（一）「中華文化標誌城」擬建在山東濟寧鄒（城）、魯（曲阜）之間，本意無非爲弘揚傳統文化。但是，此稱「中華文化標誌」在地域與時間上都是全指的，而實際此城的建設，顯然不可能把「核武「、「神六」「國球」等現代文化包括進去，從而名不副實；

（二）「中華文化標誌城」的「標誌」不宜是一座新造的「城」。按《辭海（語辭分冊）》（1977 年版）釋「標誌（志）」曰：「①亦作『標識』。記號。……②表明；顯示。如標誌著勝利的新階段。」（第 1360 頁）其第一義主要是指某種簡約的符號，不應該是一座「城」；第二義也許可以是一座「城」了，但

作爲「表明」「顯示」的事物，卻應該是被表明與顯示之本體所固有的，如中國共產黨「一大」的召開標誌了中國歷史發展的新階段，黨中央到達延安標誌了長征的勝利完成……，這樣的標誌不能由後人再造出來；

（三）「中華文化標誌城」的名稱太繁，不容易流行。立名貴在簡約鮮明。無論中外，名勝之稱多簡約。有時確實複雜了，日常也往往簡稱。如「奧林匹克體育中心」往往簡稱「奧體中心」即是。但「中華文化標誌城」卻不可以簡稱「標誌城」。一者意義難明，二者諧音不佳故也；

（四）「中華文化標誌城」的「標誌」縱然有講，但「天涯何處無芳草」，可作爲「中華文化標誌」的實在是太多了。例如內蒙古的「草原文化」，南北之間的「長江文化」，陝西的黃陵……，何者不是「中華文化標誌」？恐難以選擇，而且又爲什麼一定要「標誌」在曲阜、鄒城之間？

因此，我擁護在山東濟寧鄒（城）、魯（曲阜）之間建一座弘揚中華傳統文化的「城」，但是，反對這樣一座「城」叫做「中華文化標誌城」，而認爲稱「中華聖城」，簡稱「聖城」爲好。盼網友批評，有關方面予以考慮。

（二〇〇八年三月二十八日星期五）

五、「奧運聖火」與「中華聖城」

近日，我國因承辦 2008 奧運會而組織的「奧運火炬」傳遞正在進行中。因爲此次奧運會將在中國舉行，加以中國人向來對奧運的熱愛與推崇，「奧運火炬」被各種媒體尊稱爲「奧運聖火」，已經成了時下最流行的一大「關鍵詞」。這不僅使我想到本人關於「中華文化標誌城」改稱「中華聖城」的提議，在這個「吾未聞好德如好色」的網絡上，固然只會如石沉大海，但是，自拉自唱，正是「博客」本色，所以還是要說一說。

說來不免不使人有些納悶或者上「火」！「奧運聖火」採自友邦，迎來中國，傳遍世界，回至北京，祥雲悠然，普天同慶，原是應該的。媒體所稱的那個「聖」字，所表達正是此「火」之薪傳不息，普照人世，爲天經地義。我們中國人接受並弘揚它，原也是應該的。但是，因此我就不解，「聖火」是「聖」，「聖城」也是「聖」，中國人爲什麼對外國傳來的「聖」尊而敬之、親而愛之，而對中國自己的「聖」就薄以待之、冷而漠之了呢？是只有外國的這個「聖」爲吉祥如意，而中國的「聖」就是邪魔應當趨避了呢？還是「外國的月亮比中國的圓」？

這件事應該好好想一想：在有些人那裡，是不是那些年「批孔」的陰影或餘悸，至今還沒有完全消散？如果是那樣，就需要進一步解放思想！

但在我看來，有些人忌諱「聖城」的這個「聖」字的原因，實在只是中國傳統文化的知識有所遺忘或欠缺。這只要讀一讀《孟子》曰：「聖人之於民，亦類也。出於其類，拔乎其萃，自生民以來，未有盛於孔子也。」（《公孫丑上》）就可以知道，中國的「聖人」是人不是神。建一座「中華聖城」，其實只是一個中國古代除帝王將相之外，各門各類、各行各業「創始」與「頂尖」人物的紀念館而已，哪裏是什麼「宗教」！

又在我看來，有些人忌諱「聖城」的這個「聖」字的原因，還由於國語沒有學好。例如，我們常常說到「神聖不可侵犯」「神聖使命」之類，以為當然，為什麼一說到「聖城」就噤若寒蟬了呢？那其實都只是一個形容詞而已，沒什麼好怕和值得忌諱的。

這樣一座「聖城」的建設，自然要經政府准建。但是，沒有必要提到體現國家意志的層面，強調國家授權之類。而只需履行一般地方文化建設相應的報批手續，借「聖城」之名，有一個好的規劃，依法籌款建設，應該就可以了。一定要舉國之力，用「中華文化標誌城」之名，搞什麼「文化副都」，不僅有背改革與現代化精神，而且恐怕亦如孟子「迂遠而闊於事情」的了。

（二○○八年四月十四日星期一）

六、「中華聖城」是因故為新

就擬議中的「中華文化標誌城」的正式命名，我提出「中華聖城」（簡稱「聖城」）的主張，似標新立異，實乃於古有據，不是完全的創新，而是因故為新。

中國兩千餘年思想文化以儒學為正統，從而山東鄒、魯因係孔、孟等儒家聖人故里而為中華文化聖地，是舉世公認的事實。唐宋以降，學者言道統，每稱「闕里」「尼山」「洙泗」「鄒魯」等，意中都是指山東曲阜、鄒城這片地方為聖誕之區，文化大成之地。舊日流行極廣的《千家詩》第二首朱熹《春日》首句云「勝日尋芳泗水濱」，「泗水濱」即指「至聖先師」孔子之故里曲阜。可見以曲阜進而鄒城為聖地或聖城，是中華學人自古即已形成之心心相印的共識，只是沒有把它明確提出來罷了。

因此，當今籌建「中華文化標誌城」之際，提出以「中華聖城」爲此一建設的正名，絕非標新立異，而是實事求是，因故爲新。事物的名稱總是要人願意和便於接受的，故命名之道，有時編新不如襲舊。但新的事物又總不能不帶有一定新的標識，所以「中華聖城」之稱，因故爲新，以其兼具新與舊之義而有中庸之美。這樣一個正名，能以其深根於中華文化傳統，並得因勢利導之便，更易於爲海內外中華兒女所接受，眞正成爲弘揚中華傳統文化之一大標誌。

（二〇〇八年四月十九日星期六）

七、讓「聖城」隨「聖人」走向世界

孔夫子是中國的「聖人」，並早已成爲世界文化名人。因此之故，近來雖然章子怡頗走紅，但有她擔角的影片畢竟不是她一個人是一回事，而且那影片到底能流行多久，還在未可知。所以前些日據說有人把章子怡與孔子並論，實在是「粉絲」心態，無知而且可笑。至今此論已休，可見當時眾多的批評，都是多餘的。但是，以「聖人」命名的「孔子學院」，卻在世界各地雨後春筍般地建立了起來，標誌了中國的孔夫子正以新的姿態走向世界！

雖然世界各地孔子學院的建立，首先是當今中國正在和平崛起推動的結果，但是，孔子在古今中國是世界上最容易接受的人，才是孔子學院能在世界各地建立的最根本的基礎。這個不止章子怡不在話下，其他無論什麼也達不到如孔子的「放之四海而皆準」。單從這一點，中國人應該爲能有孔子這樣的偉大人物而驕傲，從而給他以應有的尊重！可惜的是中國近世以來「反孔」，幾乎把中國落後的所有原因都婦結到了儒學和孔子身上，必欲剷除之而後快。其間是非自然無可盡述，但是，「實踐是檢驗眞理的標準」：中國歷史上凡是反孔最激烈的時候，幾乎無不是衰世或亂世；而凡是孔子儒學能夠被較爲正確地對待的時候，總是治世或盛世。這就可以看出孔子儒學對中國歷史的貢獻及其價值了！這就可以明白爲什麼當今世界對中國的普遍接受首先是從孔子開始的了！

從某個方面說，以孔子學院在世界各地的建立爲標誌，孔子是隨著「中國製造」以新的姿態走向世界的。但是，任何「中國製造」至多都不過是一張有形的名片，還不免時或遭遇壁壘；唯有孔子作爲大致上無可爭議的中國

文化最具代表性的象徵、和平的使者，能順利地「周遊列國」，「協和萬邦」。這不是中國文化最大的驕傲，不是中國人最應該珍視的「軟實力」嗎？

　　爲什麼孔子在當今世界仍有如此的魅力？就一般接受的層面看，我以爲還不是因爲世界上有多少人讀了《論語》，研究了儒學；而是由於他是中國兩千餘年除極少數人反對之外一致公認的「聖人」！

　　有「聖人」自然有「聖地」。孔「聖人」的「聖地」就是中國的曲阜。曲阜是中國文化名城，也是世界文化名城，但其所以爲名城之故，其實由於它是一座「聖城」！

　　因此，我有文說過了，在山東鄒、魯之間建「中華聖城」是以故爲新；現在要進一步說的是，只有這樣的「聖城」才名正言順是孔、孟等「聖人」的根，最方便隨「聖人」走向世界！別的什麼名堂也許各有各的道理，但有一點是肯定的：都不如「聖城」可以最方便地爲中國和世界人民所接受，從而使鄒、魯之地成中國修文懷遠的標誌，玉振金聲，更加響譽世界，引「有朋自遠方來」！

　　　　　　　　　　　　　　　　（二〇〇八年四月二十五日星期五）

八、從「革命」「革命聖地」到「中華聖城」

　　晚清以來，中國社會最大最好最進步的事是「革命」。然而「革命」一詞源出《周易》的《革》卦爻詞曰：「天地革而四時成。湯武革命，順乎天而應乎人，革之時義大矣哉。」故《詞源》（1983 年版）釋「革命」之本義曰：「實施變革以應天命。古代認爲帝王受命於天，因稱朝代更替爲革命。」而釋今義曰：「今謂社會政治、經濟之大變革爲革命。」（P3364）湯、武分別是商、周的開國之君，儒家尊崇的「聖人」，他們的「革命」使「革命」一詞爲天經地義，並歷數千年被肯定而大行於今。由此可見：

　　（一）稱呼新事物不妨用舊有詞彙；

　　（二）舊詞彙可以給新事物以合法性和方便成立的基礎；

　　（三）舊詞彙用指新事物以後意義可以因其所指而發生新變；

　　（四）新事物用舊稱，因故（舊）爲新而不妨其爲新。

　　近百年來，這件事無論在什麼時候都未經人討論，也從來沒有什麼人說過有什麼不好。包括宣稱「反對革命家」的「第三種人」林語堂都說：「我始

終喜歡革命。」〔註5〕眞正的革命者當然就更是樂稱「革命」而不辭了，哪裏還會有人想到《易》卦和「湯武革命」那裡去！

這樣延續下來，我們就有了「革命聖地」，如井岡山，如延安，誰也沒去在意「革命」的本義爲何？更沒有人去問「聖地」的「聖」是啥意思？因爲誰也不會認爲那「革命」是回到「湯武」時代去了，更不會認爲「聖地」是有「神仙」的地方。這裡，「聖」字大概正如在「我國的領土神聖不可侵犯」或「保衛國家是每一個中國公民的神聖使命」等語中，即使又與「神」字組合，也還只是一個形容詞而已！

由此可見，一提到「中華聖城」，就因爲這個「聖」字而猶疑不決，就不僅是多慮，而且是雙重標準厚此薄彼了。

但有這種認識卻不僅是可以理解的，也還不能不說是出於現實審愼態度的考量。因爲，我國畢竟從「五四」至今，「批孔」批得快一百年了；幾代人都厭見「聖人」二字，如之何忽然又要建一座「聖城」了呢？

這確實是不能不顧及的大問題！「批孔」的事，千秋自有公論，並正在公論中，一言難盡，這裡難說也就不說了。但即使從過去百年中有些事要拿孔子做頭號「靶子」來看，我們也總該知道他是中國古代史上最有力量的人物了吧！而作爲一個人，活動在那樣久遠年代的一位思想家、教育家，生前「道不行」，末路幾近潦倒，其身後卻能有如此大的影響，應該不僅僅是撞上了漢武帝一時高興的好運氣，而是有他爲人與學千古獨高、無可比併的當然之理了。

話不絮繁，還回到如之何忽然又要建一座「聖城」了呢？答曰：有「革命」，就可以有「革命聖地」；有「革命聖地」，就可以有「中華聖城」！又曰：此一時彼一時也！與時俱進，「天變不足畏，祖宗不足法，人言不足恤」！

（二〇〇八年五月四日星期日）

九、「『中華文化標誌城』只是一個概念」

我寫《爲什麼稱「中國文化標誌城」不妥》，有網友留言說：「中華文化標誌城只是個概念，這個名字作爲一個旅遊朝宗勝地的名字，肯定不妥，杜老師中華聖城名字不錯。」這使我有遇到知音之感，深受鼓舞！

〔註5〕林語堂《優游人間》，陝西師範大學出版社2007年版，第56頁。

鼓舞之餘，更感謝他可能道出了一個真實，即在倡儀推動的人那裡，雖然「中華文化標誌城」一直掛在嘴上，甚至行在文中，早已天下皆知了，但究其實並非深思熟慮後爲這一建設的定名，至多是一個暫名！

但願如此！因爲，俗云：「成事不說。」如果是這樣，這個問題就還是可以討論的，而我提出「中華聖城」，就不是「馬後炮」了。

這是我要特別感謝那位網友的地方。

（二○○八年五月四日星期日）

十、「中華聖城」之「新」在何處？

我提議「不如建一座『中華聖城』」，認爲「『中華聖城』非宗教之城」，「『中華聖城』是以故爲新」等等，多是從「聖城」的傳統中國特色一面而言，以爲非如此不足以談建設，不足以談在古鄒、魯之間有此一舉措，知識所限，自然還很不夠徹底；但對以「中華聖城」爲名建設在當今和未來的意義，即其「新」的一面認識的說明，更有所欠缺。今請試言之，約略有五：

（一）「中華聖城」以故爲新，但其建在鄒、魯之間，倚北而靠南，應不僅是因地制宜，而且是一個象徵，即因於鄒、魯，卻在對孔、孟二聖的尊崇中又有所超越，是對一切華夏祖先文明始創或集大成者的敬禮之城；

（二）「中華」與「聖」凝聚了海內外華夏兒女最大最長遠的共識，「聖城」的建設將使這一共識「見諸行事」，普天之下，有目共睹，有城共聚，「有朋自遠方來，不亦樂乎！」因此，「中華聖城」是一座共識之城，和諧之城；

（三）自「鴉片戰爭」以來，中國社會發展歷經劫難與曲折，建國以來以及改革開放以來，都曾經是百廢待興，今經 30 年勵精圖治，休養生息，繁榮初見，溫飽無憂，以向文化，從而「聖城」之設，有格外凸顯當今國人不忘古先、尊重傳統和民族自信、精神崛起的意義。因此，「聖城」之設實有某種文化上繼往開來標誌的作用，是我中華民族復興一大文化象徵；

（四）一個黨要有自己的宗旨，一個民族、一個國家也要有自己的精神文明和文化主體。「中華聖城」在當今提出並建設，實際表示了黨和國家對傳統精神文明與文化最新的敬重，將由此及彼，有助於我國和平崛起從根本上得到海內外華夏兒女的擁護與認同；

（五）「中華聖城」之設自然並不表示對中華舊有文化的全盤肯定，而是

今人對中華優秀傳統文化善繼善述的標誌。這本身就是中華文明強大生命力和自我塑造能力與精神的體現。

「中華聖城」之「新」，細說也許還多。但是，意義的生成與發現，本不在一時，更不是一個人可以說了算的。所以，我既提出「中華聖城」之名，便自覺有些話不說不行，但同時感到多說也大可不必，就暫且打住罷。

（二〇〇八年五月五日星期一）

十一、「中華聖城」口號

人是能思想的動物。思想需要概念，概念即名。人之所以異於禽獸者，好名而已。故孔子曰：「必也，正名乎。」又曰：「名不正，則言不順；言不順，則事不成。」從而人之舉事，必先正名。固然事之名，絕非事之實，世有徒有其名甚至欺世盜名者。但是，一事待興，正名作爲首務，無論如何強調，都不會過分。因爲正名的過程，其實是關於一事之思想概念逐步明晰以至於形成的過程。非有此過程，不可以順利舉事，不能夠事業成功。我提出「中華聖城」（簡稱「聖城」）名號，十復其說，正是爲此。

「中華聖城」，其稱則簡，其義則繁。爲使其意義明白易曉，擬口號如下，以道斷之：

「中華聖城」，華夏文明！

「中華聖城」，人文之星！

「中華聖城」，啓明在東！

「中華聖城」，和諧之城！

「中華聖城」，禮義文明！

「中華聖城」，神州復興！

「中華聖城」，樂乎有朋！

「中華聖城」，與聖同行！

「中華聖城」，與時偕行！

「中華聖城」，世界大同！

「中華聖城」，愛人至誠！

「中華聖城」，天下爲公！

「中華聖城」，古韻新聲！

「中華聖城」，眾志成城！
「中華聖城」，地設天成！
「中華聖城」，盛世之徵！

（二〇〇八年五月十五日星期四）

第三輯　詩文偶作

一、詩歌

向遠方

何必遲疑，
不要傍徨，
探索的小舟，
已啓航向，
知識海洋。

千帆競進，
暗礁惡浪，
弄潮兒身手，
履海如陸，
掣電風揚。

唯有拼搏，
無須思量，
掄起兮雙槳，
迎著風暴，
劈波斬浪！

未來美好，
當下自強，
書海舟行久，
沒有彼岸，
只有遠方！

（1979 年）

我願意

我願意，
是一朵白雲，
無牽無掛，
隨風徜徉，
飄溶在半天裏；

我願意，
是一隻夜鶯，
無憂無慮，
天天歌唱，
直到地老天荒。

我願意，
是一灣靜水，
微波不興，
清冽見底，
嵌在峰巒的畫框……

然而，
有狂風起，
有槍聲響，
有暴雨如注……
突如其來，

萬境幻象……
不再想，
我願意！

（1980 年 5 月 20 日於人民大學）

親愛的你，我就要遠去……

親愛的你，
我就要遠去。
女兒看著我們倆，
我親吻女兒同時是你！
淚水模糊了心靈的窗口，
黯然銷魂者，
惟別而已。

親愛的你，
我就要遠去。
你既把行裝幫我背上雙肩，
就能在我身後忍住啜泣。
我所去的地方都不相信眼淚，
追求幸福的路，
只需要力量、智慧和勇氣。

親愛的你，
我就要遠去。
孤獨的日子再次降臨，
縱萬千不捨且留心裏：
沒有離別，
就沒有歡聚。
暫別是愛河的風，
把幸福的風帆高高揚起。

（1980 年春）

村童小唱（三首）

摸到蝦兒送給妞

小河水，
嘩啦啦，
妞兒看我摸小暇。
摸到暇兒送給妞，
妞兒擺手說：
「不要，不要……
放了吧！
蝦兒的眼睛哭腫了。」

俺是一棵好苗苗

鬧鐘響，
喜鵲叫，
今兒俺去上學了。

跳下床，
出門跑，
——糟！忘了背書包！

急死人，
回頭找，
——哈！媽媽給俺送來了！

背書包，
進學校，
俺是一棵好苗苗。

望俺放羊在山崗

俺的羊群多漂亮，
像一片白雲飄動在山岡上。
俺的白雲多歡暢，
浮遊在山岡把歌唱。

歌聲落在青草上，
滑入山泉淙淙響。
泉水流向俺的莊，
媽媽溪邊洗衣忙。
洗一把，望一望，
望俺放羊在山岡。

（1981 年 4 月 21 日）

相遇——擬一對情人的碎夢

那一個夏天，
我們在狂熱的廣場相遇。
你送我一幅紅袖章，
我贈你一支標語旗。
從此，
你褪去了天生的溫柔；
從此，
我損減了文雅的氣質。
蔚藍的天空，
雛燕仍在翻飛。
我們卻
　　　沒有追逐白雲，
　　　不曾漫步草地……

那一個秋天，
我們在喧囂的批判會相遇。
萬千「罪名」我都一笑置之，
唯有你的決裂，
使我痛苦，
身心顫慄。
從此，
你怕見到我；

多些，
我不願見到你……
在烈火中收穫了冰霜，
把愛埋葬在恨裏。

那一個冬天，
我們在寂寞的街頭相遇。
你遲疑著
　　沒有走過來；
我違心地
　　任你褪色的黃軍裝遠去……
　　融進殘陽裏。
從此，
再無消息；
從此，
只有回憶。
直到有一天，
噩耗傳來，
　　說曾加害於我的狂徒
　　竟施暴於你……
　　你喊著我的名字，
　　投水而去！
噫！
——假如，
我知道曾經最近的相遇，
竟是今天的永別；
——假如，
我知道那時悔恨與悲哀正噬著你的心……
我怎麼會在你的面前徘徊？
怎麼會凝視你的背影佇立？

那一個春天，
我們在冰冷的夢中相遇。

月光如水啊，
紫羅蘭偎你的墳塋睡去。
你來了，
從深幽的星空？
從寒凝的大地？
你如往日清麗的面容，
沒有微笑，
也沒有悲悽。
冷冷地，
你把標語旗投向黑暗，
我把紅袖章還給鄙夷……
能說些什麼呢？
唯有感傷，
唯有歎息！

哎！我的愛！
你去到哪裏？
在我們曾經相遇的世界裏，
只有那時「大人物」的苦才被補償，
弱小者無論如何冤枉與悲慘，
從來都不被記憶！
所以我要為你，
為我們呼喊！
用我無力的筆，
記下與你曾經的相遇。
因為總有一天，
我亦將追你而去。
倘若這文字仍有生命，
就讓它作砌夢的碎片，
為我們生命中相遇的永續！

（1982 年元旦於人民大學新一樓 333 教室）

閱覽室組歌（四首）

讀

一會兒沉思，
一會兒微笑。
書海行舟，
有暗礁、驚濤……
也有浪花在腳下歡躍。
你輕輕把一頁書翻過，
彷彿把風帆掛上桅梢……

寫

閱覽室，
靜悄悄。
你用沉思鎖眉梢，
是伏兵等待衝鋒號？

不，
戰鬥打響了！
稿紙上，
千軍萬馬正踴躍。

逗號——衝破一道道防線，
句號——奪取一座座城堡……
頁頁文稿，
連著四化宏圖，祖國新貌。

閱覽室，
靜悄悄，
於無聲處，
征塵正高。

解題

？

　？……
一個個探頭探腦，
如窗處春花含苞。

　！
　！……
一回回蕾兒倒掛，
「花落知多少？」

知否？
日傍午，
簾動春風，
心花出晴窗歡笑。

值班師傅
把桌椅擦得明，
把地板拖得溜光，
把暖水桶裝得滿滿，
把日光燈一齊開亮
……
老師傅揩一把汗水，
熱切地向門口張望；
進來的學生她都叫不出名兒，
卻覺得似久別的孩子回到身邊。

（原載《中國人民大學報》1982 年 4 月 12 日）

爲「5‧12」汶川大地震遇難同胞默哀 3 分鐘口占（一首）

萬籟有聲盡鳴哀，
神州無處不銜悲。
我欲問天竟無語，
心碎汶川哭震災。

（2008 年 5 月 19 日星期一 14 時 40 分）

謝君雅許「杜悟空」（二首）

讀博客留言有云：

> 「杜老師的治學風格嚴謹而不乏幽默。那『杜悟空』之名或許
> 今日之後由戲謔變爲雅稱了，杜老師想也會欣然接受吧。學生 fan」

我並不知該生爲誰，但褒獎之意，使我感動。雖然「杜悟空」之名實不敢當，
仍「打油」二首以謝云：

一

謝君雅許杜悟空，
名寄泰山豈敢膺？
偶弄文筆說西遊，
是非都如過耳風。

二

謝君雅許杜悟空，
流水高山嚶其鳴。
但使花果能作會，
與君共飲水簾洞。

（二〇〇六年十月十二日星期四）

勸君莫笑「杜悟空」（二十首）

2006 年 1 月，我因「泰山是『花果山』」「孫悟空是『泰山猴』」等文學考
證，頗爲唯恐天下學術不亂的一些人「惡搞」，有的要揭杜某人的「原形」，
有的說這是「吃飽了撐的」，有的甚至捏造出網上「有 90％是罵聲」的「統計」
來，證明他是領「罵」者的「粉絲」，以爲這樣一來，我所做的結論就該被「壓
在五行山下」了。然而不然，十個月過去了，不僅學術界無一人響應那「罵」
來批評我，所謂「90％……罵聲」也早就歸於寂滅，本人「泰山是『花果山』」
「孫悟空是『泰山猴』」的新說，卻使泰山——《西遊》，永結良緣，萬古長存！

但在這虛構的「罵聲」一片中，少量實有的眞正的不滿，其實只出在對
《西遊記》與泰山關係事實的不瞭解，以及如魯迅那樣，「從來不憚以最大的
惡意推測中國人」之心，都不足論，亦不必論。唯有一「罵」，以明信片寄自
京師建國門，收信者即本人的名字誤書作「杜雨辰」，寄信者則不知何許人也。

內僅一詩云：

> 東嶽太山秦皇登，
>
> 揚名何須杜悟空。
>
> 《西遊》原本子虛事，
>
> 先生誤爲《金剛經》。

詩中「遊」誤爲「沈」。從收信人地址欄寫作「寄魯濟南府……」云云，約知作者爲一老先生也。其關心學術之意，使我當時讀了，即肅然起敬，至今雅難忘卻，而稍得閑暇，不揣淺陋，打油二十首以謝云：

一

勸君莫笑杜悟空，泰山誰人不可登。

秦皇求仙我求學，不關東嶽利與名。

二

勸君莫笑杜悟空，泰安曾有神洲名。

悟得東勝西牛意，便知大聖在東省。

三

勸君莫笑杜悟空，傲來國因傲來峰。

花果山是擎天柱，岱嶽柱天明祖封。

四

勸君莫笑杜悟空，齊天本自天齊稱。

傲來峰有天勝寨，滿山歡呼孫大聖。

五

勸君莫笑杜悟空，岱嶽巔石奇而靈。

隆慶二年始出世，西遊記中得仙名。

六

勸君莫笑杜悟空，泰山古有水簾洞。

橫石小橋今猶在，鐵板搭澗有遺蹤。

七

勸君莫笑杜悟空，馬棚崖近水簾洞。

廟供馬神人知否，幻爲天上弼馬公。

八

勸君莫笑杜悟空，橋頭高老難爲情。
招得豬生醜女婿，得號八戒助唐僧。

九

勸君莫笑杜悟空，第八回中記得明：
南海觀音鎮太山，寄居岱嶽觀音洞。

十

勸君莫笑杜悟空，牛魔鐵扇在岱宗：
扇子崖西火焰山，南崖有座魔王洞。

十一

勸君莫笑杜悟空，天宮地府因岱成：
奈何橋並森羅殿，南天門望玉皇宮。

十二

勸君莫笑杜悟空，靈巖寺有摩頂松：
當年唐僧取經回，松枝有情西轉東。

十三

勸君莫笑杜悟空，曬經之石在岱宗：
金剛法書失作者，記作唐僧晾曬成。

十四

勸君莫笑杜悟空，王母瑤池意泠泠。
玉女洗頭盆裏水，灑向人間潤泰城。

十五

勸君莫笑杜悟空，玉眞觀在日觀峰。
李白詩曰連翠微，西遊記稱有金頂。

十六

勸君莫笑杜悟空，唐僧坐騎出處明：
十八盤下鷹愁澗，傲來山下池白龍。

十七

勸君莫笑杜悟空，天下千古難料定。
泰山化爲西遊景，作者神思意非輕。

十八

勸君莫笑杜悟空，東嶽西遊擅勝名。
遙知作者泰安人，南國漂泊亦可能。

十九

勸君莫笑杜悟空，辛苦何止十年功。
忍棄浮名換讀書，揭秘有幸天作成。

二十

勸君莫笑杜悟空，泰山不止屬東省。
天下人治天下事，先生何必畫地封。

（二〇〇六年十月二日星期一）

敬貼李漢秋先生博客（一首）

漢秋先生青春長，
參政問學日夜忙。
詩成三字新經典，
文論外史日月光。
思接千載眞傳統，
念繫人文奧運場。
宅心仁愛天下計，
人淡如秋勝春陽。

（二〇〇六年十月二十四日星期二）

黃河口登覽（一首）

蘆花虛依依，葦幄實難居。
反身赴河口，彷徨欲何之？

（二〇〇六年十月三十一日星期二）

汶川地震誌哀（一首）

國務院決定 2008 年 5 月 19 日至 21 日爲汶川大地震遇難同胞全國哀悼日，國家所有場所降半旗誌哀

地崩山摧大震餘，
汶川三萬靈光息。
舉國痛悼思民貴，
五千年一降半旗。

（2008 年 5 月 20 日星期二）

附記：據報導：「1999 年 5 月 12 日，爲沉痛悼念在以美國爲首的北約襲擊我國駐南斯拉夫聯盟共和國大使館中犧牲的邵雲環、許杏虎、朱穎同志，國務院決定：1999 年 5 月 12 日，北京天安門、新華門、人民大會堂、外交部所在地，各省、自治區、直轄市人民政府所在地，香港特別行政區政府所在地，新華社澳門分社所在地下半旗誌哀，國家第一次眞正賦予普通公民享受「降旗誌哀」的權利，也是唯一一次！」本次應是第二次。但作爲對普通百姓因「嚴重自然災害造成重大傷亡」的「降半旗誌哀」（《中華人民共和國國旗法》），這是中國有史以來的第一次。

第三屆中國（許昌）三國文化學術研討會偶得（二首）

許昌懷古

許由洗耳地，
魏武有遺風。
至今論曹魏，
誰能忘世情？

貴妃園

許昌迎賓館鄰東，
貴妃名園有孤冢。
想是忠魂戀故地，
千載徘徊漢宮情。

（二〇〇八年六月二日）

附記：即漢獻帝之董貴妃。當地相傳貴妃爲曹操所殺，後葬於此，而實際無
　　　考。想亦後世同情者造作以寄思耳。

富陽參會今絕十二題

　　2012 年 11 月 9 日，浙江富陽「紀念吳大帝孫權誕辰 1830 年暨全國第二
十二屆三國演義國際學術研討會」（2012 年 11 月 7 日～11 日）學術考察途中
即興。今絕者，拙擬所謂今體絕句：仿近體絕句，四句七言或五言，不論平
仄對仗，押今韻，實即俗謂「順口溜」者，久行於世，不爲詩家所重。而詩
道性情，此體便捷，文學代變，律體云衰，今絕或可濟一時之用，亦未可知
也。故雅稱之，讀者哂正。

參會

談古論藝富陽苑，
百家琵琶各自彈。
我亦聊發書生狂，
大言發明略有三。

附記：2012 年 11 月 8 日會議開幕式後，本人作大會主題發言，中有三個發明
　　　之說：一是本人姓名至今網上無重者，而中國同姓名人之多堪稱世界
　　　之最，由此而及「羅貫中，太原人」與「東原羅貫中」非爲一人之說，
　　　被有的學者推爲當今《三國演義》作者羅貫中籍貫「東原說」的代表；
　　　二是提出「文學數理批評」，今已有我國大陸、臺灣等地學者應用於古
　　　今中外文學研究，稱「杜貴晨先生的文學數理批評」；三是提出「羅學」，
　　　即研究羅貫中之學，概括古今，爲羅貫中研究命名，或即「羅學」理
　　　論之奠基與開先。

羅學

稗海垂鈎三十年，
釣得羅學兩字緣。
清君竊欲獻禮去，
惹得盜跖帶笑看。

附記：「羅學」一詞是 2010 年春本人在山東省東平縣一次學術考察中於東平
　　　湖上，與今東平縣委紀委書記，時任縣委常委、宣傳部長的郭冬雲同

志交談中提出。後來本人參加 2010 年 8 月 20～24 日在鎮江召開的「東吳文化暨第二十屆《三國演義》學術研討會」提交論文《關於建立「羅學」及其他──〈三國演義〉研究三題》，並就此作大會發言，而論文在會議開幕時即已收入論文集出版。後該文經剪裁修訂，又在學術期刊和本人的博客發表（杜貴晨《關於建立「羅學」及其他》，《現代語文》2010 年第 19 期；杜貴晨《關於建立「羅學」》，《古典文學知識》2011 年第 3 期；杜貴晨《關於建立「羅學」》，中國網專家博客・杜貴晨的博客），以多種方式提出「羅學」的概念，其實質是研究羅貫中的理論。當時「羅學」在鎮江會議甫一提出，即得著名學者劉世德先生的贊許，值得尊重。但在此次會議上，竟有山西清徐某君發表論文，把「羅學」的提出移之他人，因此把提出「羅學」的時間推後了一年，地點也由鎮江移至清徐，淆亂了學術的歷史，實屬製造麻煩。因感慨而繫之於詩。

遊江

冷雨南國九月天，
富陽江上浮畫船。
遙想天生孫仲謀，
舷窗四望起雲煙。

附記：是日公元 2012 年 11 月 9 日，農曆 9 月 26 日。

水車

臨河水車踏連翩，
不爲澆田是戲玩。
女士高跟踩須慎，
先生低昂瀟灑難。

附記：河邊有舊式水車供遊人踏踩懷舊，亦旅遊布景之妙想也。

猴戲

亭上耍猴戲多端，
跟頭踩球戴鬼臉。
主人呫嗟猴兒變，
可笑人獸竟無間。

新沙

一水分合開新天，
新沙島上盡神仙。
電瓶車手美少女，
笑言嫁娶籍不遷。

附記：富陽江中有洲名新沙島，環境優美，空氣清新，島人甚富，故各安居
　　　樂業，鮮有外遷者。

此心

江霧沉沉鎖畫船，
水行寂寂如在潭。
涼意漸浸此心靜，
遠離塵囂即蒲團。

此身

煙雨迷濛在畫船，
浮沉上下離地天。
此身暫作雲水客，
一洗塵染到心田。

老妻

一舸風流盡才俊，
老妻側座豈效顰？
道是當年鄉扁鵲，
聊爲會上冷眼人。

附記：妻子侯玉芳早年農村從醫，望聞問切，當地頗有微名，惜因進城，棄
　　　業久矣。此次隨行參會，於三國研究誠爲外行，但會中世事人情，旁
　　　觀亦不無所感也。

自思

學海遊藝三十春，
得失成敗無足論。
但說問心能無愧，

不計利害只求眞。

觀圖

一幅殘圖比紅樓，

名倚富春江長流。

畫本作成付無用，

豈料今繫兩岸愁。

附記：元代畫家黃公望《富春山居圖》本爲友人鄭樗（無用師）而繪，今本
已殘，正如《紅樓夢》之亦非全璧，而並爲國寶。更有奇者，此圖因
斷爲兩截，分藏大陸和臺灣，今成海峽兩岸文化交流之題目，而繫我
一國之統合，豈非不幸之幸事！

晚宴

富陽山水一日遊，

惠寶設筵在高樓。

多謝王汪主東道，

三國學術又一秋。

附記：遊覽結束，富陽惠寶公司設宴招待，會議主辦方浙江杭州三國水滸文
化研究會會長王益庸、浙江省孫權研究會會長汪金良二位先生分別致
辭，余即席口占獻此。

二〇一二年十一月 9 日於富陽初稿

二〇一二年十一月三十日星期五於濟南改定

（原載《山東師大報》2012 年 11 月 29 日）

悼胡小偉先生（二首）

據《關公網》報導：關公文化使者、著名關公文化學者胡小偉先生 20 日
凌晨 4 時因突發腦溢血於北京 999 急救中心逝世，享年 69 歲。吾曾數次與胡
先生一起參加會議，交談甚歡，驚聞噩耗，不勝悲痛，綴句悼之曰：

一

胡兄非僅周倉倫，

赤面長髯似關神。

浮白論關二百萬，
誰曰小偉非偉人！

二

猶記金陵說外史，
難忘臺灣論關神。
聞道關神主文衡，
薦君長爲玉樓人。

（2014 年 1 月 22 日於濟南）

讀蘇小和《陳寅恪的代價》有感（一首）

莫道秦皇坑儒多，
紅朝反右斯文墮。
學問自此成虛話，
傷心豈獨陳寅恪。

（2014 年 7 月 19 日慕之感題於燉煌歸途）
　　附記：蘇小和文載《民國風》2014 年 7 月 14 日。

與張安祖教授蘭州會議並遊敦煌有感（三首）

一

半生交遊多萍逢，
難得張兄八日同。
更喜論詩雅清妙，
鳴沙山高月光明。

二

冰城碩儒安祖兄，
談驚四座春風生。
畢竟學問世家子，
何況修爲如仙翁。

三

　　杜慕趁車將欲行，
　　幸有先驅探路程。
　　九曲黃河長萬里，
　　不及張兄送我情。

（草於甲午夏六月十七至二十六日（2014 年 7 月 21 日）夜）

霾中有感（一首）

　　今天不出門，
　　有點煩心事。
　　天地皆渾沌，
　　又回盤古時。

（2016 年 11 月）

李海峰畫牡丹詩──宋曉蘭女士持贈李海峰先生畫牡丹紀事（二首）

一

　　海峰墨種牡丹花，
　　天街綻放動京華。
　　曉蘭擎來慕之笑，
　　國色天香何須誇！

二

　　山右泉城有萬古，
　　海峰牡丹甲天下。
　　且喜人物千般妙，
　　隨侍花王禮畫家！

（2015 年 7 月 24 日）

二、散文

站起來的水餃

春節吃水餃，是北方農村的習俗。我老家春節的水餃，是年三十晚上吃，初一早晨吃、中午又吃，晚上以至初二待客還要吃。而且老風俗年初一是什麼事也不能做的，所以夠吃兩三天的水餃都要在年底的一天包出來。

這是家家戶戶過年一個大活，也是一家男女老少圍著案子說說笑笑地忙活，很歡樂的事。

今年舊曆年三十的下午，我在家聽收音機播放山東快書《武松傳》，母親和麵。妻子做餡，準備包餃子。正聽到「哨棒咔嚓一聲」，收音機串了臺，才覺得母親已在招呼我：

「你也來幫忙包吧。人多快一點。」

我關了收音機，洗了手，拿一隻小凳，湊到麵案旁，坐下，拈起一片包子皮，慢慢把餡夾進去，一邊注意到母親的面容洋溢著歡樂和幸福。然而，她顯然蒼老了，還由於剛才和麵，額上滲出了細細的汗漬。

「孩子呢，大妮、二妮呢？」我忽然想起來問。

「玩去了；她們能做什麼？」妻子頭也不擡地說。她正在擀餃子皮。

「讓她們也學著點包餃子，你看把媽媽累的！你去叫她們，十一的十一，九歲的九歲，這工夫活，學點也好。」

母親好像不以為然，但也沒說什麼。妻子明顯以為不然，但為了我提到母親的緣故，不情願地去了。

不料孩子們對這活很喜歡，許多時候我都招呼不來，這次她媽說要她們學著包餃子，竟一蹦一跳地跟媽媽回來了。

孩子們洗了小手，搬了小凳子，也湊到案前坐下，學著夾餡，捏皮，蠻高興，挺認真。然而，到底是沒有包過的，所以儘管我們三個大人都給她們指導示範，她倆頭幾個包得仍然很不像樣子，簡單地說，我們包的是站著的，她們包的是躺著的，軟癱的樣子。

「算了，什麼亂七八糟的，都還是玩去吧！」我愛人看孩子們包的餃子，終於忍不住了。

「學嘛！誰一生下來就會？」我覺得不該把兩個熱心的孩子放逐了，就瞅二女兒說：「你的要站起來。」

我停頓了一下，想著還要教她們怎樣把餃子包得能站起來，總是要留她們繼續學的意思。不料二女兒沒等我再說下去，把手裏未包完的餃子往案子一放，忽地來了個立正，臉上帶著委屈和困惑。

我愕然了。同時也就知道她誤解了我的意思。是我說話沒注意到呢，還是她領會錯了，反正她代替餃子站了起來。

全家闔堂大笑。

二女兒更是笑得透不過氣來。也許她還記得我曾給她講過風聲鶴唳、草木皆兵的成語故事。

「你怎麼會認爲我讓你站起來呢？」我問。

「爸爸，她的老師好罰學生站，誰不會就讓誰站起來。」大女兒搶先告訴我。

「你是老犯錯，站慣了是不是？」我跟上一句。

「不，我在班裏什麼都好，就是不會幫助同學。」二女兒說。

「就是統考時，老師讓學生互相抄卷子，二妮不讓別人抄，所以也罰站。班級成績不好，老師也挨批。」大女兒有些憤憤不平。

從來不曾有這種經驗，我愈加愕然了。

「我不是在說你包的餃子嗎？」

「『你的』還不就是『你』？電影上的日本人就這麼說。」二女兒說。

大女兒哧哧笑，母親哈哈笑。妻子瞥了我一眼，偷偷地笑。

我更加愕然了。

不就是學包餃子嗎？小事兒一樁啊！怎麼又扯到電影、日本人上去了？

由學校的教學，我又想到電影，想到孩子們當下所受的教育，將來會成爲什麼樣的人？

一邊包著餃子，一邊這樣想著……不知不覺間已是麵盡餡絕，兩個孩子已洗好了小手，還在數著她們各自包了多少個站起來的水餃。

包水餃眞的不是什麼複雜的事兒，兩個孩子很快就學會了。妻子也很高興，誇獎說比媽媽包的還好，還說如果早點讓她們做，去年就該學會了什麼的……

院外街道上漸漸有爆竹零星響起，除夕就要臨近，一家人又要一起享用年年除夕必有的熱騰騰香噴噴的水餃了。

至今每到過年，我往往就想起那一年站起來的水餃，一樣的好吃，又別

有滋味。

（原載《中國人民大學報》1982 年 3 月 5 日，收入有修改）

船到中流的時刻

我曾經，乘一葉扁舟，橫渡黃河。

值汛期剛過，渡口的河面平穩而寬闊。

當船到河中流的時刻，極目大河上下，陽光照耀著，萬里長堤之間，悠深的混沌，莫測的深沉，遼遠的恢宏，不可名狀……。唯舟大如簸，與長流斜與，與天地浮沉。此刻真感到命懸一葉。曾經的一切都被沖刷漂白，空虛來襲，當下所見·所思·所感， 切就只有黃河！

李白的詩說：「君不見黃河之水天上來，奔流到海不復回。」

人的一生不正是這樣嗎？我愛生命，以及於啓迪我生命之思的黃河！

黃河，在此船到中流的時刻，我多麼想像船工師傅揮動的槳，能一次次觸摸你的東流，但乘船北上的我只能從未這樣親切地凝視你的浪花。你的浪花質地潔白，聖潔的美中微帶古黃，與中國人的膚色，是如此地相近，如此地諧和！

造物生成的黃河啊！莫非你流水的萬古之色，浸染我億萬同胞膚色如秋實之黃？莫非你水流的不捨晝夜，爲伴我華夏歷史如長河之長？莫非你九曲不回，永向東方，是象徵我中華民族不屈的意志，屹立高昂？

啊！我親愛的黃河！在你流經的土地上，曾有過多少陵谷變遷，有過多少世事滄桑？又鑄造過多少光榮，燃起過多少夢想？

在此船到中流的時刻，在從未有過與你的第一次親近中，我才眞正感悟到你與華夏兒女的息息相通，並驚異於你萬古奔流的水，實擅天地之大美，爲萬物之滋養。你是我華夏兒女軀體的血，心跳的響……

啊！我讚美你啊——黃河！你那大氣磅礴的長堤喲，你夾岸聳立的密林，高樹枝頭唱歌的鳥兒，林下此謝彼開的花，各種或火紅，或黃白，或藍紫的花啊，灑滿河灘，雜於莽草，又隱約中有蜿蜒的小路通向遠方，草叢中時而竄出一兩隻野兔，沿河的水邊兒快樂地奔跑。看不見黃河刀魚等各種黃河魚兒在水中徜徉，但我知道，我清楚地知道有黃河在，就有生命，黃河無限，生命無限，大美永恒！

啊！大美的黃河！船到中流的時刻，你慷慨地給了我感悟，我為你奉獻全部的愛，愛你的全部，包括剛剛過去你汛期時暴怒的樣子，也只是你受過的傷，吃過的苦！

驀然回望，世界上哪一座高山不曾遭遇狂風？哪一片大海不曾拍岸浪高，哪一片綠野不曾有過水旱？陵谷山河，世事挫磨，不獨黃河有過多少次潰堤與改道，泛濫與枯水。該來的來了，我只隨時準備重築長堤，面向大海，再揚風帆，花開春暖！

船到中流的時刻，想到歲月如流，世事如歌。在過去與未來之間，感謝黃河的任性吧，使知謹行而慎航，防載舟而覆舟；感謝黃河的風浪，使知此生多艱，需要膽識與堅強；感謝黃河的泛濫，為我們洗濯天地，未來黃金的新時代，如詩，在東方！

船到中流的時刻，其實短暫，但一悟即至佛地，我巨量收穫了感動和信心，目送河水湯湯，揮手天上白云：別了，我的憂傷！

（1980 年（收錄有改動））

楊花贊

楊花，在我的家鄉，俗名穀食芒。記得小時候，每逢初春，我常懷著好奇，用細長的竹杆，去打門前楊樹上剛剛綻出的穀食芒。未曾舒展開身的鮮嫩的穀食芒，如桑椹，似桃紅，又像透亮的串珠，竹杆著處，紛紛落下……。記得媽媽把這些穀食芒做成了菜，吃起來挺香。於是，紅嫩的穀食芒便永遠清晰地留在我的記憶裏。

此後，每當春去秋來，望著高高的白楊樹，童年那美好的回憶便浮上心頭。而今，正是北國楊花盛開的早春，你看那泛出青綠的楊樹枝上正掛滿珠簾似的花絮，給峭拔的白楊樹罩上了婆娑的倩影，春風陣起，幾穗楊花彷彿被天女撒落，飄然而降，使人想起韓愈的名句：「楊花榆莢無才思，惟解漫天作雪飛。」遺憾的是韓愈詠的楊花乃指柳絮，而且古往今來多少寫楊花的詩詞都沒有詠過真正的楊花，所以每讀楊花詩詞，便有些憤憤然。

楊花不靠媚俗而生，而以積極進取，英勇奮鬥贏得人們的千金讚美和崇敬。她的軀影是那樣瘦小，卻從不自顧自憐、妄自菲薄，而是努力向上，長在高高的白楊樹上，和偉岸挺拔在一起，利箭一般旁逸斜出的樹枝，把她擎在春風沉醉的空中，而她，儘管生命是那樣短促，卻從不吝惜和退縮，勇敢

地迎著春寒開放。在充滿幻想的藍天，她環顧尙在沉睡中的萬紫千紅，發出先驅者勝利的歡笑。她該被稱爲眞正的迎春花，因爲她趕在迎春花之前開放。

然而，楊花的命運是坎坷的。古人常用『水性楊花』比喩用情不專的女子，即使大詩人蘇東坡也在詠楊花的詞裏說她：「似花還似非花，也無人惜從教墜。」多少年來，楊花的名字被玷污，被蔑視。但楊花從不表白自己，她有自知之明，因而充滿自信。每逢早春，她仍泰然自若地開放，借著陽光、大地和春風，繁殖、傳佈著楊樹的種子——生命的信息。大文學家茅盾讚揚過的，那種象徵中華民族偉大性格的白楊樹，正是從充滿自信的不屈的楊花生長出來的。

楊花的花朵沒有燦爛的光彩，誘人的馨香，即使在爲她而生的花柱上，她也從不突出自己，以致使人們在花柱上不易注意到。她也許正因爲她這謙遜的美德吧，花柱爲表現她的美竭盡精誠。當春風喚醒白楊，它總是早早地爬上枝頭，紅光滿面地向人們宣告，楊花就要開了！楊花正是我記憶中的穀食芒美好的形象，令人愛慕的細碎的花朵就在其中含苞待放，她是崇高的，又是平易、恬淡而和諧的。她的美不會使人驚奇地注目，卻能給人親切地感受。正象生活中那些平凡而有著高尙情操的人，永遠爲我們所喜愛和讚美。啊，我們是多麼需要楊花啊！。

（原載《中國人民大學報》1981 年 4 月 24 日）

「我愛女人」——做得，說不得

當眾說出來，怕很難爲情；寫成文字，也還有點不安。

其實，這是句極普通的話。普通到與「人要吃飯」一樣，近乎廢話。從帝王將相、總統大人到阿 Q 輩，世上男人，無不如此。說說有何不可？寫出來有何不安？

然而在中國，在有些地方，這至少會被看作不體面；在某些小有權勢者疑惑的目光裏，還會發現出從「思想作風」到「生活作風」等問題，甚或延伸及飯碗和生計。

在中國，也許還有世界上其他一些地方，獨身爲人所不解，談戀愛乃人之常情。但是，如果某男性公民當眾說他喜歡女人，似就不大懂世情了。

中國的傳統，有些事，做得，說不得。

所以西方有位偉人曾經想像，將來人們可以像談論天氣和股票一樣地談

論做愛，看來還遠罷。我懷疑，那永遠不會合於中國的國情。

然而，色情狂是另外一回事，中國的男人並非不喜歡女人。西方的《聖經》上說，夏娃是亞當身上的一根肋骨做的，所以女人只是附庸於男人；而中國的神話是女人造了所有的人，男人受命於女人。某作家說男人的一半是女人，保守了。

《紅樓夢》中賈寶玉對林黛玉說：「你死了，我去做和尚。」是愛極的話。「做和尚」，不是他對女性的絕決，乃「除卻巫山不是雲」，是把對一個女人的愛，壓抑深藏起來，——最是離不開女人。

所以如魯迅知道的，有「一位是願天下的人都死掉，只剩下他自己和一位好看的姑娘，還有一個賣大餅的」。這一位的想法很惡毒，然而也很可愛。惡毒的一面不可當眞，可愛的是這話與「亞聖」孟子不約而同。《孟子》中說「食、色，性也」，就是說「大餅」和「姑娘」。「大餅」所以充饑，姑娘爲著「好看」？

所以，有至情，然後有至性，古人云「好色不淫」，對女性的眞愛，可以進德。

眞愛，不是皮膚濫淫，不是玩弄輕薄，不是行慈善，不是拜神明。眞愛，是對女性的理解和尊重，是世界上這一半人對那一半人發自內心的需要和同情。

在人類學的意義上，女人是男人唯一的印證。

因此，男人活在世上，應不僅是爲著自己，更爲著女人。女人，是男人的生命；女人，是男人的陽光；女人，是男人的風帆；女人，是男人的港灣。

男人在女人的懷抱裏長成，在女人的注目下勇敢而堅強。世間一切偉大的事業，看來多爲男人做的；但是，每一位成功的男人背後，都有一位女性，支持他，甚至比他更堅強。

愛女人吧！把對女人的眞愛，作爲人類的美德，社會的準則。愛女人，生活將更和諧；愛女人，世界將更美好。一個懂得眞愛女人的社會，是眞正文明的社會，同時也必然穩定和充滿活力。

十幾年前做學生的時候，在校園裏散步，一位同學說起男人的標準，我脫口而言：「男人，就是讓女人喜歡。」

當時眾皆掩口胡盧，而我至今不悔，並且相信男人都在有意無意地這樣做，——歌德的詩中說：「永恒之女性，引領我們上升。」

然而，「我愛女人」，仍是做得，說不得！

1985 年 10 月

（原署名杜林，題《我愛女人》，載《人生與伴侶》第 X 期。此據原稿收錄）

三峽五記

山水有靈

不曾旅遊。不是懶，也不是怕累，是玩不起。

難得清閒，更多的時候是囊中羞澀。日子都從忙裏過，「舌耕」「筆耕」，總與「孔方兄」少了團結，許多勝景失之交臂，以爲後來容易再至的，其實不然。

所以這一次來宜昌，我決心圓了自幼的三峽夢，不再留下遺憾。何況不久，「截斷巫山雲雨」，古老的三峽將永沉水底，這一次初見，也就是永別。李商隱的詩句「相見時難別亦難」，人道是講愛情，而我的三峽夢也彷彿如此。

這一次爲著參加全國《三國演義》學術討論會到宜昌來，會上安排參觀了葛洲壩，接著看了猇亭，三國時劉備被陸遜打敗的地方。遺跡蕩然無存，是意料中的事。但是熟悉這段歷史的人，身臨其境，睹山川形勝，江流日夜，似乎還能聽到昔日「梟雄」嗒焉若喪、臨流嗚咽的悲音。江邊古棧道旁邊一個狹長的山洞裏，有劉備逃亡至此欲撞壁而死的塑像，沒有歷史記載的根據，於情理卻有些可信。劉備這位叱吒風雲的「天下英雄」，怎麼也沒有想到，會在後生小子陸遜手裏栽了跟頭，全軍覆沒，自己也差點成了吳國的階下囚。他的羞愧和遺恨是可以想見的。

我們一行人爲研究《三國演義》來到這裡，劉備自然是議論的中心。他起於孤寒，卻能以自己的奮鬥，爭得三分天下有其一的地位，不愧是一位英雄。然而英雄末路，往往更令人感傷，發人深思。古來談猇亭之戰的，多的是對劉備一失足成千古恨的感慨，但是此刻面對懸崖絕壁，滔滔江水，我更同情那七十萬蜀軍——「可憐無定河邊骨，猶是春閨夢裏人」！

「七十萬」——羅貫中的數字有假，但是虛報在這裡是誇張的藝術。況且蜀軍大敗之後，「死屍重疊，塞江而下」的描寫，應當就是歷史的眞實。後來劉備因驚悸羞愧患病而死，臨終遺命諸葛亮輔佐阿斗：「可輔，輔之；如其不才，君可自取。」亮涕泣曰：「臣敢竭股肱之力，效忠貞之節，繼之以死。」

這一幕成為君臣相得的千古佳話。後來吳蜀又修好了，使節往來，走親戚一般。彼一時，此一時也。這有戰略的理由，於百姓也是好事。但是，戰亡將士的孤魂何依？都無可說了。

「親戚或餘悲，他人亦已歌。」山水有靈，當作何感想？

巫山雲雨

從宜昌溯流而上，夜裏搭船，定好的艙位降了檔次，更嚴重的是還有幾位安排不下……。這一切固然使人不快，卻提高了此行的價值：真正機不可失，來到了「熱點」。

耳朵裏只有輪機的聲音，客艙的窗外，一片昏茫，偶而江面上閃過數層燈火，是下行的客輪從旁掠過。什麼也看不見，只是心裏知道身在三峽，這一段路算是心路的歷程。然而我有些累了，不想動，對夜三峽的無可看也少了遺憾。一天的奔走之後，能有一張板床慰勞疲乏的身軀，是最好不過的了。但是很久不能入睡，板床顫動著，提醒躺著的我：人在旅途。

在睡意朦朧中，我想起古人「臥遊」之說來。「滿壁江山作臥遊」，是指以欣賞山水畫代替遊覽，並不如現在的我這樣，躺在船上睡覺。然而我有自己的理解，晉人張季鷹云：「人貴適意耳。」就旅遊而言，雖然必有山水名勝方遊，然而遊不盡在登山臨水，尋古探幽，而在尋求一種愜意的心境。昔人王子猷雪夜泛舟，訪問戴安道，至其門，不見而返，人問其故，王曰：「吾本乘興而行，興盡而返，何必見戴？」吾本俗人，但是此一刻的感受，敢高攀那位王先生。

早六時到巫山。楚襄王高唐夢遊，巫山雲雨的故事，使這個江濱的小山城得有千古。神女是沒有的，神女峰也還沒看見。只有雲雨不虛，沉重的霧色，淅淅瀝瀝的雨聲，狹窄的街路有些泥濘。我沒有帶傘，從接船的小麵包車裏跳出來，冒雨橫過一條街道，就是預定下榻的賓館。雨中的巫山城，不減晴好日子的繁忙，到處是商店，小攤把兩邊的人行道幾乎堵塞。這沒有什麼新奇，近年來南方的城鎮就是這樣，可奇怪的是這裡沒有新蓋的樓房，沒有一般城市隨處可見的施工現場。其實我們不待詢問就應該知道，三峽大壩建成之後，縣城將被水淹沒。居民在等待遷出，樓房和街道，這裡的一切，都在等待死亡。

死亡是痛苦的。土木無知，但是營造這古城的巫山人，將為失去他們世代蕃衍於此的家園而遺憾。儘管政府已經為他們做了最好的安排，我想那留

戀與遺憾仍是不可免的吧。一個匆匆來去的遊客，不知如何表達對巫山人的安慰。我只是想，巫山人能夠明白，在許多情況下，有毀壞才有建設；他們做出的犧牲，會得到加倍的報答。數年後，當「高峽出平湖」之際，新建的巫山城也將挺拔於世。那時，巫山古城消失了，但是，使巫山得享大名的神女峰，那美麗的神話，將永遠告訴後世有過這古城的文明。

河水清清

大寧河是長江的支流。從巫山乘遊艇，出長江，溯大寧河流而上，是小三峽。兩側高山，壁立如削，奇峰插天，枯松倒掛，懸泉飛漱，谷穴來風，萬象森羅之狀，使人應接不暇，進而想到「秋冬之際，尤難為懷」的話，真是會心之言。

時在五月梢，說不上熱，卻早已不是寒冷，天氣好，遊艇是敞開的，可以騁目四望。太陽顯得特別高遠，峽谷濕潤的氣息被風吹動，帶來陣陣清涼，讓人的心感到恬適而沉靜。夾岸高山，氣象雄峻，是生平沒有見過的奇觀。古謠云「巴東三峽巫峽長，猿鳴三聲淚沾裳」，我想巫峽兩岸的高山上，應該能夠看到攀援跳躍的猿猴，聽到它淒厲的哀鳴，然而終於不見。倒是在峭壁的半腰處，看到一線疏略排列的鑿孔，那是古棧道的遺跡。不遠的地方，有一段棧道已經修復，供旅遊觀光，從遊艇可以看到有人售票。昔日地獄般的路，成了一處風景，一條小小的財路，那是古代的縴夫們萬不曾想到的。

小三峽最使我注意的，還不是兩岸的高山，而是大寧河潺潺的流水，她清冽得像夏夜雨後的晴空，像少女的眼波，綠色的夢。淺水的地方，可以直視河底的亂石。亂石有圓的、橢圓的，也有的奇形怪狀，總是都沒有了稜角，那是水流運動的結果。深水的河段顯得平穩，像嵌定的一片綠色的明鏡，倒映出一線藍天，小艇浮遊而上，不知艇在水中，還是人在天上。

我說不出的快意，難以形容。同行的王先生在低吟：「出山泉水濁，入山泉水清」。顯然，他也被這河水的清冽感動了。是的，清流只在山中。然而山中歲月，有的只是清苦與寂寞……。河水清清，兩岸也幾乎沒有人煙。在偶而可見的緩坡上，隱約有小片開墾的土地，表示附近有人居住。果然，在小三峽的深處，我看到兩岸灘塗的亂石上，有幾個孩子赤著腳，隨船奔跑，一面啃著半塊麵包，或手裏攢著一根油條，一面向我們招手呼喚。一陣涼風襲來，下起了雨，煙雨蒼茫中，孩子們瘦小的身影模糊了。船上有人向孩子們喊：「你們需要些什麼？」我也想喊，但是終於沒有喊出。我想，用不著問他

們需要什麼，我們都是人，我們需要的，他們都需要，問題是我們能為他們做點什麼，──我們能為他們做點什麼呢？

返程已是下午，河水不十分湍急，但是加上機動的力量，遊艇就真如乘奔御風一樣地快了。船到江心，眼界驟然開闊，在來往的船隻之間，浩蕩的江面已經有些渾濁，預告著前方紅塵滾滾的景象。我真的遺憾，不能再掬一捧那樣的清流，不能再有那般的沉靜！我想，難道出山的泉水就只有渾濁嗎？

我做不出答案。船向前行，我別無選擇。回首大寧河，略帶苦澀的清幽，如品孟郊、賈島的詩，別有一番滋味在心頭。

七百里中

在小三峽的上面，還有小小三峽，沒有特別的興趣和閑暇，一般去不到的。我們的前程也就到小三峽而止。小小三峽的美，大約永遠在想像中了。

三峽的正宗，自然是大三峽，也就是瞿塘峽、巫峽和西陵峽，酈道元《水經注·江水》所說「自三峽七百里中，兩岸連山，略無闕處」的地方。

從小三峽回到巫山縣城，住一宿。早五時，搭船溯江而上，約十時至奉節，三峽之旅的高潮應是從這裡開始。奉節即古夔州，也是一座山城，街道和樓房依山勢錯落，迴環起伏之狀，不讓巫山城。

「朝辭白帝彩雲間」，李白詩詠的白帝城就在這裡。三峽大壩建成以後，奉節城也將淹沒，但是那時山頂的白帝城宛在水中央，如海上仙山，還可以看見。白帝城是劉備臨終託孤的地方，我們看了他託孤的泥塑，君臣十數人，一個個面容沮傷，若不勝悲。獨有一位侍女的塑像作掩面狀，應是形容她哭得厲害，但是管理人員告訴我們，是怕她的美顏分散了觀者對英雄的憑弔。這個解釋別出心裁，卻使作為參觀者的我們，覺得好像被開了一個玩笑。然而孔子曰：「吾未聞好德如好色者也。」他的解釋也許不無道理。不過劉備託孤的永安宮，並不在現在的白帝城，而在今奉節師範的院內，據說只有一塊石碑，倒不如這做假的群塑有些看相。

奉節的另一處名勝是八陣圖，相傳諸葛亮入川，於此「壘石為陣，縱橫皆八，八八六十四壘」，後來吳軍統帥陸遜大敗劉備，追擊誤入此陣……諸葛亮的岳父黃承彥救了他。故事大約是當時人同情劉備又崇拜諸葛亮而編造的，後來寫入了《三國演義》，越發不脛而走，至今人寧信其有，不信其無。然而江水水位提高，八陣圖早就看不到了。

從奉節乘客輪下行，先是著名的瞿塘峽。瞿塘峽西起白帝城，東至巫山

大寧河口，只有八公里，卻號稱「天塹」。塘口舊有灩澦堆，是三峽第一個險處。宋人范成大《過三峽記》說「舟拂其上以過，搖櫓者汗手死心，皆面無人色。蓋天下至險之地，行路極危之時，傍觀皆神驚」。這些景象寫成文章，讀來令人神往，但當時身臨其境，命如千鈞一髮，未必有什麼美感的吧？這就更使我感歎李太白「千里江陵一日還」的蕭灑了。解放後，這些險灘都已炸除，江水湯湯，行船固然沒有了古人的驚懼，但是險極而美的感受也無從領略了。然而江風撲面，青山送迎，舒適中靜觀山川的美，也是古人未經品嘗的滋味。

瞿塘下游峽口是著名的夔門，導遊小姐不無得意地告訴我們，一百元人民幣背面的圖案，就是夔門的影像。當時我並沒有想到，這是物質與精神關係最典型的證明，卻也不覺得這還是機密或者新聞。但是熟視無睹是人所常有的，這個說明還是使許多人有些驚奇，大約是身臨其地的緣故。

出夔門就進入了巫峽。巫峽西起大寧河口，東至巴東的官渡，全長約四十公里，斗折蛇行，窈遠幽深，使人驚異於大自然造化的幻奇。約行三十里，北岸巫山十二峰便在望中。「神女」只是山巔下峭拔的一座石峰，遠望如南國佳人，遺世獨立，加以雲氣拂動，煙樹映發，愈覺仙姿綽約。古代楚地，水國澤鄉，啓人心思如雲，耽於幻想。遙想當年，神女的故事，必是先有了石峰似仙女的傳說，然後宋玉作《高唐》《神女》二賦，踵事增華，敷衍出楚王夢遊遇神女的情節，遂成千古風流豔事，此亦江山之助也。

船過巴東，就是西陵峽。峽的中段不遠是秭歸，那位「信而見疑，忠而被謗」的怨憤的詩人屈原，和那位遠嫁異邦的美麗女子王昭君的故鄉。這兩個人物的事蹟和傳說，各有其令人傾倒的魅力，古來文人騷客，弔古傷懷，託以寫心，佳作偉構，生生不已。然而秭歸離江岸尚遠，輕舟飛過，我們只能向秭歸城的方向，送去對這兩位先賢的敬慕的目光。不知什麼人，在江邊的山麓上樹起一座王昭君的塑像，臨流而立，作「天際識歸舟」之狀，大非不肯行賄以進身的昭君女士的本意，所謂「身後是非誰管得，滿村聽說蔡中郎」。

三峽中西陵峽最長，峽中有峽，如牛肝馬肺峽，兵書寶劍峽，都有一段美妙的想象，動人的傳說。三峽，不只是一處自然的風景，更是一道歷史文化的畫廊，我們就在這畫廊流連忘返。然而落日銜山，夕陽返照，江流洶湧澎湃，在兩岸高山懸崖，激起沉重的回聲，壯美而略有蒼涼，彷彿在爲三峽

之旅的結束，寫出一個深刻的意境，給人以難捨難分的歉念。

三峽作證

幾天前，我收到了同行一位朋友寄來在三峽的合影。照片上背景過大，人顯得很小，朋友附信說取景構圖不佳，是一個遺憾。我也有同感，然而很快釋然。我想：人，誠然是最為高貴的，但是大自然造就了人類，人在大自然面前，還應注意保持一定的謙虛，在這個意義上，這張照片構圖的比例，似乎最為恰當。

這是漫無邊際的瞎想嗎？不然。我看了三峽，為她的壯美所感動了，但是一想到這天地生成以來就有的美妙圖景即將永沈水底，就有一種莫名的惆悵。是的，將來三峽還在，三峽還美，但是那會是另外一種美，經現代文明改造過的美。古老三峽的美，將不復存在。對於我們的兒孫們，後代的人們，古老三峽的美，將只是詩文繪畫裏的資料，也許還能看到有關的風光片，那實景可能永遠不會見了。一想到這些，想到這就是與三峽的永別，我心裏就有一種揪心的感覺，深沉的遺憾。

當然，三峽大壩在建中，我們巨大的付出，期待會換來更大更豐厚的報答。但是，我依然認為，我的遺憾並非全無道理。我想，人類應當而且可以改造自然，但是一定不能盲目，更不能為所欲為。在大自然和前人留下的文化遺產面前，我們應當有一種誠敬的態度，慎終於始地採取每一步行動。如同不少地方有過的「圍湖造田」「毀林種糧」的盲動，歷史的教訓已經夠多了。三峽大壩提供了正面的新的經驗，但願它能證明——永遠是一個經驗。

不必想得太多，且來溫習一遍照片上的一個個熟悉的面容。我們一行二十七人，來自幾乎全國各地。佛說，十世修來同船渡。我們同舟共濟的四天，真可以說是一個大大的緣分。但是，其初我們許多人之間並不熟悉，加以招呼不夠，所以，現在合影上的人不全，倒是一個真正的遺憾。這一部分應當怪我，在這個臨時組成的團隊裏，我居然還做到「團長」。雖然當官不自在，但是一文不廢地揀個「官」過把癮，也是一個小小的樂趣。

的確，雖然不一定做官，但是，人能有機會為他人做些有益的事，是一種幸福。然而我這個「團長」其實無事可做，有導遊小姐安排一切，也許是為了證明並非做任何事都需要有官管著，我們隊伍裏的人個個都很自覺，很注意協調，四天下來，除了合影沒拍成全體照之外，居然萬事如意。我們前呼後應地上下輪船，出入景點；我們邊遊邊談，指點風光和名勝，扯到天南

地北，沒有吞吞吐吐的話語，沒有疑忌的目光，我們開懷暢飲，我們放聲大笑，我們彼此傳遞著驚奇和理解，愉快和歡樂象江中的波浪湧起又迅速蕩開。就像三峽和它夾岸的高山，我們相互信任，我們命運相連。我們都很高興，因為我們都不曾太多地有過這樣純潔而素樸的生活。

時間過得真快。她把我們聚攏，又把我們分開。五月十五日，分手的一刻到了。為了離別，我們三三兩兩，一次又一次地選擇不同背景合影留念。有的相互幫助選購各種小紀念品，有的交換名片或者寫下彼此的地址。我們約好贈送照片，我們相約再會，我們握手道別……我們有許多是新朋友，我們卻好像早就是老朋友，我們結下新的友誼，我們的友誼，三峽作證。

（原載《運動‧休閒》1996 年第 3 期）

關於「閒話」

「閒話」的本義，就是閒聊，漫無目的，以交談做消遣。別有好心和別有歹意者都不在此列。正宗的閒話，其動機和效果應當只限於打發光陰，如時下順口溜所框定的模式：「不說白不說，說了白說，白說也得說。」

舉世都從忙裏過，所以世間極少真正的「閒話」。即使人有心「閒話」一番，也往往講著講著就講到「丈夫處世兮立功名」，或者有一股「人為財死，鳥為食亡」的味道。邪正雅俗不說，總之又入了功名利祿之途，不成「閒話」。

那麼就去看墨寫的「閒話」，例如，我們體貼著休閒的心情，打開一本清初叫做什麼艾衲居士者所寫的《豆棚閒話》，想在其中找一點消遣，結果十成地大失所望，那種憤世嫉俗的樣子，是很有損於讀者面部之光滑的。

又例如我們懷著十二分體貼著休閒的心情，打開一本又一位清朝人蔡顯所著的《閒漁閒閒錄》，想拿它來消遣消遣，結果十二分地大所望，這本用了三個「閒」字做題目的閒話，非止不「閒」，居然是一本乾隆皇帝看得出「有心隱約其詞，甘與惡逆之人為伍」的禁書；蔡顯因此被砍頭，妻孥戚友門生等均株連被罪。

近世的都不必說了。時代也算是有了進步，例如鄧拓先生作一部《燕山夜話》，未曾以「閒」字標題，只是準「閒話」，固然也是死在「活」上了，但未至於被砍頭，也就無關於這裡的「閒話」。

由此得到一個教訓：日常難得有真正「閒話」；還有，凡是標榜「閒話」的書，一定不能當「閒話」看它。接著就可以發一個奇想，即凡是徹裏徹外

唯恐人以爲是「閒話」者，卻有時是及格水平的「閒話」——從它標榜的效果上說，是眞正的廢話。

總之，自古及今，中國缺少眞正的閒話。

中國人身體太勞苦了，中國人心境太沉重了。《九歌》：「怨公子兮悵忘歸，君思我兮不得閒。」白居易詩：「何事長淮水，東流亦不閒。」朱景玄《茶亭詩》：「此亭眞寂寞，世路少人閒。」章應物詩：「九日驅馳一日閒，尋君不遇又空還。」所以自古及今，絕大多數中國人缺少眞正的「閒」和「閒話」。

當然，中國也有有閒者，卻未必能「閒話」。過去的帝王貴族，奢侈得太累；今日許多「大款」「大腕」，也「瀟灑」得太累。當下普通人偶而有閒，又容易沾些快樂主義的時髦，尋一種什麼非「閒話」的方法消遣，甚至「過把癮」，也不是什麼困難。「閒話」顯得土氣，更不夠刺激，所以大多有錢有閒的人，不屑爲亦不能爲，能「閒話」者，終於少之又少。

原來「閒話」不但要有閒，而且有閒了，還能知足於以聊天做消遣。所以，「閒話」是二三素心人有閒時情投意合，自由自在的交談。所以，能「閒話」者，先要體靜而心閒。世路擾攘，紅塵滾滾，我不能自提了頭髮離開這世間，然而能稍稍看破，動靜有節，不一味熱衷；有時能閒閒不與之逐，二三友朋，隔坐斗室，世事暫忘，對花啜茗，這就有了「閒話」的基礎。而一種秋水般淡然的心境，一種無所爲而爲的情緒，一種自然而然的優雅的趣味，一種自娛和無意娛人而給人以歡樂的談吐……，天南地北，上下古今，從心所欲，隨機生發，工拙由性，泯爾我之界限，忽節侯之寒暖，忘東方之既白，話有時而易盡，意無端而留連，「閒話」如此，豈不快哉！

我們每一個人，這樣的時間和空間實在太少了！我們可以「閒話」的時間和空間，過去是被「階級鬥爭」占滿了，現在又幾乎「一切向前（錢）看」了。前前後後，被這一隻隻巨大而無形的手捉弄著，我們很少有相互的關心，缺少愛，缺少橫向的和諧。貪欲、敵意和猜忌，關閉了一扇扇心靈的大門。要不就沉默，要不就做假，沒有心地的坦誠，更不用說心境的淡然。宋人徐鉉詩日：「滿洞煙霞互凌亂，何峰臺樹是蕭閒！」不完整的「凌亂」的生活，沒有「蕭閒」，也就沒有眞正的「閒話」。

於是，「閒話」的本義泯沒了。「閒話」在當今的正解，成了「風涼話」甚至「流言」。

所謂「風涼話」與「流言」者，就是在「閒話」中對他人之不同於己投

以嘲笑，就是拿一種「莫須有」之事──當然是被認爲是不光彩的事，栽在你身上，而你並不知道，知道了亦無從質證，如此你就永遠地爲這流言的陰影所籠罩，永遠地背所謂「黑鍋」。

「風涼話」或「流言」之可惡，固然在於給人抹黑，但是更在於你往往不知道這黑風洞口，不知道「流言」家的作坊和他打黑槍的地方，糊塗中就被擊中甚至被打倒了。你暴跳如雷，沒用；你請領導解決，沒用；你逢人解釋，更沒用，還可能增加一個「欲蓋彌彰」的考評。萬般無奈，你就只好活受。

所以，「閒話」一變成「風涼話」或者「流言」，就成了世間最可怕東西。

因爲怕人「說閒話」，該做而能做的事情可能就不做了；因爲怕人「說閒話」，不該做不能做的事情可能勉強去做了。於是少了衝絕傳統的勇士（「勇士」一詞在電腦上就不能整個蹦出來），多了謹小愼微的鄉愿，隨波逐流的庸人。

在社會生活中，「說閒話」於人之作用，正如河底的暗流，把人磨得象河床沉積的石塊，沒了棱角，圓滑得煞是好看，卻無實際的用處，更不必說不是人才。而人才總是出乎其類拔乎其萃的，總是有些地方與眾不同的。這不同眾人處，多半是他的優長，而恰恰是「閒話」家的靶子，於是就有「閒話」出來，從隱蔽處打他一槍；接著有槍的都來試試槍法，槍聲大作，直待「靶子」倒地而後快。

所以「說閒話」一旦盛起來，就不用想到造就人才；在「說閒話」盛行的時候和地方，人才的命運，要不就是木秀於林，撐持著被「說閒話」，做「靶子」；要不就是降心低首頹唐爲平庸，──有時也許頹變成奴才了，看起來反倒更像個「人才」。

中國人好「說閒話」的毛病大約來源甚古，筆者此刻不做考據家，但知「人言可畏」是一句老話。「人言可畏」者，怕人「說閒話」也。一般的怕，怕得人都一般化，還可湊和著過；有怕得要死和終於當眞被「流言」逼上絕路的，那就近乎被謀殺。

閒聊以消遣的「閒話」不多見了，「說閒話」的傳統尙且不朽，這是我們時代的悲哀！

（原載《運動·休閒》1996 年第 2 期）

「福」字

爺爺在他的父親去世以後，九歲那年隨其母親依七罷城南外祖父的生活，開始了我家在這個村子的歷史。

因為窮，或者還因為祖上就沒有識字的，爺爺小的時候好像只上過幾天學，識得幾個字，後來不用，又慢慢忘掉了。所以，到我五六歲，家裏人考慮讓上學的時候，爺爺才忽然記起，他也是上過學的人，要把他的學問傳給自己將來或者能有點出息的孫子，準備了毛筆，教我寫字。

但是，提起筆來，除了他的名諱是不能做教材的以外，他好像能記住又會寫的字，只剩下了一個「福」字！

於是，他就教我寫這個「福」字。照他老人家的說法，這個字是學寫毛筆字最要緊的。但是，後來我才明白，這個字所以要緊，不是書法上的事，而是因為村裏人過年，總要寫它在切割成大小不等方方正正的紅紙上，門上、櫥上、桌子腿上都貼了，圖個喜慶吉利。

因此，爺爺自己也許並沒有感覺出來，這個「福」字是他老人家和村上所有人心上的一個字！無論趕車使犁，夯土扒糞的，多是一個字都不會寫，卻很少有人不認得這個「福」字。

爺爺要把這個「福」字的寫法教給我。他一遍一遍地寫，寫得極認真，他的如何如何寫的理論我都記不得了，但是，老人家為我示範和拿著我的小手運筆的姿態神情，至今四五十年了，也還時時想起，歷歷在目⋯⋯

爺爺一九七六年二月二十六日（農曆丙辰十二月二十七日晨）去世，是最近三十年來，我們一家最大的悲痛！

他老人家去世的前一年，生產隊每人分了二斤半小麥，其他就是玉米、地瓜等也是很少的粗糧。

他在病榻上臨終前的幾個月，最大的願望是能像年輕時給人家做工那樣，「一集買上一斤饅頭，我一天吃上一個——燒著吃，——饅頭皮給重孫女吃，我吃能嚼得動的饅頭瓢！」

可是，除了少數的幾次之外，我們沒有能夠滿足他！這是父親和我，我們全家永久的歉疚！

幾十年來，這歉疚像蛇一樣噬住我的心，特別是想到爺爺當年教我學寫「福」字的時候，這種感覺就更加強烈而且分明！

然而，三十年過去，除了這痛悔的文字，我還能有什麼來彌補這永久的

歉疚，報答他老人家無盡的恩情呢？

如果在這樣的地方也可以退一萬步的話，那就是終生記住和愛惜爺爺留給我的這個「福」字！

（二○○五年七月三日星期日）

喜神

喜二爺姓劉，活到現在的話該有一百二十歲了。所以說起他的大名劉子喜來，村上年輕人很少知道了，但是，只要提起「喜二爺」，正擦眼抹淚的小孩子也會一臉驚奇，馬上有說有笑，——他是我們村上的一尊喜神。

喜二爺出生的時候還有皇帝，那時他家裏頗有幾畝地，衣食無憂，略有餘錢，供他這個獨生子胡亂花銷。但鄉下的世界「花」不到哪裏去，總不過吃酒抹牌，游手好閒，被村上總得幹活的人看不慣，但也不過說他好玩而已，並沒有到「千夫所指」的地步。加以他家畢竟是一村中的富裕戶，玩到中午或天黑的時光，回家有一碗現成飯可吃，正是那些饑一頓飽一頓成天愁吃愁喝的人們所羨慕不已的，所以當他哼著不成調的小曲走過，總有人會主動搭話：「喜二爺，今天在哪裏喝的？」

然而那是他年輕時的光景。後來喜二爺一生勤勞的父母去世，一直有人照管的田產到了喜二爺手裏，忽然的不大長莊稼了。東坡西坡的地一律地「草盛豆苗稀」倒還罷了，最成問題的是喜二爺沒有了父母嘮叨，玩得更加開心，花銷也就日漸大了起來。終於餘錢告罄，先是一畝二畝地賣地，後來賣了吃糧賣種子，再後來就拆屋——從廂房開始賣……到了我出生的前一年土改，他正好被劃為「破落地主」。

待我稍稍懂事就知道了，以「地主」打頭，從城裏到鄉下，地、富、反、壞、右「五類分子」是工人階級和貧下中農的「階級敵人」。但是根據劃分的標準，也是為了分化打擊「敵人」的需要，這五類中也有差別，如地主是封建階級的代表，為首要打擊對象，而富農雖然也屬「敵人」的營壘，卻畢竟是「農」，往「民」的隊伍裏靠近了一步，人們在對待他的時候，就可以略微溫柔一點。照這個樣子下來，喜二爺的「破落地主」成份，介於地主、富農之間，是那種「比上不足，比下有餘」的敵人，有些靈活對待的餘地。加以他的能惹人喜的性情，村上當政的人又都是他一姓，所以在我幼年的印象中，喜二爺除了每五天一次的按時參加村上治安主任的訓話，和做掃街等義務工

－169－

外，並沒有特別吃虧的地方。現在想來，那大概還有他只是「破落地主」的原因，如果沒有「破落」，情況可能就很不一樣了。

於是村上的人忽然感覺出喜二爺的聰明了——「地主」是他祖上給掙下的，這「破落」二字卻是喜二爺的成績。喜二爺好玩，是把他一家從「地主」提高到「破落地主」的功臣！

其實，以喜二爺當年已經有時揭不開鍋的境況，也許可以完全退出「地主」的行列，卻終於雖然「破落」了，還是一個地主。可能的原因是他雖然從年輕時就撒漫地花錢，卻只是自己吃酒撈肉，街坊鄰居，老人孩子，誰都別想一染手指，一啜餘瀝。所以到土改劃成份的時候，當地執行政策，對他一點都不會寬貸。

喜二爺又是出了名的賒賬不還的性情。這使他有時辦事很不順。最為難的一次是他娘去世的那年，雖然正值壞年月，幾乎顆粒無收，村上年輕少壯的人，都餓得受不了，有的闖關東去了，有的在家吃糠咽菜，但是，喜二爺出一塊豆餅折為他娘出殯的工錢，也還是沒有人去幹這個活，寧肯在家裏躺著餓得發昏。喜二爺沒有辦法，只好央求村上治喪的忙頭；忙頭找了四個人來，卻都乾瞪眼看著，不動手。忙頭便又找喜二爺說話：

「劉子喜！豆餅呢？」

喜二爺把豆餅從娘睡過的床下搬出來，忙頭接過，順手揀石頭砸壞，均成五份，與四個忙人各人拿了，喊一聲「起靈」，喜二爺的娘就跟隨他出門上路去了。

喜二爺成了破落地主以後，又繼續破落，一直到每天兩頓飯都成問題。這使他不放過任何有用的東西，有時能到讓人哭笑不得的地步。五十年代中的某年，鄰居一位弟媳婦因家事不合，上弔死了。這在村子裏可是一件大事，聽到的人都跑來看。喜二爺更是來得及時，趕上一群人忙著把死屍從上弔的脖套裏解脫，卻因為屍體下墜，套子束得緊，怎麼也解不下來，就有人喊：「拿剪刀來！」

剪刀馬上就從人縫裏遞過來了，卻是喜二爺一面接過擲於地上，一面說：「不能剪，剪開就浪費一條束腰的帶子！」

當時喜二爺哈腰把弟媳婦屍體抱起，向上一舉，旁邊人輕易就把套子脫了下來。

套子是一條白布，後來成了喜二爺的束腰帶。

　　喜二爺大概是「文革」以後去世的。去世前的幾年，正是「階級鬥爭爲綱」的年頭，他那一類人正在被「批倒批臭，再踏上一隻腳，永世不得翻身」的風口浪尖上，幾乎每天挨鬥、掃街，加以年近七十，走路都有些拖泥帶水，歪歪晃晃，日子很不好過。但是，喜二爺是個開朗的人。一次被戴了有兩大耳扇的高帽子遊街，他也許是因爲腳步不好，加上有些故意，一高一低地走，把高帽的兩隻大耳一上一下地扇起來，惹得遊行的人頻頻注目，終於都哈哈大笑起來。

　　後來就有人說喜二爺那次被批鬥遊街，像迎「喜神」一樣！大家對他的印象也格外好起來，那年過年時，家家都在院門照壁牆上貼「出門見喜」的春聯，有人就說：「什麼是喜啊？就是喜二爺了！」

　　從此，喜二爺又有了一個綽號叫「喜神」

　　喜二爺一輩子混得不算好，去世後什麼也沒有留下，他的眞名也很快湮沒無聞，但在我們村上，一提起「喜二爺」或者「喜神」，無論老幼，心裏都會浮起一點歡樂。

　　　　　　　　　　　　　　　　　　（二〇〇五年七月三日星期日）

千佛山號子──「來了就好」

　　濟南三大名勝之一的千佛山號稱千佛，其實山上能見到的佛像並沒有上千，山裏萬佛洞中的佛像更不會成萬。千佛山上一年到頭，眞正成千上萬的是遊人。上、下午公園正式開放的時間，除部分爲當地免票的老年人之外，遊人多外地慕名而來者；其他一早一晚的時間，循舊例對當地人免費憑證開放。每當晨曦初露，或夕陽銜山，一天忙碌工作開始之前或結束之後，千佛山東、西、南、北，四門無禁，市裏遠遠近近，無論男女老少，有父子、母女、夫妻同行，有兄弟姐妹同學好友結伴，談笑風生，更多是子身一人，或步行，或騎車，或乘車，近年又有不少人自駕車，絡繹而來，散入石徑山林，古廟綠叢之中，千佛山又不減遊客高峰時的熱鬧起來。

　　千佛山一天首尾的熱鬧，基本上是屬於濟南人的。遊山的人多是常客，說不上有多少人自少至老，大致從不間斷地每天一到，走同一條路，看同樣的景，甚至每次都在同一塊山石上小坐休憩，成了眞正的「山人」。也不必說日子久了，許多遊山的人成了老朋友，相互間稱爲「山友」，那是很自然的。

而要說的是「山友」這個群體，相互間確有些人彼此瞭解，談資甚多，有說不完的知心話，但也有說也無心，聽也無意的話。表明這時候說什麼話並不重要，重要的是能找到話說，可以是遠上佛山的一種消遣。更多人之間只是面熟，還不一定到見面打招呼的地步。生新的面孔每天總是會有的，多是本省或外省來的年輕大學生。他們有更喜歡的事，並不常上山，但日子久了，次數多了，其中總會有些人慢慢融入，成為「山友」中的一員。

千佛山「山友」的共同朋友是山，山雖然不高，但它構架起來的「山友」們的彼此關懷的友誼，卻無論怎麼形容也不為過，而突出表現於「喊山」。喊山就是在山上大喊，是山友們登山的號子，喊山不足以撼山，卻最足令人心裏感慨萬千。那是有男有女，在相識與不相識「山友」之間的應答，多發為中老者粗獷而蒼涼的聲響：

「來了麼——？」

「來了——！」

「來了就好——！」

這問答有時反覆幾次，然後是或爽朗、或狂野，中間略帶悽楚的笑聲，在石徑山林、陡壁幽澗中迴蕩，滿山遊人，無論俗雅，想必莫不為之感染，是歡喜、欣慰、滿足，還可能有一絲悲涼。

我屬於從這號子中得到歡喜、欣慰、滿足到有一絲悲涼各種感覺都有的一類人。最初聽到這喊山的號子，我便意識到這不是特定人與人之間的呼喚，而是一個人對所有常來遊山的人的呼喚，是對朋友的關切，對同道的繫念。它發自濟南人這一群體每個心靈深處的和諧，發自生命之間相互珍重的需要，彼此扶持的愛心。它是那樣地純潔、溫馨和優雅，那樣地令人神往！

「來了就好！」是的，只要你來了，只要你好，我就安慰，就滿足，就心曠神逸，就歡樂！人與人之間，正應該是這樣的！然而竟有所不然，……我們是多麼希望在任何有人的地方都能聽到這樣的號子啊！

然而，這中間又莫不有些悲涼？他何以問「來了麼」，自然是擔心不來，不能來，來不了，甚或永不再來，也就是「走了」「去了」之類那些委婉的意思！如果是這樣，「來了就好」豈不就是對生命的讚歌，一個關乎人之根本的具千佛山特色的通俗的隱喻：生命是最可寶貴的！

因此，我不可惜從遠古而來的千佛山，歷史上儒家的信仰曾被佛代替了，也不在意千佛山曾經和現在還有多少尊佛，有了披星戴之月時，山中常常響

起「來了麼」的關切之問，「來了就好」的欣慰之答，遊山的收穫，在精神上已經可以滿足了。那中間其實已多仁心與禪意，有無限大愛，不啻為人生安身立命的不二真言。在這個意義上，千佛山喊山的「山友」都是對生命有真正感悟的人，是一言破的的哲學家。

（二〇〇八年七月二十六日星期六）

思想「泉城」

濟南南倚泰山，北跨黃河，天然形勝，尤其是因為清泉百數，妙絕天下，故號稱「泉城」。「泉城」是濟南人拜大自然之賜，更是先民逐水而居的智慧的選擇。但是，想來先民逐水依泉，起初不會是由於「池塘春草」的雅興，而是看上了「一簞食，一瓢飲」的方便。這只要看看至今市區內杜康、琵琶、白石、玉泉等泉，尤其深藏鬧市的黑虎泉畔，終日人來人往、熙熙攘攘，桶裝瓶貯、勺泉以歸、煮粥烹茶的景象，就可以知道了。所以，「泉」字拆而為「白」「水」，「白水」就是「綠色無污染」的淨水。自古及今，濟南人眼裏的「泉」首先就是「白水」，臨「泉」而居的大福分之一，就是不勞「大自然的搬運工」，自攜瓶桶以受，就能喝上「綠色無污染」的「純淨水」，還是免費，差不多等於「天上掉餡餅」了吧！

雖然老天賜給濟南人泉水的好處，決不僅是在這個「沒有天上掉餡餅」的世界上至今還可以免費飲用泉水，更是妝點齊魯首善之區，使其成為馳譽天下的「泉城」旅遊名勝之地，但是，濟南人勺泉歸飲之事，仍使我想到「泉城」的泉水從物盡其用的意義上還是大都白白地流掉了！尤其在看到濟南市面上瓶裝飲用水還大都外來的時候，便不禁有「泉城」之泉水在這個世界上仍是「養在深閨人未識」的感慨：何以能有人千里襲遠做「大自然的搬運工」，而「泉城」之泉近在眼前，卻做了「嫁不出去的姑娘」？

因此，「泉城」的人，是否可以想一想：「城」是用來住的，「市」才是生活的來源，「泉城」是不是應該更大力地發展「泉市」？

然而，倘若再往深處想一想，「泉城」之「泉」對於泉城人來說，除「一瓢飲」之用和「池塘春草」的美景好看之外，恐怕還有「形而上學」者，那就是她一面似乎無窮無盡地自地下噴湧而出於人間，一面又在人間「瀟灑走一回」之後，無論飲人、潤物或匯入河、湖、大海，總歸還是要回到地下，準備再一次成為泉水噴湧而出，成為新的循環……

　　泉水這一川流不停、循環不息的特性，我國古人很早就注意到了，並以之妙喻市場流動不息的「通寶」，把錢幣稱作「泉」。這一譬喻影響之大，連《周禮》載地官所屬掌管稅收和貨物流通的職官都叫做「泉府」。《漢書‧食貨志下》也說：「故貨，寶於金，利於刀，流於泉。」如淳注說：「流行如泉也。」至晚到宋、金時期，錢幣已經被稱作「寶泉」，而明、清兩代戶部掌管鑄造錢幣的衙門就叫作「寶泉局」。清代著名戲曲家《桃花扇》的作者孔尚任，就曾經做過寶泉局的監鑄。

　　由此可知，中國古代如濟南之稱「泉城」，「泉」之一字，雖在輿圖地志、詩文詞曲中多指山浸地湧的「白水」，但在歷代政治經濟生活中，上至朝廷，下至庶民，「泉」卻主要是錢幣的別名，比之「白水」在飲用和裝點景色的意義上更加引人注目，也同樣流行，幾乎無所不在地被作為金融商業的象徵。

　　因此，「泉城」之「泉」，又不僅是給了濟南人引為自豪的景觀、得天獨厚的「白水」和有希望遠「嫁」的商用飲用水，同時，自古就是錢的別名，是商業流通和市場經濟之血脈──金融──的象徵！

　　由此，「泉城」人似又可以想一想，「泉城」之「泉」是否也體現了濟南開埠百年以來作為齊魯金融中心的一面，從貨幣「流行如泉」的角度，期待並推動「泉城」進一步成為齊魯乃至更大區域金融中心的「泉府」？

　　我一個來寓濟南不久又上了些年紀的人，寫這些話要做什麼？又有什麼用呢？作文而已？不盡然也。我愛濟南真是一方風水寶地！去年也去黑虎泉打過幾次泉水，覺得濟南實在應該更美更富，而在這泉水上就可以做更多文章。我是做不成了，只能想一想，寫下我關於「泉城」的一點思想：「泉市」與「泉府」。有意思嗎？差不多也就是作文而已。但是，依稀記得某年一老同學發來賀年的郵件，引一位西方哲人的話說：「如果你要改變你的生活，你必須開始改變你的思想。」

　　思想「泉城」，這是一點改變嗎？

（原載《齊魯晚報》2015 年 3 月 11 日）

第四輯　其他

人文素養、人才成長與人生幸福
——與山東省益都衛生學校教職工交流講話

各位領導、老師、朋友：

給大家拜一個晚年，下午好！

山東省益都衛生學校是一所百年老校，素以優良的教學傳統，輝煌的育人業績，在山東醫學教育界居有重要地位，在全國也享有很高聲譽。如今又在鄭樹平書記兼校長的帶領下，上下一心，繼往開來，共謀改革發展大計。豬年伊始，舉措之一，就是開門延客，請包括本人在內的各方學者來校交流，借力興學，圖「他山之石，可以攻玉」之效，當然是明智之舉！但本人由於水平所限，發言很可能只是對貴校改革發展擁護的一個表示，一個向各位師友的學習，而不會有很多大家期待的有用的意見和建議。

我發言的題目在鄭校長給出的範圍內，具體為《人文素養、人才培養與人生幸福》。這是每一位從事教育工作的人都必須也是往往要思考的，大家應該早就有了自己比較成熟的看法。尤其是醫學教育中的人文素養、人才培養，恰恰是各位既有豐富的實踐，還可能有很深刻的認識，從而更有發言權。所以，我不揣淺陋的發言，很可能都是些外行話，使各位聽了，更加不相信「外來的和尚會念經」了。以下我講四個問題。

一、問題的提出

在中國古代漢語中，「人文」一詞出自《易·賁·彖辭》：「剛柔交錯，天

文也。文明以止，人文也。觀乎天文，以察時變；觀乎人文，以化成天下。」這裡的「人文」與「天文」對立，「天文」指自然，「人文」指人為，人為的一切，包括物質、制度與精神文化的，都是「人文」。但我們今天用的「人文」一詞，卻主要是從西方來的。西方人文科學起源於 M.T.西塞羅提出的一種理想化教育思想。具體到「人文科學」一詞，則來源於拉丁文 humanitas，是人性與教養之意，指的是訓練人的知識技能，並使人「更富於人道精神」。這與我國宋朝人程頤對「人文」的闡釋非常契合，他在《伊川易傳》中說：「天文，天之理也；人文，人之道也。」「人之道」即「人道」，也就是以人為本和做人的根本。換言之，人是人文的目的，人文是人之所以為人的觀念、認識與規範，是區別於動物的唯人才具有的文化生命。20 世紀以後，西方把人類的科學一分為三，即自然科學、社會科學、人文科學。顧名思義，自然科學研究自然（包括人的自然生命，如醫學），社會科學研究社會（人與人的關係），人文科學研究人文，雖然都是研究人的，但人文科學與前二者不同的是，它只研究「人之道」，就是研究人的文化生命，即怎樣才是一個人，如何做人。是比較自然科學、社會科學更形而上的科學。

現在一般認為，人文科學包括語言學、文學、歷史學、哲學等等，但實際生活中並不這樣簡單等同，而是與自然科學、社會科學交融互涵，三者一體並存，缺一不可。例如，外科手術的本身即純技術層面的內容屬自然科學，但醫生做手術所在時間、地點的規定和完備手續的前提即管理的層面屬社會科學，而他手術的是否認真負責，精益求精，一絲不苟即行醫思想態度的層面則屬人文科學。毫無疑問，要做好一項手術，這三個方面都要到位，不可或缺。從這裡可以看出，小到做任何一件事，大到人類要存在，要發展，要全面發展，走向永久的和平與幸福，三大科學缺一不可。具體說，自然科學造就發展的動力與保障，沒有自然科學，人類的發展就失去了力量；社會科學造就發展的機制，沒有社會科學，人類發展就沒有了規範與秩序；人文科學揭示發展的目的，指導發展的方向，沒有人文科學，人類發展就將失去了理想與目標。

又例如核技術的自身發展是自然科學，核技術發展的應用與管理是社會科學，但核技術應該如何利用與管理，是為了發展大規模殺傷武器？還是和平利用核能？就是個人道問題，即人文科學要解決的問題。又如杜冷丁的研究製造是自然科學，它的批發買賣則是市場行為，受社會科學的規範，但應

該如何銷售，也就是應該如何利用杜冷丁，則要從人文也就是人道的立場上考量。那就是爲了治病救人不得不以毒攻毒，但是，決不能爲了牟利把它賣給吸毒者。所以，人文科學爲社會科學決策提供立場，社會科學爲自然科學制定規範，自然科學才能更好地造福於人類。

因此可知，人文科學是一切科學之基，沒有人文即人道背景的科學，是靠不住的，極端危險的。爲了人類的幸福，必須發展自然科學、社會科學，但爲了二者的健康發展，必須同時發展人文科學，對從事自然與社會科學的人，進行人文科學教育，造就人文素養。使他們不僅是一位自然或社會的科學家，更是一位心靈高尚情操優雅的賢士。這就不僅保證了自然科學、社會科學發展的正確方向，眞正造福人類，而且使科學家本人也因科學而更多地感受到幸福！

這個道理已經被世界上越來越多的國家、民族和有識之士認識到了。改革開放以來，我國教育界也逐漸接受了這一認識。所以這些年來，自然科學如理、工、農、醫等等，自然是被高度重視了；社會科學如政、經、軍、法等等，因是治理社會所急需，也長期爲人們所熱衷；相對說來，人文科學雖然長期冷門，但也在慢慢升溫過程中。明顯的標誌是「人文科學」這個詞漸漸流行了。最突出的是大學裏文史哲之類的院系因擴大或合併而改名，有了許多「人文學院」，我國北京舉辦的 2008 年奧運會也被冠以「人文奧運」。可見國家、社會和學界對「人文科學」的重視，不僅已經提到了日程，而且由上而下，正在積極付諸實踐。由此我想到貴校是一所歷史很長的醫學名校，而由當地著名人文學者擔任主要領導，長期注重師生人文素質培養等等，就都是當地黨委政府與時俱進，重視人文科學的體現。

但是，應當承認，與自然科學和社會科學受重視的程度相比，在社會上，學校裏，人文科學教育還沒有達到應有的水平，有些地方甚至很差，以至出現不少駭人聽聞的反人文事件。例如，一二年前清華大學學生用硫酸潑熊事件，去年某市發生的白領女士用高跟鞋踩貓事件，以及社會上經常可見的「插隊」和亂吐亂扔，醫藥衛生行業大量的假醫、假藥、醫託、天價處方、過度醫療、過度檢查、紅包、回扣，學校教師勒索、體罰、打罵甚至猥褻學生等等惡劣現象，雖大量屬於違規違法，但無不彰顯了當事人、從業者人文素養的低劣與缺乏，也就是「缺德」！從而人文素質的培養，在全社會，在學校，特別是在職業學校和高校，已經成爲刻不容緩的一件大事。在學校教育中，

它的地位應該比較專業與一般社會科學理論的教學同等重要，甚至要擺在基礎重要的地位，因為人文教育解決的問題是為人之本。人不正，什麼樣的好技術、好理論都會打折或走邪路，我們看科學實驗室裏出過製毒的罪犯，經濟犯罪的高發區是銀行，原中國社會科學院中國哲學研究室主任、著名的「儒學大師」鄭家棟利用能夠經常出國講學的便利，以僞造結婚證等手段，幫助自己的多位「妻子」騙取赴美簽證，等等，都說明無論在什麼領域裏，在何等層次上，在任何情況下，都有一個人文素質培養、造就、堅持與提高的問題，人文科學絕不能缺位。

二、什麼是人文素養

人文是「為人之本」，人文科學最重要的任務不是理論探討本身，而是為現實服務，造就人的人文素養。所謂人文素養就是為人之本的修養，簡單說就是做人之根基的養成。這些構成為做之根基的內容廣泛，主要包括做人的態度、立場、責任、情感、性格、理想等等。如果說自然科學、社會科學方面的能力主要是智商，人文素養則主要是指一個人的情商，努力培養學生具有「人本」的態度，健全的人格。

（一）「人本」的態度

「人本」的態度是指一個人的價值觀能以人為貴。古人云：「天地之間，人為貴。」一個人人性的高低貴賤，是指他做人根本方面的自覺性，亦即是否能夠「以人為本」，把人視為世間萬物的重中之重，是一切思想行為唯一的出發點、標準與歸宿。這既是判斷一件事合理與否的最高尺度，又是評判一個人品行好壞、素質高低、智慧大小的根本標準。例如對事的判斷，過去小學生救火被燒死成英雄的故事不再被提倡了，同樣的有前幾天一個報導，題目說《「士兵為保護戰機被碾死」首先是悲劇》：

> 某部飛行學院警衛連士兵童振龍在擔任警戒執勤任務時，一農用機動車失控撞向一軍用戰機，為保戰機童用血肉之軀擋住農用車，被車輪碾軋頭部而壯烈犧牲，時年僅18歲。英雄犧牲以後，當地的有關部門立即發出倡議，號召全縣民兵預備役人員向童振龍烈士學習。死去的人已經死了，活著的人還要繼續活下去。面對烈士的故事，大家首先應該想到的是：面對即將撞向飛機的農用車和由

此帶來的巨大損失，假如是我們自己，是選擇用血肉之軀保護飛機，還是選擇生存？這顯然是一個值得討論的問題。長期以來，我們一直有這樣一種觀念：非常時刻，應該採取非常的措施。面對集體財產可能遭受的損失（或者其他損失），我們應該勇於奉獻出自己的利益乃至生命，來維護集體的利益。長期以來，我們缺少的是尊重人的生命價值的教育，缺少的是尊重個人尊嚴和權利的教育。危機時刻，能夠採取有效措施保護集體財產的安全固然很好，但是此時此刻，能夠保全自己血肉之軀的安全顯然更好。這是因為，從根本上而言，任何物質的價值都比不上人的生命的價值。對於每個人而言，生命都只有一次、不可複製。尊重和正視這個現實，就意味著我們的認識又有了進步。尊重人的生命、尊重人的尊嚴、尊重作為人類本身的核心價值，不試圖做任何無謂的犧牲。這些觀念，本身都包含著一種可貴的理性。客觀地講，「士兵為保護戰機被碾死」這條新聞首先是一個悲劇。同這個悲劇一起到來的，還有我們對於人的價值和尊嚴的思考。面對悲劇，我們的確應該深刻反省。

這就是說，人性高貴首先體現在對人的生命權的尊重。體現於日常工作和生活中，在醫療行業，時時處處與人的生命直接相關的工作中，人性的高貴就尤其重要。這一點我國自古就有優良的傳統，例如，「人命關天」是公認的真理，《論語》載馬廄失火，孔子問人不問馬，就體現了孔子以人為貴的人性風範。相反世風卻有許多不盡如人意，如新聞報導中時有的醫院拒不接受無人付費危重病人的現象，雖然有其苦衷，但一般說來，還是把錢看得比人命更重要，認錢不認人了。又如學校體罰、打罵學生的現象屢有發生，也是教師不尊重人同時也不尊重自己的表現。要知道，當一個教師體罰、打罵自己的學生時，就不僅是侵犯了學生的人權，而且至少已經是把自己置於教學無方不足為人師的地位上去了。

（二）健全的人格

1、正視現實

健全人格的人熱愛人生，又能正視現實，「天地有萬古，人生只百年」。百年易過，「不可不知有生之樂，亦不可不懷虛生之憂」（《菜根談》）。對現實有一個平常心，「淡泊以明志，寧靜以致遠」。與現實保持良好的接觸，對周

圍的事物有清醒的、客觀的認識。既有高於現實的理想，又不沉迷於過多的幻想；既知道自己需要什麼，又知道滿足自己需要的條件與可能；對生活中各種問題、困難和麻煩，能不逃避，不退縮，不陷入幻想或妄想，而能夠實事求是，有主見，有定力，自信，不隨波逐流，但不固執己見，能千方百計，尋求化解、解決的切實方法。而不是像馬加爵那樣走極端，以害人害己了之，或者像《紅樓夢》中的賈寶玉、《紅樓夢》電視劇林黛玉的扮演者陳曉旭那樣，厭世出家了之。

2、明於自知

心理健康的人具有反思自我的能力，有自知之明，不但知道自己需要什麼，而且知道自己能夠得到什麼，自己有無實現這種需要的條件與能力，既瞭解自己的優點、缺點及各方面條件，又瞭解自己的能力、性格、愛好以及情緒與動機，既能盡力而為，又能量力而為，既能積極進取，又能順其自然，「行於所當行，止於所不可不止」，所謂「知足常樂」，不知足常苦。在生活中找準自己的位置，設定適當的目標，勇於成功，不怕失敗，所謂「我盡力了」。以自我為對象，客觀地視察，也就是說要真正地洞察自己、瞭解自己。很多人認為自己很瞭解自己，其實真能稱得上瞭解自己的人並不多。除了洞察自己之外，還要有幽默的感覺。真正的幽默，是保持某種距離凝視自己，認知理想的自己和實際上自己的對照，並感到的「滑稽」。幽默和粗野的嘲笑、無意義的笑料、攻擊性的調侃等不同。幼兒會感覺到別人的滑稽可笑，卻不具備笑自己的能力，青年也是一樣。失敗的時候，往往無法一笑置之，容易視為苦痛。其實，人生就像一場戲，能夠客觀地凝視自己所扮演的角色，同時以幽默的態度面對生命中的起起落落，不是無心無肺，但自然有說有笑，才是成熟人格的表現。

3、善於自控

也就是孔子所說的「克己」。健全人格的人心胸坦蕩，思想開闊，情緒樂觀，心態穩定。熱愛生活，積極向上。創造生活的同時，也知道享受生活，《菜根談》所謂「不對未來充滿希望。決不杞人憂天，自尋煩惱。自尊自重，對人謙而不卑，在社會交往中既不狂妄自大，也不退縮畏懼，所謂不卑不亢；有主見，能有所為，又有所不為。從善如流，過則能改，「威武不能屈，富貴不能淫」，貧不改志，強不欺人。能經得起誘惑，不為非分的利益所動，終生保持一顆平常心。能控制自己的情緒，把自己的憤怒、恐懼、激情、性的衝

動，都當作是一種「自我情緒」來處理。不盲目地壓抑，也不鑽牛角尖，所以沒有罹患恐懼症及強迫神經症之虞。以儘量不和周圍環境起衝突的方式來處理。而且，碰到挫折、欲求不滿時也具有相當的耐力，不會亂發脾氣、牢騷，也不會隨便責怪他人，或自怨自艾。而是能反省自己，等待時機，尋求解決問題的方法。當然，一個具有成熟人格的人，也不是就能隨時保持冷靜、沉著。既然是人類，就免不了有喜、怒、哀、樂等心情的轉換，有時也會莫名其妙地憂鬱。但他絕不會被這些情緒影響作出衝動的行為，損人利己，甚至害人害己。

4、樂與人處

健全人格的人總是樂於與人交往。這裡最關鍵的是有愛心，愛自己，愛他人，愛生活，愛工作，愛家庭，愛朋友，愛集體，愛國家……，憐老惜貧，恤孤矜寡，同情弱者。有惻隱之心，推己及人，「老吾老以及人之老，幼吾幼以及人之幼」，「己欲立而立之，己欲達而達之」，「己所不欲，勿施於人」。對人能有寬容心，即在處人處世上有現實感，世界並不完美，世人皆非聖人，不怨天，不尤人，不牢騷滿腹，不憤世嫉俗，即前些年那個口號：「理解萬歲」。又孔子所說：「吾道一以貫之，恕而已矣。」律己嚴，責人寬，對他人，對歷史，對現實，有寬容之心。常懷感激，感激自然，感激生命，感激社會，感激國家，感激集體，感激親人，感激朋友，感激一切關心幫助過自己的人，感激一切善良的個人與行為，思有以效法之，報答之。如《三國演義》寫劉備不以的盧馬妨人，結果有馬躍檀溪之報。又能民胞物與，天人合一，泛愛生命，愛自然，而不能像報載某女士那樣用高跟鞋踩貓；既對別人施與感情，也能欣賞並接受別人的感情，施恩不圖報，做事留餘地；忠厚待人，與人為善意。「防人之心不可無，害人之心不可有」。但「信人者己獨誠，疑人者己行詐」。防人之心太重，如魯迅當年那樣「從來不憚以最大的惡意推測中國人」，就不利於交往，不容易有一個好的人際關係。

5、積極樂觀

有健全人格的人總能積極樂觀，熱愛事業，樂於工作。為此他能有恒心，即在事業和工作中，「目標始終如一」。為了實現目標，能夠承受壓力，百折不回，把自己的聰明才智在工作中發揮出來，並能從工作中得到滿足感，工作對他來說不是負擔，不像那豬八戒巡山似的，而是樂趣，是個人價值的實現，因而能有忘我的熱情，鑽研苦幹的精神，從而容易取得業績；不折不撓，

不急不躁，不驕不餒，能進能退。為此，他能愛學習。愛讀書，勤思考，勇於創新，見賢思齊，而不能像 50 年代小學語文中講的小貓釣魚，總是左顧右盼，見異思遷。

6、為人有恒

即把自己的人生當作有意義的東西，具有統一人生各種活動的人生哲學。這裡所說的哲學，並不是指專門性的學說，而是個人的生活信條、生活目標的意思。即把什麼當作人生最高的價值，應該以哪種方式生活，成為個人的定力，持之以恆，是為成熟。

做到以上幾條，就可以說有了一個較好的人文素養，就足以支持一個安祥、和諧、幸福的人生。

三、人文素養與人才成長

愛因斯坦曾指出：「只用專業知識教育人是很不夠的，通過專業教育，他可以成為一種有用的機器，但是不能成為一個和諧發展的人。」楊叔子院士認為，科學文化主要是講客觀世界，講「天道」；人文文化主要是講主觀世界，講「人道」，那麼，兩者交融就是「主客一體」「天人合一」。「天人合一」是我國一大優秀傳統，也正是中華文化哲理中整體思想在世界觀方面的精彩體現。身需彩鳳雙飛翼，一翼是科學，一翼是人文，二者缺一不可。雙翼健勁，才能長空競勝。

但在人才培養和成長的過程中，人文素養卻是需要優先健全的立身之基。這是因為，自然科學、社會科學主要靠邏輯思維，人文素養主要由形象思維獲得。美國斯佩里研究人的大腦，1982 年獲諾貝爾獎金。據他發現左腦功能主要同科技活動有關，同嚴密的邏輯思維有關；右腦功能主要同文藝等人文活動有關，與開放的人文的思維方式即形象思維、直覺、靈感、頓悟有關，其記憶量是左腦的一百萬倍。因此，人的發展主要應開發右腦，而文藝等人文學科的主要作用是開發右腦。日本春山茂雄認為，左腦是個人腦，右腦是祖先腦，人類大腦進化五百萬年的精華都在右腦，人的重大決策幾乎全由右腦最後作出。因此，要有高超的思維能力、豐富的想像力、強大的創造力，一定要重視人文文化，重視右腦，右腦是原創性創新的源泉。只有右腦的開發，也就是重視科技人才的人文素養的造就，才可能培養出有創新能力的人才。

人文素質教育是一切教育的本有之義，是一切教育的共同本質和基礎。丟掉了這個根本，就失去了教育的靈魂，就是失敗的教育。人文素質教育就是要通過對學生進行人本精神的教育和薰陶，通過理性與信念的追溯，使之獲得立於身、立於家、立於國、立於天地之間的根本道理，在把握人生的真諦和享受人的尊嚴中，感悟人生的勝境。

人文素質教育是終生教育，受到方方面面的影響與制約，如一個人從小到大與家人、親戚、朋友間的心感身受，耳聞目染，所謂「近朱者赤，近墨者黑」。但學校的人文教育是重要的階段，不可忽略的一環。因此，作為教師，我們應該一面是正人先正己，自覺加強自己的人文素養，一面言傳身教，直接正面傳授人文知識的同時，貫徹人文素質教育於專業教學的過程中。也就是不僅「授業」，而且「傳道」；小僅教如何做事，更要教如何做人，即荀子所講：「君子之學也，以美其身。」這方面各位都會有這樣那樣行之有效的經驗與方法，是我極願意學習的，但在這裡，也提出我自己的一些看法：

（一）北京師範大學的校訓是：「學為人師，身為世範。」又古人云：「經師易遇，人師難遭。」所謂「人師」，就是不僅教人做事，更教人做人，為學生指引人生之路的教師。這樣的老師給學生的幫助，就不限於具體的專業知識，而是放大提高到學生一生為人之基，當然更值得學生感謝與紀念。能為人師，除了有愛心與知識之外，最重要的是要有高度的人文境界，人文精神。能從高處、大處、細微之處向學生傳達人文理想與情懷，耕耘靈魂，經營人性，塑造人格模範，精神貴族。

（二）在科學教育中進行人文教育。科學素養本身就是一種人文素養，科學教育本來就包含人文教育，因此，培養人文素質應該在科學教育中進行人文教育。調查表明，學生的人文素質，特別是文科學生的人文素質，相當多的問題是由於科學素質不高所帶來的。例如，設計專業的學生所設計的作品中，缺乏環境意識和審美感，體現不出以人為本，其主要原因是學生缺乏相關的知識。解決大學生人文素質中類似的問題，必須依賴於大學的科學教育。在科學教育中進行人文教育，是指「做人」的教育應該貫穿在「做事」的教育之中，使學生在學習「做事」中感悟「做人」的道理，學會「做人」。這樣，人文教育就不僅僅是人文課程及相關教師的任務，而是所有課程及所有教師都應該承擔的工作。為此，教師就要強化個人的人文教育意識，提高自身的人文修養，使自己有一桶水，然後才能給別人一瓶水。

（三）加強人文課程的教學。科學教育的目的在於提高學生的科學素質。科學素質是人文素質的基礎，所以決定科學教育水平的課程結構，充其量只能爲學生的人文素質提供一個前提條件，而不能代替人文教育。因此，人文素質的培養勢必更多地依賴於人文課程的建設，從而人文教師負有提高學生人文素養的更多責任。爲此，應該認識到在任何專業學校，人文課程都不應該是所謂「副課」、擺設，而是與專業課同等重要更具有特殊意義的必修課，上足上好。

（四）人文教育要突出人文精神。人文教育包括知識、精神、方法等方面的內容，其中最重要的是人文精神。本質上只有人文精神才是人文教育的生命，是人文之「道」，知識、方法則屬於人文的技能即「器」。現在許多學校的人文課程往往只注意知識、方法的傳授，而不能達至精神上的啓迪、感召。這一方面可能是教師就沒有真正領悟到那種精神，另一方面更可能是還沒有認識到，正是灌注人文精神才是開設人文課程最根本的理由。例如，如果只是爲了學習古典詩歌的韻律、詞藻、對仗等等知識與技巧，就不一定非讀唐詩不可，找一本古代的作詩教科書學習就可以了。之所以要讀唐詩，根本是爲了從唐詩感興唐人或豪放飄逸，或沉鬱頓挫，或清冷孤峭等各樣的風神氣度，情思意態，得到靈魂的洗禮，心境的淨化。又如讀王羲之《蘭亭集序》，不僅是欣賞書法，學習文章做法，更是爲了領悟右軍的高情雅致，如：

> 夫人之相與，俯仰一世，或取諸懷抱，晤言一室之內；或因寄所託，放浪形骸之外；雖趣舍萬殊，靜躁不同，當其欣於所遇，暫得於己，塊然自足，不知老之將至。及其所之既倦，情隨事遷，感慨繫之矣！向之所欣，俯仰之間，已成陳跡，猶不能不以之興懷，況修短隨化，終期於盡。古人云：「死生亦大矣。」豈不痛哉！每覽昔人興感之由，若合一契，未嘗不臨文嗟悼，不能喻之於懷……

這段話的核心就是人生歡樂苦短，生命易盡，此萬古愁，百世哀。讀此，乃知榮華富貴，功名利祿，皆身外之物，唯文章之不朽，略可以爲意。

四、人文素養與人生幸福

人文素養是人生之基。「本固邦寧」，用到人生上，人文素養的高低也是人生幸福與否的決定因素。這是因爲：

（一）人文素養高的人有「人本」態度，因而能以人爲貴，尊重人，愛

護人，在各種金錢物欲面前，能更看重人的因素，也就不會嫌貧愛富，以貌取人，重利輕義，**趨炎附勢**，等等，就從根本上能夠超塵脫俗，遠嫌避禍，受到人的尊重、擁護和愛戴，「好人一生平安」。

（二）人文素養高的人有健全的人格，從而在日常生活中能夠正視現實，明於知己，善於自控，就能夠保證走正路，自求多福。人生幸福的條件雖然很多，如財富、權力、地位、榮譽等等，「幸福的家庭都是一樣的」；但是，要求這些條件的標準卻因人而異，得到這些條件的手段與方式因人而異，從而人文素養高的人，知道自己需要什麼，需要多少，能得到什麼，有合理之求，無非分之想，少了許多不切實際的幻想與妄想，不做無用功，盡力而為，又量力而為，「君子愛財，取之有道」，知足知止，自然就少了許多壓力、煩惱，心地坦然，心情悅然。又｜為人不做虧心事，半夜不怕鬼叫門」，自求多福，才能一生平安；反之，走邪路的人，得之越多，危險越大，心思愈重，整天提心弔膽，何幸福之有？

（三）人文素養高的人為人有恒，樂與人處，積極樂觀，知足常樂。有寬容心，能行恕道，就少了許多憤世嫉俗，牢騷滿腹，不自尋煩惱，當然就能笑口常開。

（四）人文素養高的人熱愛生活，熱愛工作，把工作不僅當作一個飯碗，更把它看作人生的需要，是個人價值的實現，從而不以為苦，反以為樂，所謂「知之者不如好之者，好之者不如樂之者」，就更容易有創造性，也就更容易出成績，做貢獻，當然也就會得到更多的回報。所以，確實是喜歡的未必做得好，但從來未見不喜歡而能夠做得好的。這也就是說，只有熱愛工作才可能做好工作，從工作得到樂趣的同時，也得到了做好工作的回報，增加幸福的砝碼！

總之，人文素養是做人之基，當然也就是做事包括做各種專業之基。每一個人包括從事人文科學研究的人，都應該重視人文素養的培養提高。但是，從事非人文專業的人更容易忽略人文素養的造就，或以為不是份內的事，或以為只要做好專業就可以了，或以為人文素養就是跳跳舞，做做畫，念念詩，讀讀小說，情人節送朵玫瑰之類。其實如果沒有人文精神，不能了生死，知榮辱，明得失，從根本上弄明白做人的道理並支配行動，則動靜皆不中矩，徒然附庸風雅而已。換句話說，人文素養是心靈深處的造化，如《西遊記》

中的孫悟空，是「心猿」，即從「心」之「源」上解決問題。其解決之道就是「悟空」，明白一個人，「赤條條來去無牽掛」，何必貪心？何必做假？何必不快樂？何必不樂與人處？何必不好好做成一件事？……明白了這些，就成了一個自覺的人，無論何時，何種情況下，做什麼事，都能比較容易有恰當的選擇，從而因事事都做到一「當」處，而感到欣慰，也就是幸福！

願各位都是幸福的人，祝各位都能成為幸福的人！

（二〇〇七年三月六日星期二）

在紀念王漁洋誕辰 380 週年全國學術研討會閉幕式上的總結發言

各位領導，各位專家學者：

紀念王漁洋誕辰 380 週年全國學術研討會進行了一天半的時間，現在就要閉幕了，我受會議主辦方的委託講幾句話。

這次會議是在一個特別的形勢之下，就是舉國上下大力反腐，貫徹落實八項規定和實踐群眾路線這樣一個大好形勢下召開的，又是這樣一個美好的季節——用漁洋先生的詩來說就是「秋柳」時節，我們一百多位來自全國各地，各高校，科研機構以及地方有關部門的學者，包括幾位尊貴的我國臺灣和日本國的學者，千里來儀，共聚一堂，紀念王漁洋這位偉大的先賢，偉大的詩人，偉大的學者誕辰 380 週年！這是桓臺縣的一件盛事！全國學術界的一件盛事！而我們的會議也正是開得很成功，成果豐富。包括以下幾個方面：

一是通過參觀考察漁洋故居等古蹟名勝，表達了對王漁洋的緬懷之情和紀念之意。同時我們看到和感受到了桓臺縣人民對其鄉先賢王漁洋先生歷久彌新的親情，正在認真繼承發揚漁洋文化的精神，做出了有目共睹的巨大成就！在這一方面，我個人感動甚多，也受啟發甚多，由此對王漁洋的研究，王漁洋文化的進一步發展更加充滿了信心！

二是會議完成了漁洋文化建設的兩項重要工作。即成立了山東省古典文學學會王漁洋研究專業委員會，也就是王漁洋研究會，同時我們共同見證了中國社科院文學所古代文學研究室在桓臺縣設立了王漁洋研究基地。這兩個組織在桓臺縣的同時建立為王漁洋研究提供了一個新的更高層次的平臺，標誌王漁洋研究進入了一個新的階段，是一個里程碑似的事件。我同意王小舒

教授所說，這標誌了桓臺以至全國對王漁洋研究的重視達到了前所未有的高度！

三是進行了高層次、高水平的學術交流。王小舒教授已經做了總結。我完全贊同，而意猶未盡，談一點個人的感受。就是通過這次會議的討論，我們大概有了一個共同的重要發現，即有多位學者以不同形式鄭重提出的認識，王漁洋這位文學家不僅是一位詩人，更不僅僅是一位詩論家，而且還是中國文化史上一位最有個性，最有特點，在某些方面無可代替並無可比擬的文化巨人！然而，這樣講是不是誇張了呢？可以稍作辨析。

我們向來把王漁洋作為一位詩論家，一位詩人來研究，這個研究在古典文學領域不比其他任何研究遜色。因為事實上，王漁洋即使作為一個詩人，一個詩論家，他也在中國的詩歌史以至文學史上如奇峰插天，非同一般。何以見得？可以從中國詩歌史、文學史的長河裏比較來看。中國文學史上有偉大的文學家，但偉大的文學家往往不是偉大的詩論家；反之，偉大的詩論家又往往不是偉大的詩人。兼詩歌——文學創作和詩論——文學理論兩個方面都達到一個時代的高峰，這樣的文學家中國上古未有，中古未有，大概到清代才開始出現。以我的陋見，有清一代這樣的人物並層次相彷彿的，可能是先有王漁洋，後有袁枚。但是，若對這兩個人進行比較的話，可以清楚地看到，如果說他們在創作上主要是在詩歌創作上各有千秋，在理論上也可以說是各樹一幟的話，那麼袁枚為他的詩論樹幟的主要就是他的一些詩論文章（如序、跋）和詩話，而王漁洋除了詩論文章和詩話外，還做過大量的詩歌選本，一時風行海內，是袁枚沒有做過的。這次會議上有學者撰文討論王漁洋做詩歌選本的問題，所針對就是漁洋文學成就一個重要的方面。選本的取捨和評語體現選家的理論與審美主張，等於為某種詩風樹立典型，樹立榜樣，選家個人的主張也就隨著選本的流傳不脛而走，給閱讀和創作以無形的影響。雖然袁枚也有其大過於人之處，但是僅從這一點上來說，王漁洋推廣他的「神韻說」的手法就比袁枚多了一著。因此，我們是不是可以這樣說，就文學創作與理論一時兼妙冠絕天下而言，王漁洋在中國文學史特別是清代文學史上是一個高峰，一個不可複製和未曾被超越的高峰。

這裡特別說一下我對王漁洋詩論價值與特點的看法。清代有三大詩論，一是沈德潛為代表講格調的，大概主張詩要寫家國情懷等；另外一個是袁枚為代表講性靈即性情的，大概主張詩要寫得比較私人化、隨意化。兩者雖有

些勢不兩立，但風格上有一個共同的取向，即都屬於比較寫實的詩吧；而王漁洋的「神韻說」主要不從寫什麼出發，而重在講形式與風格，提倡清空婉妙，所謂「不著一字，盡得風流」，「羚羊掛角，無跡可求」，可說屬於寫詩崇尚空靈的一派。而詩作為藝術固然源於生活，但不是或不僅是離生活越近越好，而是植根於生活，更要超越生活。因此，從藝術是超越而言，把這三大家做比較，就看得出來，是「神韻說」更代表了真正詩的精神。這就好比在諸藝術門類中，音樂是最純粹最高層次的藝術！所以評價王漁洋單就詩論而言，我很同意蔣寅先生的說法，在三大或者四大詩論中，只有他的「神韻說」是獨創的。基本上是前無古人。當然這並不是說與前人沒有任何聯繫和繼承。但「神韻說」後有來者，當代曾風行一時的「朦朧詩」，是不是就與「神韻說」有點聯繫呢？

總之，在中國古代文學的領域裏，王漁洋是一個很突出，很特別，很值得我們推崇的一位大家，是一位「偉大詩人」。說他是一位「偉大詩人」並不為過。這也不完全是我們會議上的發明，有文章說胡懷琛曾經說過中國歷史上有八位詩人，王漁洋算一個，應該就在「偉大詩人」之列了。但胡懷琛確實沒有說王漁洋是一位「偉大詩人」這樣的話。這個話是袁世碩老先生在這次會上說的。我很贊成，我想會有很多人贊同。古代詩歌研究的歷史已經證明並將繼續證明，王漁洋是中國古代一位「偉大詩人」，這個判斷是正確的。他當之無愧！

在中國古代文學的領域裏，王漁洋已經如此地值得重視和研究了。然而，這還不是他的全部。王漁洋除了文學上的建樹之外，其他多方面的成就與貢獻也是獨特的，有的甚至是無與倫比的，何以見得？我們知道，古代文學史上有一個被認為是規律的現象是「詩窮而後工」。這裡的「窮」大概一是指沒錢，二是指沒有做官。其實那時文人出路只是「讀書做官」，沒錢主要就是由於沒做官，所以二者幾乎就是一回事。但「詩窮而後工」主要是講做詩與窮達的關係，大概是說一個人做官做得好的，詩就寫不好；如果他的詩寫得好的話，官就做不好。這話流傳千年，世世代代許許多多的人都信了，至今仍經常被學者引用，實在不是沒有道理。這有萬千事實證明。我們遍觀古代的文人，大概其都是如此，什麼中國古代只有五個詩人或八個詩人，大體都是「窮」的，都是走寫詩「哭窮途」的這一路。當然情況也千差萬別，有的是一直「窮」，有的原來好一點，即曾經好過，後來「窮」不好過了，所以寫得

很好的詩；反過來一些人很有才華，曾經詩寫得好，文章寫得好，但是後來做了官，不「窮」了，卻也漸漸就不像個詩人，不像個文學家了。這樣的例子很多，古今都不乏其人。所以，從歷史、從文化史的經驗來看，做詩——文學和做官這兩樣事情很難兼容，甚至做學問和做官這兩樣事情都很難兼擅。不是說一定做不到，但是一般人肯定做不到。王漁洋官做得好，詩歌文章和學問也都做得好，甚至更好，所以他不是一般的詩人、文學家和官員，而是詩人中的高官、好官，好官、高官中的大詩人。

　　這裡還要特別提出的是，王漁洋官做得好，不僅是說他官做得大，而且是說他在「伴君如伴虎」的位置上，能夠把他的文學自由地抒發，乃至於他雖然一生未嘗不有過若干蹉跎歲月，受到過一些小的挫折，但總體上來看，他　生是平順的，死後也備極哀榮。這樣一個人，有道德，有文章，又有事功，而且能享一定的高壽。這些都需要做人有極高的境界和極大的定力，以及得心應手無過或不及的處人處世藝術。這樣的藝術，王漁洋有之，從而他作為一個文學家和高級官員，更是作為一個人生在世的造化非常全面和成功。他是中國歷史和平發展時期（不說在戰亂時間）文人之楷式，官員之模範！所以剛才會上工作人員邀為會議留言，我寫下八個字：「一代正宗　文官楷模」。就是說王漁洋為人的特點，是真正的又有「文」又有「官」的。從這裡看去，可以擴大王漁洋研究的視野。

　　那麼第四點，就是本次會議提出了王漁洋研究的進一步的目標和任務。這在前已有不少精當的論述，我很受啟發，但再說就多，就不說了。我個人的態度是勉力而為，追隨諸賢，共赴前程！

　　總之，這是會議開得很成功，很圓滿，是在盛圓國際大酒店開的一次圓滿成功的全國性學術大會。這次會議的圓滿成功，得力於有關各方的通力合作，眾志成城，才達到這樣一個圓滿的程度，無比的令人滿意。為這次會議成功做出貢獻的，包括來自全國各地的學者，以及來自我國臺灣和日本國的學者；會務工作者，新聞工作者，服務人員，方方面面的努力為會議的成功提供了有力了保障。學者們除了撰寫提交會議論文，還認真發言和傾聽，更有部分學者主持了大會或小組的發言討論，各盡心盡力，保證了會議在內容的豐富充實以及水平和質量上達到前所未有的高度。對於大家做出的貢獻，讓我們以熱烈的掌聲表示感謝！

　　其中又有兩個方面尤其要提出感謝的，一是作為主辦方之一的山東省古

典文學學會，我們建立了自己的分支機構，我們也參與主辦這次會議，我們能夠分享這個榮幸，分享這份成績，要衷心感謝中國社會科學院文學所古代文學研究室蔣寅主任及其所帶領的學術團隊。他們除了對會議在學術上、組織上做了重要貢獻之外，還在這裡設立了王漁洋研究基地。顯然，這是一個國家級的研究機構，必將起到重要的學術支撐和引領作用，給我們極大的鼓舞。另外，在會議的籌辦期間，由於種種原因，我會主動聯絡較少，但蔣先生能夠給予充分理解，配合默契，保證了此次會議籌備的順利進行。山東省古典文學學會與中國社會科學院古代文學研究室曾經合作在山東省淄博市博山區主辦過「全國趙執信學術研討會」，這次會議是我們兩個機構間的第二次合作，體現了我們在學術上志同道合的友誼。謹此對中國社會科學院文學所古代文學研究室蔣寅主任及其團隊致以衷心感謝，願合作繼續，友誼長存！

　　二是這次會能夠開得成功，完全依賴於桓臺縣委、縣政府爲我們提供了食宿、考察等開好會議的必要條件。從桓臺縣領導和各有關方面傾心傾力支持這次會議的召開，一方面見出了他們對王漁洋文化和桓臺文化建設的高度責任心、境界和熱情，另一方面也看出在當今轉變領導作風和發展文化產業方面，桓臺縣委、縣政府的大氣魄、新思維、新形象。例如一般說在地方上成立學會，都要邀請當地領導做顧問，但這裡的縣領導都謝絕了邀請，不做顧問，也不做學會領導班子成員，只是爲學者服務，爲會議服務。而且說到做到，縣委書記，縣長，宣傳部長，副縣長，有的始終參會，有的時常來會上探望，確實擺正了的姿態，這是我看到的踐行群眾路線，貫徹落實八項規定以來，地方黨政領導與學術圈聯繫與互動方面一個很大的轉變。另外，他們對於會議的支持可以說是無微不至，比如在參觀考察的過程中隨車人員遞上來的小手絹，細微然而貼心，這是我過去參加各地學術會議沒有遇到過的。更值得讚賞的是他們在會議內容的充實與創新方面提供的支持，比如說大家領到的影印王漁洋的《手鏡》一函。這本書的內容是王漁洋的兒子要去做官，他擔心兒子做不好官，於是手書自己爲官的準則經驗送給兒子。這是父與子、「老幹部」與「新幹部」間的「傳、幫、帶」。古爲今用，《手鏡》正是當今進行廉政建設，加強、改正官場不良風氣的一面鏡子，是王漁洋研究的一個重要內容。習總說幹部作風，要照鏡子，桓臺縣委、縣政府正是從對漁洋文化挖掘找到了這面古代的「鏡子」，把它獻給各位，既支持了本次會議，更是貫徹落實了習總指示的具體行動，值得充分肯定！我們相信桓臺縣有這樣一

個好的領導班子，好的政風，好的形勢，錦繡大地，必然再添新彩，漁洋文化必然大放光芒，讓我們以熱烈的掌聲對桓臺縣委、縣政府和桓臺人民對本次會議的大力支持表示衷心感謝！

各位專家學者，月有圓缺，人有聚散，這次短暫、緊張、充實而愉快的會議即將結束，但有散有聚，我們完全有理由期待適當的時機再來桓臺，或者在其他合適的地方再次召開王漁洋研究學術研討會。本次會議的推動，各位進一步的努力，必將使王漁洋研究大上臺階，再創輝煌！

最後，祝各位返程順利，旅途平安，萬事如意！

謝謝大家！

二○一四年八月二十三日
（包泉敏據錄音整理，經作者改定）

（原載山東省古典文學學會王漁洋文化研究保護中心編《紀念王漁洋誕辰 380 週年全國學術研討會論文集》，齊魯書社 2016 年版。）

回顧與展望
——答韓國《中國小說研究會報》問

韓國中國小說學會編輯部：

在從貴國參會歸來不久，本人很高興接受貴刊的採訪，把這視為與貴刊並通過貴刊與尊敬的韓國學者交流的又一次機會。

一

今（2013）年 8 月 10 日在韓國成均館大學舉辦的「新發現的朝鮮銅活字本《三國志通俗演義》學術討論會」「第九屆中國古代小說文獻與數字化研討會」和「第八十回韓國中國小說學會定期學術發表會」，是一次成功的會議。會議的合併召開與成功舉辦，顯示了主辦者領導與組織的藝術以及學界同行的合作精神，而韓方學者和會議工作人員對包括本人在內的中日諸國學者的熱情接待，周到照顧，尤其值得感謝，更是給初訪韓國的本人留下了深刻的印象！

　　此次國際會議規格甚高，論題相對集中而不失廣泛，故內容豐富，精彩紛呈。雖本人學識淺薄，無力評論其所多方面的成就，但有若干深切而愉快的感受願與諸師友分享：

　　一是由朴在淵教授發現並披露的朝鮮銅活字本《三國志通俗演義》雖然早就在學術討論中了，但是，只有本次會議才第一次在國際上公開展示了由韓國學者發現的這一重要版本，使與會學者能夠親眼目睹，真正確認在嘉靖諸本和各種明本之外，世間尚有此一種寶貴的《三國志演義》的明刊本。此本豐富了現存《三國志演義》的文本資料，從此《三國志演義》研究特別是版本的研究，將無論如何都不能忽略此本的存在。這誠如中國著名《三國志演義》學者、版本文物學家陳翔華先生所說：「這個版本在中國的話，應該是一級文物。」（大意）其在韓國也當如此，值得特別祝賀！

　　二是在以往討論的基礎上，本次會議所發表的諸如金文京先生、朴在淵先生、劉世德先生、周文業先生、崔溶澈先生、閔庚旭先生等學者的論文，以及有關的會議發言，不同程度地推進了此一朝鮮銅活字本《三國志通俗演義》的研究，有的是明顯的深入。如金文京、劉世德、周文業三先生雖持論不一，但在以此本係根據嘉靖本系統的某一早期版本而成之認識的方向上大體一致，這就為衡量此本的文獻價值提供了重要參考。

　　三是其他的討論也出現了許多有價值的意見，但由於記憶難得準確，恕不贅言。而願意重申本人沒有寫入提交會議論文而在會議發言中所表達的一點意思，即認為近世主要由《三國志演義》等「四大奇書」的研究所引出的中國早期長篇小說的「累積成書說」，不是美學的藝術的文學批評的判斷，而是考據家對文學創作的偏見。這一偏見對於《三國志演義》尤為不合理，即其作為歷史小說，不可能不依據歷史與傳說的資料，不可能不借鑒前代有關的創作，否則「歷史」二字就沒有了著落。因此，歷史小說的創作，《三國志通俗演義》的成就本就不會在於憑空虛構，而必然在於點鐵成金和「筆補造化」（錢鍾書語），在於二者的成功結合。換言之，就《三國志通俗演義》的寫作能「筆補造化」而言，羅貫中非不能虛構，而是作為歷史小說不能無限制地虛構；而就《三國志通俗演義》的寫作因於和鎔鑄化用舊有資料而言，則羅貫中不是只有仰賴於舊有資料才能夠寫作，而是為了尊重歷史與受眾，不能不儘量採擇舊有資料而以故為新。因此，《三國志通俗演義》在中國古代小說中，打一個不十分恰當的比方，或如詩歌中的黃庭堅詩，雖曰「奪胎換

骨」「點鐵成金」而成，但仍不失爲新創，並且是開創了歷史小說創作的不二法門。如果因此認爲這是「累積成書」，而否定羅貫中於《三國志演義》的創作之功，則一切歷史小說的創作就無從談起。歷史小說而不要歷史，要歷史而不採用前代的資料，這在邏輯上也是說不通的！因此，我們應該打破這個「累積成書說」的偏頗，如實承認《三國志通俗演義》是羅貫中個人的創造，是中國第一部由文人獨立創作的長篇小說。而《水滸傳》等其他「奇書」的情況雖各有不同，但作爲一種大判斷來說，無不是作家個人的創作。這個觀點將導致對羅貫中等「四大奇書」作者歷史貢獻與地位的重新評價，導致對有關文本解讀更適用於「知人論世」之說，從而中國古代小說史的描述與判斷都將有所改變。這個觀點早在 2002 年我的《論〈三國演義〉的文學性及其創作性質》（發表刊物見附錄本人論文簡目，下同）一文中即已有所闡釋，如今再一次提出，得到老一輩學者如劉世德先生和年輕學者如張洪波博士等人的肯定，本人深受鼓舞！

二

　　因爲「文革」的影響，本人晚至 1982 年才畢業於中國人民大學中文系文學評論專業。先是短暫在全國人大法工委工作數月，後即入大學任教，先後供職於曲阜師範大學和河北大學，2002 年來山東師範大學文學院做同樣的工作。我在大學讀書期間即已發表過詩歌、電影藝術的短論，大學畢業論文《〈歧路燈〉簡論》發表在《文學遺產》1983 年第 1 期，那是 1980 年《歧路燈》被重新發現以後刊登於國家級學術刊物的第一篇研究文章，也很可能是「文革」結束後《文學遺產》所發表的第一篇本科畢業論文。儘管現在看來文章寫得很不夠深透，但它的發表對我生活道路的抉擇起有很大影響。因爲正是與它的發表同時，我棄政從教了。

　　在經過了較長時間的摸索與嘗試並小有收穫之後，我的又一較重要的研究成果是清人曾衍東所著文言小說集《小豆棚》校注。這是此書問世以後第一次也是迄今爲止唯一全本校注的整理。當時除已有的一個選注本之外，沒有更多的參考，其難度對我是一個極爲有益的鍛鍊。這部書於 1991 年由中州古籍出版社出版，後來獲得 1989～1991 全國古籍優秀圖書三等獎，但它給我最大的幫助是籍以自學了古籍閱讀與整理的知識和基本功，那是我在僅有的四年大學讀書生活中沒有能夠學習到的。此後一面教書一面做研究，涉獵的

範圍逐漸擴大，迄今在中國古代詩歌、古代文論、小說等的領域裏都略有探討。

在古代詩歌研究方面，我選注有《明詩選》，是人民文學出版社《中國古典文學讀本叢書‧歷代詩選》的一種，全書 45 萬字，已第 2 次印刷；與友人合選注有《唐宋詩選》，我負責宋詩部分。此外還寫過有關清代詩人陳廷敬、袁枚和張船山等人的研究文章。

在古代文論方面，發表過論文《中國古代文學的重數傳統與數理美》和《「文學數理批評論綱》等多篇論文。這些論文從中國古代文學的實際發現中國古代文學以「數」來把握文學作品之形式與內容的傳統，提出了從「數理」入手進行文學研究的「文學數理批評」的概念，並進一步把這一批評引入中國現代文學乃至世界文學，還以對《水滸傳》《西遊記》《儒林外史》等的具體解剖，驗證了這一理論的合理性與可操作性。文學數理批評作爲具體的實踐雖然早在明清以至當時大陸、臺灣的學者就已經有所嘗試，但作爲一個系統的文學批評理論的提出，這完全是一個獨創。這些文章後來都集中於《數理批評與小說考論》一書中，代表了我在古代文論研究上一個與眾不同的方面。此外，我還寫有《關於〈易傳〉美學——文學思想的若干問題——兼論〈易傳〉是我國最早作專書批評的文章——文學理論著作》，揭示了《易傳》的美學——文學思想價值，而指出其是《文心雕龍》之前最早作專書批評的文學理論著作一點，是前人所忽略了的。

但我主要的研究工作是在古代小說方面。在這一方面，我寫過《中國古代短篇小說史》，那是中國大陸改革開放以後較早出版的一部小說史著作。但長期以來，特別是有學者提出「懸置名著」以來，我不爲所動，主要的精力仍集中於名家名著的研究，而不專主一書。至今明清小說最重要的十幾部著作，我都寫過數量不等的研究文章。而隨著涉獵面的擴大，我的研究逐漸獲得了更多的參照和比較的眼光，從而不再盲目相信那種只研究一部書的文章的判斷，而更願意歷時性和共時性地看各種作品之間的聯繫及其各自的貢獻與地位。 例如我認爲，歷史地看羅貫中作爲《三國志通俗演義》的作者和《水滸傳》的作者或作者之一，才是中國最偉大的小說家，《三國志演義》開章回小說無限法門，是後世一切章回小說的祖宗。包括《紅樓夢》在內，後世小說雖然無不有各自的創造，但從大的方面說又無不籠罩在《三國志演義》的影響之下；《金瓶梅》寫性，《紅樓夢》寫情。《金瓶梅》是成人版的《紅樓夢》，

《紅樓夢》是青春版的《金瓶梅》；魯迅小說在相當程度上繼承延續了中國古典小說的傳統。如此等等，雖然不必盡是，但也未必皆非，自信總是可以提供一個新的參考。

我的古代小說研究有五個愛好或也可以說是五個特點：一是如上已報告的，除較早作過小說史的系統的探討之外，我不主一書，幾乎就明清小說的一二十部名著都分別或比較地寫過研究文章，這成為進一步對小說史發展作宏觀審視的基礎。

二是從傳統文化的大背景上進行文本的解讀。在這一方面，我堅信中國古代小說的作者作為小說家，既是一面生活一面寫小說，也是一面讀書一面寫小說，「知人論世」就不僅要一般地研究其生平（往往缺乏足夠的資料），更要研究他們所讀過的書。那些便他們成為知識分子和一位小說家的精神上的食糧的經史百家，既是他們創作小說思想上的指導，也是其觀察生活、處理題材具體遵循的標準，有時其具體內容還會要被寫入到小說中去。不從古代小說家們所讀過的書入手，就無法真正把握其創作的文化內涵。因此，我的研究注重從中國歷史文化典籍特別是諸子百家的著作與思想來觀照中國小說，如《人類困境的永久象徵──〈嬰寧〉的文化解讀》，從《莊子・大宗師》「攖而後寧「的思想，窺解《聊齋誌異・嬰寧》的人性關懷；還寫出了《「天人合一」與中國古代小說的若干結構模式》等文，從中國古代傳統的宇宙觀解讀中國古代小說把握世界的方式，並循此漸進，發現了中國古代文學的重數傳統，提出了「文學數理批評」的理論。這是中國古代文學研究從理論觀照作品，又採銅於山從作品提煉理論的一個嘗試，自認為小有成功。這個從傳統文化透視中國古代小說的視角，從本人有關文章結集的書名除《數理批評與小說考論》外，另兩種分別是《傳統文化與古典小說》和《齊魯文化與古典小說》，就可以看得出來。

三是從地域文化的角度研究古代小說。在這一方面我幾乎同時發表了《〈西遊記〉與泰山關係考論》和《孫悟空「籍貫」「故里」考論──兼說泰山為〈西遊記〉寫「三界」的地理背景》兩文，並提出了百回本《西遊記》的作者應是泰安人或曾長期居住泰安的人。此說之出，在社會上引起軒然大波，至今未息。

四是考論結合。這一方面從我發表過論著的數量看，屬校注與論議的差不多各占一半；另一方面是我所寫論議的著作，幾乎無不從考證入手或包含

有考證的內容。在我看來，不作具體考證的論文有可能是優秀的論文，但不可能是解決具體問題的好論文，而我所討論的儘管最後常常要歸結於理論問題，但入手卻往往是或大或小的具體問題，所以從來不廢考證。但我的考證，除從瞿祐《歸田詩話》等考論《三國志演義》的成書爲發現新資料之外，大都是就前人對舊資料的重新解讀提出問題。如我質疑應用《錄鬼簿續編》「羅貫中，太原人」條資料研究《三國志演義》作者羅貫中籍貫問題的合理性與有效性，從程晉芳《懷人詩》「設帳依空園」句入手發現吳敬梓曾短暫坐館教書等，就是如此。

五是我隨時注意發現並糾正自己認識上的失誤，如曾一度相信大多數學者據以研究羅貫中籍貫的《錄鬼簿續編》的關資料，後又曾相信爲羅貫中籍貫「東原說」辯護的「東太原說」，但後來發現，這或者是錯誤的，或者是治絲愈棼無益反損的，遂主動聲明一概拋棄。所以至今不時有與我辯論的學者，或者其持論之謬可待其不久自見，或者其還在就我已經聲明放棄的個別認識糾纏不放，對於這種種情況，我雖不免仍抱有反思的心情，但一概不予回應。

順便說到我還編著過一些書，如《紅樓夢百家言》等，請參見文末附錄的《簡目》。

至於本人以後的研究方向，我想一如既往，不大可能去與人爭什麼課題資助和獎項而過多地受制於人了，也不大可能有大幅度地轉移顧左右而言他了。我所願意和能夠做的，將主要是一向喜歡而尚未做到自己比較滿意的題目，比如把我的《中國古代短篇小說史》擴充爲一部全面的古代小說史，把我關於「文學數理批評」的思考形成一部專著，還有我很喜歡的袁枚研究，已有了一些基礎，也許可以再拾起來寫一寫，等等。然而人生在世，長恨此身非我有，將來到底能做點什麼，做成點什麼，還只有天知道，無法給諸位一個滿意的交待了。不過有一點可以確信的是，學術研究是我生活的一部分，以後的歲月仍將追隨諸位先進，爲古代小說以至中國傳統文化的研究竭盡綿薄。

三

關於對中韓學術交流和韓國的中國小說研究者提出意見，我想自己還沒有資格，也實在是缺乏瞭解與思考。但是既蒙垂詢，又似不便不贊一辭。再說多年以來，本人也確實有了不少韓國學界的朋友，從儘管是有限的交流中，

也會略有感觸。那麼就「跟著感覺走」吧！

　　我以爲中、韓世爲鄰邦，一衣帶水，有比較世界上其他國家更爲悠久與親密的文化聯繫。這一聯繫是歷史地形成的，曾伴隨中韓兩國人民世世代代的共同發展，即使現在也決非一般其他國際文化的聯繫所可比，此次在韓國發現朝鮮銅活字本《三國志通俗演義》版本就是最新生動的證明。它可以說是我們兩國共同的文化遺產，中韓文化交流的寶貴結晶。它的發現和兩國乃至國際學者的共同研究表明，學術無國界，眞理無區劃，中韓學者理應更加親密地團結起來，加強學術交流，利用各種形式就廣泛的學術問題充分交換意見，推進對問題的認識，以爭取達成更多共識。這也就是爲什麼我願意就貴刊的垂詢不揣淺陋的原因之一，當然也是貴國成均館大學願意主辦此次會議和貴刊隨即採訪於本人的美好初衷。這是令人高興和受到鼓舞的。希望將來這樣的會議能夠更多一些，還希望能夠建立經常聯繫的渠道，例如貴刊與中國的適當學術機構的合作，也許可以通過簡訊等擔當起這方面的大任來。

　　至於對韓國中國小說研究者的工作，我除了表示欽佩、尊重和努力學習之外，很想提出這樣一個也許對世界上中國古代小說研究界都普遍存在的問題。即從我瞭解不夠全面準確的眼光來看，有這樣一個現象，即韓國以及日本的中國（古代）小說研究的學者所做大量而卓有成效的研究工作，幾乎只是集中在版本考證等資料的發現與整理方面，而相對地不夠關心文本的解讀與義理的探索；另在考證的方面，有些問題如幾大名著的作者問題等，也很少見韓國以及日本學者進行具體深入的探討。而據我所知，有的學者於這些方面並非沒有自己的看法，實際上還曾簡略地表達過，但從未見有針對性地討論。

　　這種偏重資料考據的研究在中國學者中也存在並受到尊重，我個人也時一嘗試做這樣的工作。但我同時認爲，一切這類的研究都歸根到底要對文本的解讀起到影響，做出貢獻，從而對當代與未來的讀者提供思考與審美的幫助。所以，文學研究的且近的終端是文本的解讀。只要有可能，一切的研究都應該努力引向這種解讀。儘管這並不排斥某些個人只是去做他喜歡和擅長的資料考證工作，但如果資料的考據長期成爲研究的主流甚至近乎唯一的取向，那是否理想的狀態，恐怕就值得斟酌了。而事實上，從別國他民族的文化眼光對中國小說進行的解讀，應該具有特異新穎的價值。這種價值對於當今中國的學者與讀者是重要的，對於還在流行該中國小說作品的國度的讀者

來說，也同樣是重要的。而對於不同國家學者之間的交流來說，毋寧說有更重大的意義和吸引力，因爲比較考證的只就事實眞相如何說話的容易趨同來說，這種有關文本義理與美學判斷的地方，更容易見出不同國家與民族思想文化與方法的不同，而激發映照，相得益彰。在這方面，美國的中國古代小說研究者做得較多一些，但我期待並相信韓國的中國小說學者在繼續發揚獨特的基礎上，也會在文本義理的考究、美學的分析與鑒賞的方面做得更好。這點不成熟的意見主要是基於本人孤陋寡聞的期待，未必中肯，而甚願隨時得到師友的賜教。

　　朝鮮是一個偉大的民族，韓國是一個美麗的國度。在韓國參會及會後短暫的遊覽首爾期間，我感受到韓國歷史的悠久及其與中國文化密切的聯繫。著名學者金文京教授苦心設計安排並親自導遊的首爾三國遺跡，尤其給我留下深刻印象。而風景優美、熱情好客的濟州島與我的家鄉山東和家庭所在的濟南隔海相望，歷史是如此緊密地把我們聯繫在了一起，相互交流就成爲我們兩國人民包括學者的宿命。讓我們懷著感恩的心情接受歷史爲我們作出的安排，在更加開放自由的學術交流中，共同推進我們所從事和喜愛的中國古代小說研究吧！

　　未來將更加美好！

（2013 年 11 月）

高考作文的基本特點

一、高考作文的重要性

　　高考作文一般只是六、七百不超過千字的小文章。但它在高考應試中的地位和作用卻是十分重要的。

　　我國各級各類高等學校招生考試分爲文、理兩科，語文是各科文化課必考的最重要課程之一，而作文是語文試題必不可少的重要組成部分。也就是說，每個考生都必須經過作文的考試，作文成績對於每個考生兒乎是同等重要的。因此，作文是高考應試中人們普遍重視的關鍵之一，考前做艱苦細緻的準備，考試中更不敢掉以輕心，考後則無論當事人或其他人也往往較多地

談論作文試題的難易和寫作的得失，它是高考中最受關注的問題之一。

從歷年高考語文試題的情況看，作文額定分數占語文總分的百分之四十以上，在語文單科成績中佔有舉足輕重的地位；以單題分數論，在各科文化課試題中是最高的。因此，作文成績的好壞對考生整個高考成績的影響是較大的。對文科考生來說，由於高考額定總分比理科為低，這種影響還要更大些。單從考分的角度說，每位考生都不應把高考作文作一般看待。不然，就是胸中無數，難免要吃虧的。

高考應試作文又不單純是一題的成績得失問題。每年高考，語言總是第一門考試課目，如果考生能明顯感到作文寫得較好，自然能奠定對語文考試成績的信心，從而有利於穩定參加高考的情緒，提高士氣，對下面的考試產生積極的影響。俗話說「開巾大吉」「旗開得勝」，都是著眼於第一步順利對整個進程的鼓舞和推動。一篇好的高考應試作文對整個高考的作用也正是如此。它是實際的戰績，也是精神的收穫。反之，作文「砸鍋」，出師不利，後果是不難設想的。儘管聰明的考生不會因此一蹶不振，但損失卻是不可挽回的。

高考應試作文的意義還不限於高考的成績。對於考生來說，考前進行的高強度作文訓練，應試則是不可多得的寫作實戰演習，它有助於養成寫作的興趣，掌握和鞏固寫作的基本技能，會使之終身受益。作家也許不是從中學裏培養出來的，但寫作興趣和基本技能卻往往是在中學階段作文訓練中形成和掌握的，許多作家對中學時的語文老師有特殊的感情，原因多半出於這裡；而不少人到中年甚至老年還記得自己早年高考應試的題目，就不僅是一時曾經得益於此，而且是把高考應試作文的成功當作生平得意之舉。近年出版過不少應試的範文，它們的作者該會多麼高興啊！——豈止高考得中！讓我們不僅是為了高考的成績，而且是為了自己一生的事業他人奉獻美美的篇章寫好一篇高考應試作文吧！這可能是生平唯一的一篇，也可能是平生第一篇。

二、高考作文是一種綜合考查

在高考語文試題中，作文總是最後的一個題目，這似乎也象徵著作文是對考生語文知識和能力的綜合考查。是的，我們常常遇到這樣的情況，一位考生的語文知識題做得好，作文成績也往往不錯。相反的情況就比較少見。這當然不是說有了較多的語文基礎知識就一定能寫好作文，——作文不是語

文知識的相加，它有自己特殊的規律性和特點。但是，高考作文確實是考生語文知識和能力的綜合反映。

高考應試作文寫作中，審題的準確首先反映出考生閱讀能力較強，在給材料作文的情況下尤其明顯；結構鬆散、層次不清是考生邏輯能力差所致；病句是語法修辭方面的問題；缺乏文采與平時語言積累不足有關，等等。高考作文中的成敗得失總是直接反映著考生語文知識能力的強弱。有的考生寫作中也許並不明顯感覺這些知識的作用，——作文的最佳狀態猶如泉水的自然流淌。但是，文章的每一個段落、層次、句子乃至一字和一個標點的處理，實際都決定於考生語文知識的狀況和運用這些知識的能力。語文不等於作文，但作文首先是語文，是語文知識和能力培養支持著的，猶如土壤、莖葉哺育著芬芳的花朵。

高考作文不僅是考生語文知識能力的綜合反映，更是考生思想水平、認識能力和各科知識的集中表現。例如，1988 年的命題作文《習慣》，有的考生只是羅列一些生活瑣事和就事論事，有的卻寫道：「個人的習慣，對民族來說是微不足道的，但一旦形成千百萬人的共同習慣，那力量就是驚人的，習慣不僅是個人的事，更是整個民族的大事。」從這樣的角度和高度來看問題，顯然是考生思想水平較高、認識能力較強的表現。又如 1986 年高考作文《樹木‧森林‧氣候》，寫好這個題目，既要有寫作本身的能力，還要有植物、氣候等方面的知識，甚至如果不深知森林與氣候相互影響的道理，這篇作文就根本寫不好。至於作文中引證材料見否豐富準確，分析問題是否深刻獨到，更是考生認識能力和知識水平的表現。

高考作文還是考生應變能力的考驗。高考作文是不可預知題目的「急就篇」，題目類型多變，常出常新，正如教學大綱規定：「作文的方式是多種多樣的，有命題作文，選題作文，看圖作文，根據文字材料作文，自擬題目作文，還有縮寫、改寫、擴寫等。」有時還一題多作，如 1987 年高考是給考生六項關於游泳比賽的材料，要求寫一篇通訊和一篇議論文；有的題目又可以寫成多種文體，如 1988 年作文《習慣》，除詩歌外，可以寫成記敘文、議論文或其他文體。作文試題的這種不可預擬和高度靈活性自然是對考生應變能力的考驗，即考生能否隨題設文和揚長避短，這既是一個知識水平的問題，又是一個反應和變通能力的問題。

高考作文還是窺見考生生活經驗和道德修養的窗口。記敘文中的人物和

事件要依靠平時生活素材的積累，說明文的寫作有賴於日常細心的觀察，這些整體上與生活經驗相關的文體寫作是不必說的。就是以說理為主的議論文體，寫作中借助生活經驗的情況也時有發生，例如論據除引用文獻外基本上只能來自個人生活中的所見所聞和親身經歷，議論文材料的豐富很大程度上來源於考生生活經驗的豐富，包括個人直接的經驗和由報紙、電臺、電視、會議和傳說等傳播媒介得到的經驗。生活經驗豐富的考生，論據可以信手拈來，左右逢源，相反的卻只能無話可說成臨時編造。這正反兩方面的情況都是高考應試作文中常見的。考生的道德修養則主要體現在作文流露的情感。例如 1989 年作文「給 XX 高考同學的一封信」，有一位考生的作文從內容到形式都大致是寫得好的，而且熱情洋溢，議論風發，大有青年人的朝氣和才華。但是文章的擬題是《聽我的》，稱謂是「哥們兒」，透露了作者思想作風沾染了某些不健康的東西。當然不能因此抹煞它仍是一篇較好的應試作文，但作文反映的這位考生的「派頭」是令人憂慮的。古人把「道德」與「文章」並提，講「文如其人」，高考應試作文也是如此，它是考生閱歷和情操的顯現。

高考應試作文每年的題型、體裁不可能是單一的，對考生知識能力的考查當然也隨之有側重。但這種考查仍然是綜合性的，只不過重心有所轉移、考生各方面知識能力的組合要隨之有所調整而已。一方面命題過程中即已考慮到題目對考生的綜合考查效用，另一方面無論何種題型、體裁的作文都不是靠單一的知識能力所能完成做好的，例如記敘文有精警的議論可以生色增彩，議論文中材料的運用需要敘述的簡潔；又如改寫、擴寫和縮寫不僅是閱讀還是表達，選題或（根據一定的材料）自擬題目要善於知己知彼、量力而為等等，在這些情況下考生都是要調動所學各方面知識和能力配合完成的。所以，無論就高考應試作文的一般性而言，還是就某次高考應試作文的特殊性而言，它都是對考生知識能力的綜合性考查，正如著名語文學家葉聖陶先生所說：「作文是各科學習的成績、各項課外活動的經驗，以及平時思想品德的綜合表現。」

三、高考作文是一種高強度實踐活動

高考作文分數在語文總分中雖占舉足輕重的地位，但應試中考生一般把它放在最後完成，這當然是對的。但這樣一來，作文的時間就限定死了。如果考生知識題做得既快又好，給作文留下較充足的時間並創造一種良好心態

的話，情況當然會好一些。但是，多數考生必然是在時間緊張和有些勞累的狀態下來寫作的，此所謂「強弩之末，勢不能穿魯縞（魯地所出白色的生絹，很薄）者也」（《三國志·蜀志·諸葛亮傳》），更何況時當盛夏酷熱難當呢？所以，從考場上考生的主觀情況說來，高考作文不能不是一種高強度的實踐活動。

在考場上，考生無論是在一種什麼樣的狀態下轉入作文，都有一個迅速轉換心境集中精力的環節，這是真正作文實踐的開始。這時，考生由以記憶判斷為主的思維進入創造性為主的思維。考試的緊張和某種程度的勞累對於創造性思維顯然是不利的：但無論主觀或客觀上考生卻很難擺脫這種緊張，緊張的心情始終都會是高考作文中的負擔，儘管每個考生的情況會有不同。作文的題型、題目對不同考生會有難易，但對多數考生都不可能是駕輕就熟的，寫作中也總是會遇到這樣那樣不同程度的困難。譬如觀點的確立很費斟酌，材料不足甚至腦中空空，文思梗阻而筆下不暢等等，這些都不僅加重考生心理的負擔，而且更是非解決不可的實際問題。對這些問題，單是緊張沒有用，必須集中於問題本身，進行艱苦的思考，由此及彼的聯想推理，反覆細緻的推蔽，調動全部的知識和經驗去攻克一個個難關。此間光景，正所謂「獨上高樓，望盡天涯路，……衣帶漸寬終不悔，為伊消得人憔悴」，又不能不是一種高強度的實踐活動。

考場上，鈴聲就是命令。當最後十五分鐘的鈴聲劃破考場的寂靜，有的考生可能還在作文的半道徘徊，多數的考生都在為作文寫定一個自認為精彩的結尾，而修改的工作也並不總是輕鬆的。當迅疾的通讀一過，個別考生難保不發現文章有重大的偏差，如有可能補救，自然是一陣激烈的忙迫。即使只是個別語句或詞語的修正，對嚴肅的考生說來也可能是煞費苦心的，儘管「為安一字穩」，不會是「拈斷數莖鬚」的。——高考作文自始至終都是一種高強度的實踐活動。

四、高考作文的題目常出常新

高考作文是千千萬萬考生寫同一個題目，但每年作文的考題卻絕不雷同。近年來作文題的情況是：1985 年是條件作文，即根據一定的文字材料寫文章。命題者要求考生就一學校師生健康受附近化工廠污染損害多次交涉未能解決的情況，向《光明日報》寫一封信，申述理由，呼籲解決；1986 年也

是條件作文，但規定題目是：《樹木・森林・氣候》，副標題自擬，要求以比喻論證方式寫一篇議論文；1987 年是一題多作，給考生六項關於游泳比賽的材料要求寫一篇簡訊和一篇議論文；1988 年是命題作文：《習慣》；1989 年又是條件作文，要求學生就一高考好友報考學校和專業的苦惱和困惑寫一封回信幫助解決。從以上情況可以看出，高考作文的題目是靈活多變，常出常新。

高考作文題目常出常新，一方面是為了防止猜中題目以保證考試的科學性和有利於指導語文寫作教學，——這是人所共知的道理；另一方面是因為高考作文命題確實是可能常出常新的。首先，命題的對象（即作文內容）可以在考生共同接觸過的生活現象和書本知識中靈活選擇，這顯然是取之不盡用之不竭的；其次，命題的形式即題型、體裁雖是多樣而有限的，但這些基本題型和體裁的結合變化卻可以說是無限多樣的。例如同是命題作文，體裁的要求卻可以是記敘文、議論文、說明文、書信……；條件作文同樣可以要求不同的體裁，一題多作的命題更不消說了。同時命題作文、給條件作文、自擬題作文等各種命題方式還可結合於同一題目，1986 年作文即是如此。生活中可寫的對象無窮無盡（即使限定在高中學生的視野內），文章的形式常變常有，高考作文題目自然常出常新。

高考作文題目常出常新，不僅保證了考生最大限度公平競爭的機會，是高考合理性科學性的體現，而且是對中學語文寫作教學的鼓舞推動。它使教師注重學生寫作能力的全面發展，在寫作知識和能力的二者的訓練中更強調能力的培養，這對考生無疑是有好處的；它還使學生養成對新事物新問題的興趣和敏感，主動探索，開闊視野和想像，有利於創新精神的發揚。「如果能知道考題就好了。」——有的考生這樣想，猜題的現象於是就發生了。然而這不是正確的做法，是懶漢思想。有志氣有出息的考生卻永遠準備迎接新的挑戰，不是搬演舊的戲劇，而是進行真正的戰鬥。

五、應變能力是寫好高考作文的重要因素

高考作文的題目常出常新，意味著每一位考生都將面臨新的題目的挑戰。這新的題目的突然出現，每年每年，都會在千千萬萬的考生心中引起一陣激動甚至驚愕。這時最需要的是考生訓練有素的應變能力。

應變能力即應付變化的能力，就其本身而言，也可以說是反應變通的能力。誰都知道古代那個守株待兔的宋國人是可笑的，但並非每個人都能針對

新的情況隨機應變。高考作文中的情況也是如此。對新的題目因初次接觸而有所不適甚至一時感到茫然是正常的，但有的考生能迅速擺脫不適，走出茫然，針對題目展開具體寫作的思考，這就不僅是心理素質的問題，還是應變能力較強的表現。例如，1986 年作文《樹木·森林·氣候》肯定是絕大多數考生感到意外的，但是，分析能力較強的考生能很快從題目所列三者的關係發現寓含的可供發揮論證的中心思想，——分析是應變的鑰匙。又如 1988 年作文《習慣》可以寫成記敘文、議論文或其他文體（詩歌除外），聰明的考生自然會選擇自己最熟悉的文體，揚長避短，——靈活是應變的關鍵。不能造成寫作靈活狀態的分析是不夠或徒勞的，沒有分析的靈活性是盲目而危險的，高考作文中的應變能力不是想入非非，而是主客觀條件規定下的實事求是的寫作態度和實踐。

高考作文中的應變能力不僅表現在作文的整體把握和構想上，而且在具體的寫作過程中發揮作用。例如材料的選擇，不僅在眾多的材料中選擇最能說明論點或表現思想感情的，而且選擇自己最熟悉因而能具體舉證或敘明的，這是考生一般都能注意和較好做到的。但在一個論據非用不可卻又記憶不清時該如何處理呢？有的考生把史實張冠李戴，有的把不準確的名言加上引號，從而造成作文中知識性錯誤。這把史實的人物泛稱爲「古人」或「X 朝人」，把不準確的引語去掉引號作敘述性句子，效果自然會好得多。又如考試將要結束而必不能正常完篇，則用三言兩語照應前文以結尾，樣子可能醜一些，但總比「斷尾巴蜻蜓」要好一點，等等。應變能力始終是寫好高考作文的重要因素。

從上面的分析還可看出，應變能力在高考作文中的重要作用主要表現於冷靜積極地對待各種突然情況、揚長避短和補偏救弊。它機動反應、出奇致勝，對於高考作文這種速決戰來說無疑是最可寶貴的戰鬥力。這種能力來源於紮實深厚的知識基礎、活躍敏捷的思維素質。它不是先天就有的，而是長期艱苦學習和實踐所形成的。俗語說「熟能生巧」，就是講的這個道理。每一個考生都可以而且應該在艱苦的學習特別是高考作文訓練中養成應變的能力，從而保證有效地適應高考作文應試和整個高考。

爲適應高考作文養成應變能力，其意義並不限於高考作文和整個高考——這是重要的然而是一時的利益，更重要的是這種能力可推廣到當前和今後學習、工作和生活的各方面，使考生全面終生地得到好處。毫無疑問，人生

每時每刻都會遇到這樣那樣的新情況和新問題，偶然性是隨時可能的，而應變能力是人類對付偶然性的唯一有效的武器。讓我們爲了高考作文應試、更爲了全部人生的旅程培養和鍛鍊這別種能力吧！

六、高考作文與平時作文的不同特點

高考作文與平時作文有什麼不同嗎？有的，平時作文是「不算數」的，高考作文才是決定「前途命運」的。——許多考生會這樣回答。從升學的角度看，應當承認這個回答是老老實實的有道理的說法，而且還可以更進一步認爲這是二者最根本的區別，一切其他不同的特點都是由此決定和派生出來的。但是，這個區別本身即使從積極的意義上理解，也只是能使考生格外重視高考作文而已，並無助於解決寫好高考作文的實際問題，還可能過分加重考生的心理負擔。因此，這個人所共知的根本區別不宜過多地討論，我們感興趣的應該是高考作文與平時作文不同的具體的方面。

高考作文與平時作文有哪些具體的不同呢？從嚴格的意義上說是處處不同。但是，如果我們把平時語文模擬考試可逼眞於高考的部分（如時間、使用參考書等等）忽略不計的話，具體的不同也許還有以下三點：

第一，考生心境不同。高考作文中考生心理一般較平時作文格外緊張。這主要是由以下原因造成的：首先，考場的地點、同考人、監場人都是考生陌生的；其次，高考的性質使考生覺得作文只能寫好，不能寫壞；再次，比平時考試更加嚴格的紀律在保證高考質量的同時使考生普遍感到壓抑；最後，高溫天氣又加重了以上因素給考生造成的心理緊張。

第二，考題新異。平時作文題由本校教師命定，或在當地一定範圍學校間交流命定，局限於一地或個別教師命題的水平，高考作文題是由專家根據教學大綱要求，綜合歷屆特別是前一年全國高考作文命題的經驗，並結合當年全國高考語文準備的信息統一命定的，雖仍不免帶有命題者個人興趣識見的影響，但命題的客觀性即普遍性和典型性肯定高於各地各校自己的平時作文。這就使每個考生都一定程度上對考題有「熟悉的陌生人」之感，雖不至於完全手足無措，但總有程度不同的新異不適之處，寫作中輕車熟路的情況就很難出現了。而且一般說來，由於對考題寫作內容常有一定限制，從而排除了考生猜中作文內容而押上題的可能，考生對題目感到陌生的程度較大，因而比平時作文感到更加困難。例如，1989 年高考作文是要求考生就一同學

報考選擇什麼學校（重點、非重點）和什麼專業的問題寫一封回信，幫助他解決煩惱和困惑，考題給定的材料規定了作文必須表明具體的看法，即認為應選報什麼樣的學校和專業，同時作文必須涉及「學校」和「專業」兩方面內容，這都是考生不可迴避的。對於這個題目，多數考生能在報考某重點大學歷史、普通院校歷史系和外經外貿專業中選一立論，雖有高下之分，但都能各言其是。有的考生則不然，作文中把三種報考的意見逐一評論後均表贊成，最後請對方自己看著辦。觀點模糊，幾近離題。還有的考生只談了選報專業問題，而不涉及選報院校的問題，從而造成內容的欠缺。這些問題固然有考生審題立意能力的問題，但考題本身的新異確也加重了審題的難度。許多考生不理解這一考題是議論和實用文體的結合，或偏於空論而無實際的主張，或有主張而無必要的分析等等，結果不能寫出優秀的作文答卷。

第三，寫作要求更高。把作文寫得好一點，更好一點，是所有中學生共同的願望。從主觀努力方面說，高考作文是考生各以最高水平進行的競賽。因此，考生之間水平發揮的狀況容或不同，但高考作文整體所達到的水平比平時作文肯定是更高的。高考作文評閱的標準就從中產生，它體現了本屆高考作文寫作的要求，自然是比平時作文要求更高的。每個考生的作文都要在這個更高的要求面前接受檢驗，機會是均等的，寫作的難度也是均等的，要想取得好的成績，每個考生都必須準備付出比平時作文更大的努力，而且要有幸避免或克服某些偶然性的不利因素。

高考作文與平時作文的這些不同特點基本上是由兩種作文的不同性質意義決定的。因此，平時作文訓練只能培養造就考生適應這種不同的應變能力，臨場制宜，卻不能預擬或做其他相應的準備，所以，高考作文總難免有一定的偶然性。

七、正確對待高考作文的偶然性

高考作文猶如棋盤上的陣勢，千變萬化，有許多不可預知的情況。考生雖然從小學開始到高中畢業寫過多種體裁多種類型許許多多篇作文，高考前的作文訓練還是具有明確針對性的，但是，當他——例如 1988 年的某位考生面對考題《習慣》的時候，卻可能不習慣起來，這就是偶然性。偶然性是高考作文中經常出現的，每個考生都不願意遇到偶然性，但他應考的所有準備中卻必須包括正確對待高考作文的偶然性這方面的內容。

高考作文的偶然性有時表現在對題目的完全陌生，有時表現在文思的艱澀，有時表現在思緒的紛亂、材料的短缺，有時表現在已經寫成的段落必須作廢重寫，……有時還可能因對考場的某種不適而不能集中注意力，等等。這些，都是高考作文中可能遇到和必須認眞加以對待的問題。

當偶然生的時候，最需要的是什麼呢？不是驚慌失措垂頭喪氣，相反，這時候需要的是冷靜和自信。要知道任何激動的感情和防法對於新決問題都是全然不起作用的，甚至會把問題搞得更糟；還要知道作爲高考作文，命題者掌握的原則是把它的難度限定在一般考生都能作的範圍和水平上的，也就是絕大多數考生都不會無話可說。在這兩點認識的基礎上，每個考生不管遇到什麼樣的偶然性，都應該堅定信心和冷靜對待。自信才能積極主動地克服困難，冷靜才能進入對具體問題的思考分析，問題的解決也才可能出現希望和轉機，這是對待高考作文偶然性的基本出發點。

克服高考作文寫作中偶然出現的不利因素，基本的原則是具體問題具體分析。有些問題是可以避免的，譬如沒有把握的字、詞及材料可改用其他，不能說明透徹的問題適可而止，絕不冒險地強不知以爲知。有些問題是無法迴避的，如作文題是陌生的，思想的線索突然中斷或陷入混亂等，這時有效的做法也許只有遵循「溫故而知新」這一古老的教導。想一想自己學過的課文、寫過的作文和讀過的文章中有沒有與此類似的題目，生活中有過什麼與題目相關的見聞或經驗。——肯定會有的，它們會作爲中介使你與乍見陌生的題目熟悉起來，甚至本身就成爲題目寫作的範式和素材，當文思突然中斷或陷入混亂，回顧動筆前作文的整體構思和閱讀寫成的部分會使你重新清醒起來，回到先前構思成熟的線索或開闢新的思路。至於有時發現文章需做重大修改甚至某些部分要推倒重來，則要十分地愼重，一要看時間是否允許，二要使修政的範圍和程度盡可能減小，無論如何不能因修改而使作文給人以不曾完篇的印象。即使無關宏旨的修改於卷面整潔有較大破壞，也可能是得不償失。總之要實事求是，權衡利弊，量力而爲，在偶然性不利因素面前找到最佳解決方案。

當然，偶然性因素有時也會以意外簡易的面目出現，例如題目熟悉，有所準備等，但這時卻容易疏忽大意，漏字、筆誤甚至觀點的片面、提法的偏頗等往往與此有關。對於這種可能造成「輕敵」草率的偶然性，考生也應有所警惕。

高考作文的偶然性是多種多樣的，克服的方法也各自不同。但是，一切偶然性都不過是必然性的表現，這種必然性就是考生應試準備的不足。因此，克服偶然性不利因素的最根本方法，是盡可能周道細密的高水平的考前作文訓練。從實踐的觀點看，最充分的準備也不可能完全消除偶然性，但卻可以把偶然性減低到最小限度，從而最大限度地保證高考作文的成功。

八、高考作文要在穩妥基礎上求新意

文章是表達人的思想感情的，好文章總有新意，「見前人所未見，發前人所未發」，高考作文也是如此。優秀的高考作文不僅僅是一份高水平的答卷，而且能給人以思想的啓迪、情感的淨化，它得到好的成績是自然的，甚至使閱卷人有不能超出額定分數定成績的遺憾。即使一篇高考作文有這樣那樣的不足或缺陷，只要有一點精彩的思想見解，也會使閱卷人刮目相看。新意，對於高考作文來說是何等重要啊！

但是，優秀的高考作文乃是內容與形式的統一，即使單從內容方面看，新意也只是其中的一個方面。因此，高考文內容要力求創新，但不能唯新是務；要敢於創新，但不能一切不顧。換句話說，就是要在穩妥中求新意。

所謂穩妥，就是中心思想的切合題旨、全面正確和表現的恰如其分。離題的新意、片面深刻的道理、過激的聳人聽聞的說法都是不穩妥的表現，必然弄巧成拙。例加1989年高考作文要求考生就某同學報考志願中本人、老師和父母三方面不同意見寫回信，幫助解脫困惑和煩惱，有的考生不顧對方喜愛歷史專業和父母主張考外經外貿專業的實際，提出報考師範院校（不明確指師院歷史系）的建議，過多地議論做教師如何如何好。就目前的情況特別是高考作文閱卷有大量中學教師參加的情況而言，考生的立意是較「新」的，但是卻偏離了題旨。還有的考生不同意老師讓報考非重點院校的主張，不是側重在選報院校這件事闡發道理，而是批評老師提高升學率的企圖，有的甚至把老師的動機說成是「爲了拿獎金」。不能排除教師中有這位考生所說的現象，但肯定能是極少數極少數，從考題給定的材料看，這位教師的動機並非如此，考生的「新意」既是片面的，又是不合實際的，甚至有某些對老師不滿的過激的情緒在裏邊。還有的考生把父母讓報考外經外貿專業的主張與社會上官倒腐化之風聯在一起，甚至混爲一談。這些地方都顯示了考生爲求觀點的動人而刻意求新，結果適得其反。

在穩妥中求新意，從根本上說來就是實事求是。第一，新意必須是題中應有可有之意，而不是生拉硬扯嵌入作文的品極觀點；第二，新意必須是從材料和論證中自然引申出來的，而不是想當然的武斷的說教；第三，新意應是如實表達的，而不是誇張或個人義氣之辭。例如，上面的舉例中若考生報出報考師範院校的建設並限定在歷史專業，就不僅是一定和度的新意，而且是題中應有可有之意；若考生是從高考報志願的宏觀角度批評某些老師、家長可能潛在的不正確動機而又能予以深情善意的諒解，那意思就不僅是可取的，而且是恰如其分的。總之，高考作文有穩妥，才能有新意，不穩妥的新意是價值不大，沒有價值甚至有損於作文價值的。建立在穩妥基礎上的新意才是真正有價值的新意。

在穩妥中求新意，不僅是一般寫作的方法，更是寫作的基本態度。我們為了寫好文章而練習作文和參加高考作文應試，歸根結底是為了掌握用文章探索真理、表現生活的能力和技巧，因此，作文的基本態度應是老老實實地具體闡發或描寫某一特定方面的內容，做到「言之有物」「言之有序」、言之有理，持之有故。而刻意求新、唯新是務則往往是譁眾取寵的表現，在高考作文中是萬萬要不得的。當然，這絕不能成為束縛創新的理由，相反，在穩妥中求新意正是為了促使和保證高考作文有更多更好的新意。穩妥並非四平八穩、面面俱到而一無主見，相反，在優秀的高考作文中穩妥只是滋生和支持盎然新意的必要基礎。如果說中等水平的作文內容是以穩妥為特徵的，那麼優秀作文則以新意為突出的標誌，每一個考生的高考作文都應在穩妥中努力求新、求異，寫出自己對題目的獨特理解和感受來。

九、高考作文要在平實前提下求文采

王安石修政「春風又到江南岸」（《泊船瓜州》）的詩句，把「到」字依次改為「過」「入」「滿」等等，總不完全滿意，最後從王維《送別詩》「春草明年綠，王孫歸不歸」受到啟發，改成了「春風又綠江南岸」，遂成千古名句，這件事成為作詩鍊字的典型。用「綠」字比用「到」字好，但在我們看來，用「到」字也並不錯，「綠」字是從「到」字反覆深入推敲而來的，從「到」「過」「入」「滿」……到「綠」字乃是作文從平實的基礎上逐步追求文采的過程。高考作文語言雖然容不得這樣費時琢磨，但也應該在平實的前提下求文采。

語言平實本質上是對內容如實的不講究修飾的表達，諸如文從字順、淺近貼切、準確簡練等，都可以說是語言平實的基本要求，這是一種樸素的語言風格。一篇高考作文即使缺乏文采，但只要行文平實，也還不能說它語言上有多少缺陷，至多是不精彩而已，正如王安石最初用「到」字並不爲錯一樣。但是，如果鑲金錯彩而不切內容的實際，甚至以辭藻的堆砌掩蓋或歪曲了內容的表達，那就一定不是好文章，因爲它犯了濫用詞藻的毛病。可知高考作文可平實而乏文采，而萬不可以有文采而無平實，正如未經琢磨的玉仍然是玉，而五彩的石頭還只是石頭一樣。

但是，畢竟「玉不琢，不成器」，優秀的高考作文仍是要有一定文采的。作文的「文」字本就含有「文采」的意思，古人云「言之無文，行而不遠。」（《左傳・襄公二十五年》）就是說講求文采的重要。高考作文雖然不必有「行遠」的目的，但是仍然要講求文采的。沒有有或缺少文采的考卷至少在語言方面是平庸的，而且事實上還必然限制內容的表現效果即說服力或感染力。所以優秀高考作文語言總不止於平實，而往往意象生動，文采斐然，每一位考生都應在平實的前提下自覺地追求文采，努力寫出文來飛揚的佳作來。

在平實的前提下求文采，關鍵是爲了誰確深入地描寫事物或說明道理而遣詞造句，也就是古人所謂「爲情設文」。有了這個基本的出發點，才會避免濫用詞藻的毛病，寫出眞正有文采的佳作來。例如一位考生表現他爲準備高考而不得不改掉黃昏練習唱歌的習慣的痛苦心情：

> 「哎，小潔，不考音樂學院了？你聲音可是沒說的啊！」每當同學們問起，我總是默默地走開，不願回答。累苦都可以，只是練嗓子⋯⋯。黃昏，美麗的夕陽給那片小樹林披上件霞衣，樹下依然是倚石而立的我，只是，再也沒有那飄蕩的音符，那與音符伴奏的鳥鳴。書聲代替了一切。「不錯，地理八十九分，繼續努力。」可是，老師，那點點字跡都淌著淚，你看到了嗎？鎖著鏈子的嗓子是多麼癢！

其中華麗抒情的多方面描寫與題目《習慣》是極遠的，但又是極近的，因爲它生動而細膩地表現了題中眞實可信的思想感情，增強了文章的感染力，所以雖遠而近，雖多而省，是眞正有價值的文采。

在平實的前提下求文采並不限於王安石改「到」爲「綠」一條途徑。在許多情況下，作者爲激情所驅使，文思泉湧，佳詞麗句，輻湊筆端，爲了思

想的連貫，作者完全可以放筆騁辭，至於卒篇。然後冷靜下來按照平實的前提加以修改：推敲不準確不鮮明的用語使之恰如其分和寫照傳神，去掉可有可無的詞語使之簡潔清雋，增加適當的詞語使敘事或說理說明暢盡，等等，也是在平實的前提下求文采的一種途徑。因此，在實際的寫作中，切不可膠柱鼓瑟，以為必先寫得平實，然後增飾造成文采。高考作文時間緊張，尤其不宜如此。

十、高考作文要在規範情況下求變化

作文的一些原則要求，像審題立意、選材構思、布局謀篇、遣詞造句等諸方面，都有歷史形成的公認的統一的規範。合正因為如此，作文才可以教學、可以考試。高考作文正是建立在這樣一些規範之上的，它要求考生作文最大限度地接近這些規範。

然而，作文的一切規範只能存在於具體題目的寫作之中。離開一篇篇具體的作文，規範就不過是空洞的教條。所以，優秀的高考作文總是規範的，同時又是獨特的，高考作文就是要在規範中求變化，寫出題目許可的具有個人風格的文章來。

高考作文在規範中求變化有兩個方面的含意：一是在規範中變化，二是變化中不離規範。舉個最簡單的例子，書信體的作文必有稱謂是規範，稱謂的多種多樣是變化，稱謂的可以選擇（如敬稱或愛稱等）是變化，必得合乎收、發信人之間的關係是規範。高考作文的其他情況也有比這複雜的，但其間的道理是相通的：規範不是死框框，變化不是亂彈琴。

高考作文在規範中求變化，首先要求考生熟悉掌握並能靈活運用作文的規範，這是平時和高考作文訓練所要達到的目標。譬如中心突出、材料豐富、分析透徹、行文流暢、語言準確、敘述簡潔生動、結構嚴謹、層次線索明晰等等，都是考生寫作中必須首先注意把握和努力達到的基本要求。在多數情況下，高考作文未能寫得較好的原因並不是缺乏奇思妙想的變化，而是程度不同地違背了這樣那樣的規範，例如中心不明確，語言不通順、結構不完整等等是高考作文中最普遍常見的毛病。而有新意、有文采的佳構又往往是各方面都合乎規範的作文。所以，為了把高考作文寫得較好要從規范開始，為了變化出新寫成高水平的高考作文，更要重視規範的學習和掌握。例如，我們必須熟悉記敘文六要素（時間、地點、人物、事件起因、經過和結局），才

可以使記敘的變化不悖原則。同時也只有熟悉記敘文六要素，我們才能在記敘中從景物的描寫暗示時間、隨人物的行動寫出地點，在他人的陪襯下刻畫人物，在事件的發展中透露結局，……在寫作中變化出種種新的表現方式來。所以，熟悉掌握並靈活運用規範，是高考作文變化出新的基礎和前提，每個考生都應自覺地從規範入手提高變化自如的能力。

其次，考生要有自覺地求新圖變的意識，努力追求高考作文的新的意境、觀點、表現方式等等。如果說掌握規範是高考作文不致寫壞的保證，那麼在掌握規範的前提下求新圖變則是寫好高考作文的關鍵。古人云，寫文章要「發前人之所未發」「唯陳言之務去」，都是講要努力創新的道理。對高考作文來說，基於規範的變化創新乃是最高的規範。奇思妙想，警語雋言必然使閱卷人因意外的驚喜增加對考卷的好的印象。每一位考生都不必期望一般合乎規範的作文能得到最好的成績，而應該堅信只有既合乎規範又有個人獨特風格的作文才會被判定為最優秀的作文，從而積極自覺地追求作文的新內容和新形式。

再次，考生必須瞭解和掌握基本的新變方法。這裡有兩條：一是變化前人，化腐朽為神奇。例如「海闊憑魚躍，天高任鳥飛。」比喻世界廣闊，人人都可以各盡其能。但是，有位考生用來說明專業興趣是人施展才華的必要條件，他寫道：「倘若你所學不是理想之所在，就容易失去興趣，彷徨失意。所謂『海闊從魚躍，天高任鳥飛』，若非海闊天高，又怎得憑魚躍、任鳥飛呢？」二是獨闢蹊徑，完全創新。這方面可以是觀點的，也可以是材料或表現方式的。例如一位考生快體考卷的結尾是：「以上只是我的一管之見，決定你命運的是你自己。」收束得簡潔明確而又得體，可謂不落俗套。

高考作文在規範中求變化的情況是複雜的同時又是受高考時間等特定條件限制的，每位考生都應為此做好充分的準備。

十一、高考作文有無一個大體的程式

文無定法，但有定體。當然這個「定體」也是從大體上說的。「體」，就是文章寫作的程式。廣義說來，各種文章都有開頭、發展、結尾，是統一的程式。但是，程式更突出地表現在不同體裁的文章中，例如記述文、議論文、說明文、書信等都各有比較統一固定的體式，具體文章的寫法可因人而異千變萬化，但是同一體裁文章的程式則大致相同。高考作文也是如此，各種體

裁的高考作文都有一個大體的程式，或者說基本的寫作要求。

記敘文是以寫人記事為主的一種文體，它通過記敘人的言行、事情的經過表現一定的中心思想。所以記敘文的程式一般避照事物本來發展的階段性，採用順敘這種最基本的表達方式。但在具體運用時，又往往利用倒敘、插敘、補敘這樣一些方法作為輔助手段，或插入一些議論抒情的段落，使體式富於變化，以增強表達的效果。不過，不能為了追求體式的變化，而打亂敘述的基本形態。比如倒敘，只是把結局提前，基本的內容仍是順敘。如果在一篇短小的記敘文中，在敘寫事物發展的每一個階段時，都採用倒敘的方法，勢必寫得支離破碎，破壞文體的統一。

議論文是議論說理的文體，它根據一定的材料運用概念、判斷、推理等邏輯形式分析問題，闡明作者的立場、觀點和主張。議論文結構的形式是基本固定的，一般按照提出問題、分析問題、解決問題的原則和次第，分為引論、本論、結論三部分。在具體寫作中，雖然行文中又往往穿插著敘述、說明或抒情的段落，但基本的程式卻不能改變。比如，如果行文中說明或抒情的篇幅過長，原來的邏輯思路隔斷過久，整個邏輯結構鬆散了，議論文嚴整勻稱的結構形態，也就失去了其固的特點。

說明文是說明事物、闡明事理的文體。它以說明為主要表達方式。說明文的布局結構亦即說明的順序，可以按事物空間位置的順序說明，也可以按事物發展的時間順序說明，還可以按事物屬性的不同方面說明。不管採用哪種說明方式，都顯現出鮮明的「說明序列」。某些說明文不完全排斥敘述和描寫，但決不能因出現過多的敘述和描寫而沖淡說明文的序列性。

高考作文出題的情況是千變萬化的，從近年的經驗看，往往並不是單純的某一文體。例如，我們上面提到的 1985 年高考作文就是書信體和就事說理議論文的結合，甚至還可以就污染的各方面情況、廠方的責任及治理改進措施等寫成書信體的說明文或其他文體。可見某種文體的程式大致是一定的，但某一高考題目當依據何種程式寫作則是有特殊要求或不固定的，有時是兩種程式交錯並用的。在具體寫作中既要嚴守程式，也要視實際情況敢於和善於變化，不要墨守成規。

總之，要把文有定體和文無定法結合起來，認真靈活地對待高考作文的程式運用。

（原載馬懷忠教授主編山東文藝出版社 1989 年版《高考作文應試導引》，為該書第一部分的第 1～11 條，由本人執筆，今收錄於此。）